文春文庫

天地に燦たり

川越宗一

文藝春秋

天地に燦たり

目次

登場人物紹介

日本

大野七郎久高(おおのしちろうひさたか)――島津家の重臣。樺山家より大野家に婿養子に入る。

有馬次右衛門重純(ありまじえもんしげずみ)――島津の家臣。配下として久高と多くの戦を共にする。

伊勢弥九郎貞昌(いせやくろうさだまさ)――島津の家臣。

高橋紹運入道(たかはしじょううんにゅうどう)――岩屋城を固守する大友家の重臣。

立花左近将監統虎(たちばなさこんしょうげんむねとら)――紹運入道の長子。立花家を継ぐ。

島津義久(しまづよしひさ)(龍伯入道(りゅうはく))――島津氏十六代当主。

島津義弘(しまづよしひろ)――義久の同母弟。豊臣秀吉の信頼を得る。

島津又一郎久保(しまづまたいちろうひさやす)――島津家の御曹司。義弘の子で、龍伯入道の養子。

島津又八郎忠恒(しまづまたはちろうただつね)――久保の同母弟で、義久の後を継ぎ島津家当主となる。

朝鮮国

明鍾（めいしょう）――靴職人。朝鮮の被差別民である「白丁」の身分に属する。

道学先生（どうがくせんせい）――明鍾に儒学を教える先生。

信石（しんせき）――旅芸人。

琉球国

真市（まいち）――琉球国の官人。「唐栄」という集団に属し、他国の情勢を探る密偵の任に携わる。

樽金（たるがね）――同じく唐栄に属する官人。

尚寧（しょうねい）――琉球国王。大明の冊封を受けておらず、対外的には未だ世子の立場。

我那覇親雲上秀昌（がなはオヤクモイしゅうしょう）――日本に派遣された使節団の書記役。

謝名親方（じゃなウエーカタ）――琉球国の宰相「三司官」の一人。

大明国

茅国器（ぼうこくき）――大明国の将軍。

大明国
鴨
緑
江
咸鏡道
義州
平安道
朝鮮国
平壌
黄海道
江原道
漢城
へきていかん
碧蹄館の戦い
慶尚道
京畿道
しせん
泗川の戦い
忠清道
蔚山
釜山
全羅道
対馬
壱岐
済州島
名護屋

天地に燦たり

禽獣

一

――俺は、いつまでこんなことをしているのだろう。

島津の侍大将、大野七郎久高は、走りながらふと思った。

止まって振り向く。遠くには、さっきまで張り付いていた大友方の勝尾城（佐賀県鳥栖市）がある。近くでは城から出て来た大友の兵が、一塊になって追って来ている。

自問を玩ぶ暇はなさそうだった。

戦るか。決心して久高は首の汗を拭った。七月の肥前は初秋とはいえ、まだ夏の気が濃厚に残り蒸し暑い。

「ここで迎え撃つ。並べ」

抜刀して叫ぶと、それまで無様な逃走を演じていた麾下の士たちが一斉に反転した。

滑るような鮮やかさで従卒から銃を受け取って素早く前後二列に並び、片膝を突く。

わざと情けない攻め方をして、だらしなく逃げる。驕って追って来た敵を振り向きざまにぶん殴る。島津では伏兵と併用してよく使われる手だが、進退の機を計るのに気疲れするため久高は好きではない。

とはいえ、好きなことだけやってはいられないのが、戦だ。嫌々ながらも何度も攻め、逃げて、やっと敵を城外に引き摺りだした。

「前、構え」

久高は列の左に立って、鋭く命じる。前列が一斉に立ち上がり、火蓋を切る。

目を凝らす。城方の士卒は足を動かしたまま、突然現れた銃列に目を丸くしている。

ここで、久高は逡巡する。

一声掛ければ全てが動き出す。その一声を常に躊躇う。何度戦に出ても未だ慣れない。

迷いを振り切るために、大きく息を吸う。

「放て」

命じた瞬後に久高の眼前に光が満ち、すぐに濁った白色に取って代わる。

悲鳴。鉄が抜かれる音。地に斃れる音。盛大に噴き出した火花と硝煙の向こうでは数多の即死があり、また緩慢な死が始まっている。全て、久高の一声で起こった死だ。

微風がゆっくり視界を拭う。胸にこびり付いて拭われない逡巡の残滓に顔を顰めながら、目を凝らす。白く霞む先では、ただの一撃で半減した大友の兵がすでに背を向けている。

久高は斉射の成果に満足しながら、時機がやや早かったと後悔も覚えた。

彼我の距離は、まだ遠い。だが逃がせない。逃げる敵に喰らい付いて乱戦に持ち込み、諸共城内に突入したい。もし城門を閉じられれば、また一から遣り直しとなる。

頭頂に突如、殴られたような衝撃が来た。思わず仰け反った。

踏ん張り、兜の衝撃があったあたりを指で撫でる。銃弾が掠めたようなへこみがあった。斉射に怯えながらも勇を振り絞って発砲して来た奴がいたらしい。まともに当たれば兜は抜けていたと思い、ぞくりと肌が粟立つ。

「七郎どの、どうしました。大丈夫ですか」

全く心配していないような悠長な口振りで、中背の久高より頭一つ背の高い士が大鉄砲を担いだまま駆け寄って来た。

有馬次右衛門重純。久高と同年の二十七歳だ。付き合いが長く、多くの戦場を共にして来た。大鉄砲を能く使い、ほか九人と合わせて計十挺の大鉄砲組を率いている。

「次右衛門か。大事ない。列に戻れ」

答えると、重純は精悍な細面の口の端を冷やかすように上げた。

「確かにお元気そうだ。妙なところも、常と変わりませぬな」

「妙。なにがだ」

「気付いておられませぬか。七郎どのは死にかけた時、いつも笑うのですよ。ほら今も」

遠慮なく、重純は久高の顔を指差してくる。

久高は顔を背けて「戻れ」と言い、すぐに「いや、待て」と前言を翻した。

「なんです。人遣いも相変わらず荒いことで」

重純の抗議には答えず、久高は逃げる大友勢の城方の行く手を指し示す。

「大鉄砲で逃げる敵と城の間の地を撃て。なるべく派手に土埃が立つように。敵には当てずともよい。どこから撃つかは次右衛門に任せる」

「足止めですか」

すぐに重純は意を解してくれた。

「そうだ。逃げる先に拳ほどの弾丸が降り注いでいれば、足も鈍ろう。では行け」

肩を叩いてやると、重純は大鉄砲組を呼び付けながら駆けて行った。目だけで見送りながら久高は、笑っていたらしい己の顔を撫でる。

人の死に躊躇いながら、戦場にしかない高揚にもまた、久高は焦がれている。矛盾だと知りつつ、どうしようもない。戦国の世でなければ己はどうしていたかと思う。

「次で突っ込む。後ろ、構え」

胸に巡る感情を振り切るように、強く叫んだ。

後列が立ち上がる。前列は銃を放り出して抜刀し、再び片膝を突く。従卒たちが身を屈めながら、己の主の銃を慌てて拾う。

「放て」

命じた久高は、すでに駆け出している。

轟音の束と共に再び目の前を塞いだ硝煙に、喚きながら飛び込む。士たちの猿のような絶叫と無数の足音が続く。偽りとはいえ何度も敵に背を向けた屈辱を殺意に換えて、久高たち島津勢は追う。戦意を挫かれた大友の士卒は慌てふためき、却って逃げ足は遅い。

敵の背中まであと数歩というところで久高はあえて止まった。続いて来た士たちは久高を追い越し、次々に飛び掛かって行く。

「太刀始め（一番槍の島津での称）は――」

くっ付いて来ていた横目衆（戦功を見届ける役）が声を張り、久高には顔の思い出せない名を叫ぶ。進退を司る将が太刀始めまで取るのは、周りの士たちの心証がよくない。久高はこの功績を、常に麾下に譲っていた。

周囲を見渡す。まずは思惑通り乱戦に持ち込めている。だが、まだ終わりではない。城に突っ込み、後続する軍の進路を開かなければならない。久高たちの後ろでは計三万ほどの軍が、勝尾城の狭い攻め口に大軍の利を生かせず、ぼんやり包囲だけして突っ立っている。

功名と復讐に猛って首取りに耽ろうとする士たちを、声や拳を使って久高は忙しく掌握し続けた。島津勢はうまく大友勢と交じりあいながら、じわじわと城に近付く。

城は門を開けっ放したまま、ただ戦況を見守っている。時折、城壁の狭間から散発的に銃や弓が使われるが、その度に重純の大鉄砲が叩いて黙らせる。

うまくいきそうだ、と安堵を覚えた時、それまでと異なる悲鳴と怒号が上がった。

急いで駆け付ける。開け放たれた城門の前で大柄な鎧武者が一人、開いた城門の前に立ちはだかっていた。

「大友の臣、小川伊豆守である。これより先、島津の奴ばらは一人も通さぬ」

吠えながら手槍を振り回す武者を、島津の士たちは遠巻きに囲んでいる。逃げ延びた士卒が武者の両脇を掠め、城に吸い込まれていく。

——あいつは邪魔だな。

それだけを思って久高は小川の前に立つ。

「島津の臣、大野七郎」

短く名乗ると、小川は脂ぎった顔を楽しげに歪めた。

「大野久高か。名は聞いておる」

諱で呼ばれた無礼より、己のことを久高は可笑しく感じた。戦場の泥濘を駆けずり回っているうちに、いつのまにか他家の士に名が知られるくらいになっていた。

「聞くよりずいぶん優男であるな。首にするのが惜しいくらいじゃ」

見え透いた挑発に、久高はむしろ哀れさを感じた。阿呆は見たものを見たままにしか言えない。

首のあたりに物欲しげな目を感じながら振り返ると、味方の士たちは一様に立ち竦んでいる。

小川は、なるべくあっけなく見えるように斃さねばならない。でないとこちらの気が呑まれ、勝てる戦にも敗ける。さてどうするか。

思案を始めた途端、吠え声と共に手槍が伸びて来た。鋭い。久高は持っていた刀を素早く小川の顔に投げつけた。小川は首を曲げて避けたが躰が泳ぎ、槍先がぶれる。久高は馬手差（右腰）の鎧通を抜いて踏み込みながら、左の籠手で槍の柄を叩いて跳ね上げる。

躰ごとぶつかる。衝撃に思わず久高は呻く。だが分厚い鎧通は小川の顎の下を潜って、骨ごと喉を貫いていた。

鎧通を抜くと盛大に血が飛沫き、久高の全身を濡らした。小川はすでに痙攣する肉塊に変わっていて、音を立てて前のめりに倒れた。

脇差を抜き、無造作に首を落とすと小川の痙攣はぴたりと止まった。

立ち上がると、妙な静寂に気付いた。訝しく思った時、あの横目衆が叫ぶ。

「大野七郎どの、小川伊豆守を討ち取ったり」

島津の士から響き、称賛、いくつかの舌打ちが湧き、すぐまた戦闘は再開された。大友の兵はただ逃げ惑い、一騎打ちの勝利に昂る島津勢は城門に雪崩れ込む。

あとは麾下の士たちの好きに手柄を立てさせてやればよい。久高は手近な者に小川の首を持たせ、門の突破の報告のため後方に走らせると、しばらくその場で戦況を見守り続けた。

いつの間にか、まるで戦などなかったかのように、城門の前は静かになっていた。

「俺は、いつまでこんなことをしているのだろう」

さっき芽生えた自問を今度は声に出して呟き、久高は見上げた。

天が、久高を見下ろしている。足元には地がある。その間で万物は移ろい、小川は死に、久高は殺した。

幼いころ、久高は儒学を学んだ。天地万物の存在も運行も、全ては「理」により統べられる。儒学では、そう説かれていた。

その理により人は生来、至善である。不善や悪に陥ることなく至善にあり続ければ、人は「天地ト参（三）ナルベシ」、天地と三つに並び立つ偉大な存在にもなれるとまで、儒学は謂う。

「千古の聖賢は、天地のどこで何を見て、さよう謂ったのか」

目を下ろす。首を失った小川が、寝そべっている。

「どう思う、小川どの。人たる吾らは、かくある」

無論、小川は答えない。

久高は片膝を突き、小川の胴に向かって両手を合わせた。仏道の所作だが、他に死者を敬する術を久高は知らない。

――人ニシテ礼無ケレバ、能ク言フト雖モ亦禽獣ノ心ナラズヤ。

儒学の経典は説く。人は、そのままでは禽や獣と変わらない。食み合い、争い合い、奪い合う。礼を尽くし他者を敬愛して、はじめて人は人となる。

「礼」とは、儒学が最も重んじる博愛の心「仁」の実践。ただ人のみに可能な行い、人が人たる所以が、儒学に謂わせれば礼だ。

だが久高は殺戮が手柄として貴ばれる世に、犬や畜生と言われても勝つことを本分とする日本の士として生まれた。天地と参なるどころか、ただ天地の間で殺し合いに駆り出されるほか、何の能も用もない。礼は、遥か遠い。生きるほど人は礼から、久高は人から遠のく。

「俺たちは、どうすればよかったのか。なあ、小川どのよ」

久高が再び見上げた天は、人の営みなど知らぬように涯てなく抜けている。

「俺は、いや――」声は、掠れた。

「人は、禽獣だな」

久高は立ち上がり、歩き出す。城門を潜り、新たな戦場へ赴く。

四日後の天正十四年（西暦一五八六年）七月十日、島津方の猛攻により勝尾城は陥ちた。

二

大友方の国衆（小領主）は、続々と島津へ寝返る。

膨れ上がり、いつのまにか五万を数える大軍となった島津勢は筑前（福岡県北西部）に侵入、岩屋城を包囲した。

今日、七月十五日。岩屋城が拠る四王寺山の山裾では、溢れる士卒と旌旗が何度目かの総攻めに鈍く蠢き始めている。

久高は城を遠く望む丘陵に立ち、攻城を眺めていた。

「なかなか陥ちませんな」

他人事のように暢気な声で評しながら、重純が鎧を鳴らして久高の横に並ぶ。

「それにしても先手の衆も不甲斐ない。代わってやりたいくらいです」

重純は味方を遠慮なく冷笑した。

岩屋城は小さい。兵は千にも満たぬという。だが大軍に揉まれて、小揺るぎもしない。

いま城に寄せているのは、かつて大友家に従っていた九州各家の軍勢だ。落ち目の主家を見限り、挙って島津家に鞍替えした。新参者が戦の先手を務めるのは常法だが、島津の軍に比べて覇気も鋭さも欠ける。

「次右衛門なら、あの城を陥とせるか」

「俺ならば」重純は鼻を鳴らす。「鎧袖一触ですな」

「次右衛門は勇敢だな。俺の如き軟弱な士は及びもつかぬ」

揶揄うと、重純は不敵な目で久高を見返した。

「先の戦で首を挙げられた方が、よく仰る」

重純の顔には殺伐とした色が差している。戦を語る時の島津の士の顔だ。

「その七郎どののなら、あの城は二触ですな。他の島津の者なら三触くらい。他の家なら」

「城方の将は高橋紹運入道だ。それでも鎧袖一触か」

重純の妙な話を遮り、久高はさらに尋ねた。

岩屋城を守る紹運入道は、諸国に名の聞こえた勇将だった。大友家はかつて九州のうち六国に威を張っていたが、残り三国をやっと制した島津に猛然と嚙み付かれ、脆くも崩れた。紹運入道は退勢著しい大友家を一身で支え、此度の戦いでも岩屋城を頑強に守り抜いている。

「では、俺も一触にしておきましょう。だが俺が総大将なら、そもそも攻めませぬ。あの城は放っときます」

ほう、と久高は唸った。重純は得意げに続ける。

「城方は千。吾らは五万。多少の兵を割いてもまだ余る。俺ならば、ここには抑えの兵だけ残してさっさと進み、大友の本拠である豊後を衝きます」

久高は深く頷く。やはり重純とは話が合う。

「吾らには兵はあれども時がない。羽柴筑前が来る前に全てを済まさねばなりませぬ」

重純は声を苦々しく尖らせた。

羽柴筑前。主たる織田家を乗っ取り、去年には関白職に就いた成り上がりの覇者を、島津では憎しみを込めてそう呼ぶ。

島津の攻勢に抗えない大友家は名門の意地をかなぐり捨て、羽柴筑前に臣従した。羽柴筑前は嬉々として仲裁に乗り出した。

「『関白』が叡慮（天皇の意志）を代わって伝える。停戦せよ。しからざれば成敗する」

突然寄越された命令に島津家は苦慮した。九州の制覇を目前にして、停戦の道はない。だが帝の権威を持ち出されては逆らえず、日の出の勢いの羽柴と戦になれば勝ち目も薄い。紛議の末、断が下された。

――羽柴筑前には降る。その前に急戦して大友を倒し、九州全土の支配を認めさせる。

かくして大軍が興（おこ）され、久高たちは岩屋城の前にいる。

すでに上方（かみがた）では九州へ渡る軍の動員が始まっているという。重純の言う通り島津には時がない。

「並みの大名なら次右衛門の軍略を取るべきだろうな」

数々の戦を思い返しながら、久高は話し始めた。

「だが、吾らは島津だ。ただ武によってのみ生き残り、大きくなった」

島津家も外交や調略はおろそかにしないが、家運の転換はほとんど戦での勝利によった。少数の兵で鬼神（きしん）の如く決戦を挑んで勝ち、武威（ぶい）で九州に犇（ひしめ）く国衆たちを服属させ、大友を呑まんとするほどに膨張した。

「武を以（もつ）て降らせる。降らざれば砕く。吾らの道は二つしかないのだ。こと大友の柱石（ちゆうせき）、紹運入道が相手なら、なおのこと戦は避けられぬ。避ければ、従う諸家はたちまち島津から離れる」

「どこで吾らは道を誤ったのでしょうな」

慨嘆の言葉と裏腹に、重純は嬉々としている。個々の島津の士にとって、勇を奮える機会があれば何らの誤りもない。重純とて、例外ではない。

「力ヲ以テ仁ヲ仮（か）ル者ハ覇（は）タリ、覇ハ必ズ大国ヲ有（たも）ツ」

久高は儒学の言葉を引いた。王の資格たる仁を力で騙（かた）る覇は際限なく力を求めるしかなくなる。対して徳で仁を行う者は、王。王は皆が自ら服するため、力は要らない。

重純があからさまに顔を顰めた。無視して久高は続ける。

「島津は覇だ。国衆に離反された大友も覇だ。より大きな羽柴筑前なる覇に怯えながら、より小さな覇を呑もうとしているのが、吾ら島津だ」

「七郎どのの悪い癖です。肝心なところで、話が薬臭くなる」

うんざりした声で、重純は言う。

島津家には尚武と並んで好学の風がある。本拠の薩摩では禅僧による儒学の学統が百年以上続き、歴代当主も傾倒した。

ために島津の士は皆、儒学を学ぶ。学んだ句は片っ端から忘れつつ、薬臭さは忘れない。

ただし久高は、その空疎を知った今なお、儒学の説く世界に対して残照めいた憧れを抱き続けている。

「そろそろ慣れろ。それより紹運入道は、なぜ戦うのであろうな」

大友家に援軍を出す余力はない。羽柴筑前の軍はまだ遠い。紹運入道は何度も行われた降伏の勧めを断り、今は寄せ手を熱心に殺している。必敗の戦の後、助命はないと思われた。

「より整った城に拠るなり、羽柴筑前を頼って主君と共に遁れるなり、手はいくらでもあろうものを。なぜ死のうとする」

目的もなく人死にを出すのは下の下だ。久高の疑問に軽蔑が混じる。無益な死に走り、またそれを強いるのは、久高にとって戦ではなかった。

重純が呆れたように両手を上げた。

「それほどお知りになりたければ、直に会って、訊けばよろしい」

「訊く。誰に」

虚を突かれた久高は、間の抜けた返事をした。

「紹運入道に、ですよ」

久高は、やり込められた気になって言葉を失ったが、やがて「なるほど」と破顔した。

「そうか。そうだな。よく教えてくれた、次右衛門」

簡単なことだった。久高は声を上げて笑った。

「撃たれる」

呆れ顔で目を転じた重純が鋭く声を上げた。

山を攀じ登る寄せ手の前縁辺りで、ばたばたと人が倒れていた。城方は鉄砲の使い方が巧みで、積った埃を払うように一時に寄せ手を薙ぐ。あたふたと寄せ手は退いている。

「次は吾らの番ですかね。端からそうすればよかったのに」

重純は凄惨な笑いを浮かべる。

三

七月二十七日の払暁、島津の士たちは戦支度を整えて、列を成した。

並ぶ士の列の一歩前には、物主（将校）や将が立つ。数千の軍勢は静まり返り、物音一つ立てない。他家の軍の散発的な発砲の音だけが、遠くから微風に乗って届く。

十日以上に亘って大軍に揉まれながら、なお岩屋城は健在だった。島津勢も加わって盛んに攻めたが、外郭をいくつか潰したのみに終わった。羽柴筑前の軍が迫る中で思わぬ足止めを食った島津軍は、再度の総攻めを今日に定めた。

久高は士の列の一歩前で、辟易している。岩屋城の周りに放置された累々たる死屍が、数日前の雨のせいで耐え難い臭いを発していた。なんとか表情を整えてから振り返ると、麾下の士たちは黙して岩屋城を睨んでいた。

士たちの装備、特に甲冑はまちまちで、中にはとても士とは見えぬ貧相な者もいる。共通しているのは、皆、徒歩立ちで、右脇か背後に一人以上の従卒を従えていることだ。島津では、他家の足軽のように士でなく戦闘を許される者はほとんどいない。代わりに、貧しい士を大量に抱えている。彼らは身一つで軍役に応じ、そのときだけの従卒を主家や上役から授けられる。従卒は主に寄り添い、替えの武具を持つなどして主の戦闘を補助する。

また騎馬での戦闘を行わない島津の軍法は、久高をはじめ上級の士にも戦場での乗馬を禁じている。許されるのは島津家一門や大将格、特に馬芸に優れる者や伝令などに限られる。

徒歩立ちの士の列が割れた。古風な甲冑を纏い手槍を抱えた騎乗の士が現れる。

軍を率いる二大将の一人、島津図書頭忠長だ。島津家の尚武の気風を体現するような、厳めしい風格と赫々たる武勲で知られている。全軍の指揮はもう一人の大将に任せ、今日の総攻めには忠長が陣頭に立つことになっていた。

久高は姿勢を正す。ちょうど久高の脇を通って、忠長は島津勢に向き直った。

「聞けや、島津のものども」

忠長が吠えた。幾多の戦陣で鍛えたらしい声は野太く、よく通る。

「吾ら島津は右大将家（源頼朝）以来の武門。高橋紹運入道ごとき、なにするものぞ」

島津は、由緒への強烈な自負がある。

「羽柴筑前、叡慮と称して矢止め（停戦）を命ず。しかれども羽柴なる仁、その由来を知らず。吾ら島津が従うに足らず」

忠長の威勢よい声と妙な言い種との落差に、久高は軽い諧謔を感じてそっと俯いた。

なるほど、羽柴筑前は卑賤の出らしい。久高が参加した軍議でも「由来無き仁」（出自の知れない怪しい人物）などと散々に扱き下ろされていた。

だが、その羽柴筑前に怯えているのは、当の島津なのだ。

名門を自称しながら、島津は九州で血刀を振り回すのがせいぜいだった。その間に羽柴筑前は卑賤から身を興し、位、人臣を極め、日本の天下をほぼ手中に収めた。

島津の努力が足りなかったとまでは思わない。だが結果として、島津は羽柴筑前に及ばなかった。門地を誇っても情勢は何ら変わらない。

忠長の言の空虚さに呆れながら、久高は背中に士たちの高揚を感じている。

彼らには、恩賞と名誉はすでに約されている。あと加えられるものは、大義。忠長は一軍の大将として、士たちが死地に立つ理由を熱心に作ろうとしている。

「御大将は真面目な御仁だ」

久高は目の前の地面に向かって呟いた後、顔を上げた。戦となれば、手を抜くつもりは毛頭ない。

忠長は手槍を掲げて城に突き付けた。

「今日これより、あの城を陥とす。吾らなら必ず陥とせる。みなみな奮えよや」

雄叫びのような鯨波が一斉に上がる。

四

「焙烙玉」

咄嗟に久高は短く叫び、首を竦めた。

直後、頭上が爆発した。轟音が耳を、破片と詰め物が兜の鉢を激しく打つ。少し遅れて後ろで悲鳴が上がる。

飛来物が落ち着くのを待って、久高は首だけ回して注意深く振り向く。

身を屈める士卒の幾人かは不自然に体が低い。破片にやられたのだろう。

破片は甲冑をうまく使えば防げる。ただ焙烙玉を視認できた時には、だいたい炸裂まで間がない。一瞬の体の動きが生死を分ける。

城を見上げる。塀に穿たれた狭間からは、すでに棒が幾つも突き出されている。

「鉄砲。伏せろ」

久高の号令の後半は、斉射の銃声で掻き消された。

間を置かずに矢が降り注ぎ、やがて再び殴りつけるような銃声に撃ち竦められる。久高の隊の前進は城まであと十間（約十八メートル）ほどのところで止まった。

「ほんとに陥とせるんですかね、この城」

傍らで、大鉄砲を抱えた重純が叫んだ。爆音の余韻が残る久高の耳には遠く聞こえる。

「吾ら島津の兵なら」久高は怒鳴り返す。「鎧袖一触だ。そうだろう」

「なんですって」

重純の耳は久高よりも酷くやられているらしかった。

声での伝達を諦めた久高は重純の大鉄砲を指差し、そのまま塀の一角へ指を移す。塗られた土が割れて骨組の竹が露わな一角は、これまでの攻城の僅かだが貴重な成果だ。

重純は塀を、次に久高の顔を見た。その顔はもう強張っている。

「大丈夫だ、援護させる。俺が合図をしたら行け。安心してぶち抜いてこい」

さっきより大きな声で怒鳴ると「聞こえてますよ」と重純は顔を顰めた。

「七郎どのは本当に人使いが荒い。人の命を何だと思っているのか」

愚痴を零しながら、重純は後ろに手を振った。大鉄砲組の九名の士とその従卒が腰を屈めて駆け寄る。

重純が腹這いで進み出し、配下の者たちも続く。やがて離れた窪地に転がり込み、久高に手を振る。射点に着いた合図だ。

目を城に転じる。城から重純たちを狙えるのは、塀の一角と低めの井楼の二箇所だ。久高は待機していた士卒たちに身振りも交えて手短に指示を飛ばした。

重純の組とは別に前後二列の組を二つ作り、全員に鉄砲を持たせる。二組にそれぞれ塀と井楼を狙わせる。士一人に従卒は一人。余った卒には防弾の竹束を持たせて銃列の前に並べた。

「鉄砲、用意」久高の命に士たちは一斉に片膝立ちになる。

「前、構え」鋭く命じると前列の士が立ち上がり、火蓋を切る。

「放て」叫ぶと同時に前列から轟音が上がる。塀の一角には弾着の土埃（つちぼこり）がいくつも上がり、銃眼から突き出ていた鉄砲が引っ込んだ。井楼の上に立つ者は薙がれた。

「後ろ、構え」号令に合わせて後列が立ち上がる。その間に前列は次弾を込める。

「放て」轟音の直後に、城からも激しい応射が来る。竹束が穿（うが）たれ、裂ける音がする。

「前、構え」敵兵が井楼の梯子をよじ登っている。登り切った辺りで号令する。

「放て」続いた轟音で、井楼の上は拭ったように人気（ひとけ）が失せた。

それから二度斉射を行った後、重純に手を振った。

すかさず飛び出した重純は、ろくに狙いもつけず腰だめで大鉄砲を撃つ。体ごと後ろに転がって激烈な反動を逃がし、予（あらかじ）め待機していた卒が重純の体を受け止める。

配下の者たちも次々と飛び出す。重純と同じように腰だめに撃ち、転がり、受け止められる。すぐに立ち上がると卒と二人掛かりで次の玉を素早く込め、撃つ。また転がる。

重純が考案したやり方で、必中より速射を旨とする。当るまで、砕くまで、撃ち続ける。

拳ほどの弾丸に乱打され、塀の割れ目はたちまち分厚い土埃に包まれた。

重純自身は大鉄砲の名手だが、戦では狙って当てる撃ち方はほとんどしなかった。

「一発必中は長い鍛錬と才覚が要ります。だが、じっくり狙わせてくれる悠長な戦などありえぬ。体さえ鍛えれば誰でもできるやり方のほうが、戦では役に立ちます。だいたい一発ぐらい当てたところで戦の潮目は変わりませぬ。そんな無駄な技を鍛えるのは戦を知らぬか阿呆か、どちらかです」

重純の不遜な持論を思い返しながら、久高は大鉄砲の働きについ見入った。

突然、重純と卒があらぬほうに走り出す。元いた場所に数本の矢が突き立った。難を避けた重純が城を何度も指差す。表情は分からないが、おそらく怒っている。慌てて「放て」と号令する。

発砲と同時に久高は抜刀し、突撃が近いことを知らしめる。

「塀が破れた時、一気に突っ込む。前、構え。——放て」

撃ち竦める城の二箇所はほぼ沈黙している。言い換えれば、二箇所を除き全く健在だ。銃列を守る竹束は城からの銃撃に削られ続け、もう幾何も保たない。

「鎧袖一触のはずだろう、次右衛門」

射撃の号令を発し続けながら久高は祈った。

やがて重純が手を振る。塀に分厚く立ち込めていた土埃が風に拭われると、貫通した崩れ目が姿を現した。人一人が通れるくらいの幅だが充分だ。

久高は大刀を振り、重純に了解した旨を伝える。

「あと二回。前、構え。——放て」

前列の士卒が射つや否や鉄砲を放り投げた。一斉に抜刀して片膝をつく。従卒たちは各々(おのおの)の主の鉄砲を慌てて拾い上げた。

「後ろ、構え。――放て」

轟音とともに前列を包んだ硝煙の中に、久高は飛び込む。硝煙を抜け、さらに駆ける。後ろには士たちがぴったり続いている。

久高は吠えた。鉄砲玉。矢。石や岩。瓦。あらゆる物が飛来する。駆け抜ける久高の隊は不幸な落伍者を出し続ける。

「前だけ見ろ、俺だけを見ろ。喚(おめ)け。止まるな。走れ」

煽(あお)るつもりで久高は叫ぶ。続く喊声(かんせい)は獣の雄叫びに近い彩りを帯びる。

ちらりと目を遣ると、重純たちは久高の突撃を援護するための射撃に移行していた。

たまには重純を褒めてやろう、と思いながら久高は壁の崩れ目に飛び込む。

五

久高らが突入した城内の一角を制圧したころ、御使衆(おつかいしゅう)(伝令の島津での称)が代わる代わる現れて戦況を伝えた。大手門を始め城の各所が破れ、順次突入が始まったらしい。

戦は決した。そう判断した久高は、麾下の士たちに自由な行動を許した。みな手柄を求めて思い思いに散って行く。

「七郎どのはどうされるのです」

城壁をぶち抜いた己の手際を矜っているのか、問う重純の顔は得意気に見えた。褒めるのはやめようと思い直してから、久高は答えた。

「お前の勧めに従う。紹運入道に会いに行く」

「え、本当に会いに行くのですか」

目を丸くした後、重純は笑い出す。

「さすが七郎どのだ。付き合っていて飽きない」

「せっかくの対面ゆえもう少し身綺麗にしておきたかったが」

久高は両手を広げた。全身には、黒く固まり始めた返り血がこびり付いている。

「七郎どのらしい身なりですよ。まことに凛々しく勇ましい。では後程」

重純はそう言うと、己の組を率いて駆けていった。

血塗れが俺らしいか。不思議に感じながら久高は振り向き、城の本丸を仰いだ。

高橋紹運入道。絶望的な戦いを今日までやり抜いた男。誰かに首にされてしまう前に、会っておきたかった。

久高は単身、城の裏手に回った。

崖のような山肌の傾斜は遠目に見るよりなだらかで、手足を掛けられる窪みや突起も多い。人数を率いた城攻めならともかく、一人の登山ならば不可能ではなさそうだ。

甲冑を脱ぎ捨てる。帯に二刀と鎧通を差し直すと久高は山を登り始めた。

大友から島津に鞍替えした者の話で、城の構造は明らかになっている。

目指すは山の中腹。そこには本丸から繋がる井戸がある。

平時に用を足すため、守りに向かない箇所ながら設けられたらしい。籠城時は城中に深く抱かれた位置にある別の井戸を使うため、打ち捨てられると聞いた。日本の士ならば継戦を断念した時、紹運入道は必ず水を求めると久高は睨んでいた。日本の士ならば首が見苦しくならぬよう、死の直前に顔くらいは洗いたくなる。勘が冴えたわけではなく、同じ士として当然の予想だ。

「もし来なければ、俺はとんだ阿呆だな」と考えながら攀じ登る。やがて山肌に人の腰程度の高さの簡単な板塀が現れた。

塀から上体を出すとすぐ、諸肌脱ぎの坊主と目が合った。

均された土が白っぽく乾いただだっ広い区画の真ん中で、坊主は井戸を使っていた。少し離れて、陣笠を被った二人の卒が控えている。

「誰ぞ」

ぶら下がる釣瓶の綱を摑む坊主の声は低く、だが緊迫した色はない。楽隠居が夕餉の内容を聞くようなのんびりした軽さがある。

慌てた卒たちが立ち上がろうとする。坊主は久高を見詰めたまま、卒たちを手で制する。

「当城ただいま戦の最中ゆえ、煩瑣な作法は元より不要。なれど貴殿の訪い方は尋常にあらず。まずはお名乗りあれ」

坊主の言葉は厳めしいが、声は軽いままだ。

久高は塀を越えた。近付きながら両手を広げ、抜刀する意志がないことを示す。

「もしや、あなたが紹運入道か」

「いかにも」

すんなり坊主は答えた。まるで警戒していない。

「島津の臣、大野七郎」

努めて穏やかな声で、久高は名乗った。

「島津家五代上総介が弟、樺山安芸守が十代の裔、樺山兵部大輔が子、大野駿河守が聟。生年二十七」

怪しまれないようにしたかっただけだが、つい古風な名乗り方になった。

「なんだ、『関白』殿下の御使いではないのか」

紹運入道は遠慮なく口調を砕いてきた。落胆されても仕方がない。今の岩屋城が渇望しているのは羽柴筑前の援軍だ。島津の士は持て余すほどいる。

「島津の兵は鬼神の如しと聞いておったが、人の噂は当てにならぬな。城の一つも陥とせぬまま、あげく裏手から忍び込むのが島津の兵か」

坊主の屈託ない嫌味を久高は黙って聞く。

「何度誘われても儂も倅らも降らんよ」

筑前には岩屋城のほか、立花山城と宝満城のみが大友方にある。前者には紹運入道の長子で立花家を継いだ立花左近将監統虎が、後者には次子の弥七郎統増が入り、岩屋城と同じく固守の姿勢を崩さない。

「そうではない」

久高は首を振った。

「あなたに質(ただ)したきことがあって来た。なぜ戦う。いや」

数瞬、言い直す言葉を探す。

「なぜ無為に死のうとする。余計な人死にを出してまで」

紹運入道は不思議なものを見るような目を久高に向けた。

「士に、戦う理由を問うのかね」

「これは戦ではない。日本の士とは戦う者だ。死にたい者の謂いではない。なぜあなたは死しかない戦いを続ける」

「さような下らぬ問いのために、戦をしている敵の城に一人で来たのか」

下らぬと言われた久高は失望を覚えた。誉れ高い名将であっても、疑うことなくただ首と名だけを求めるのか。

「幸い多少は好きにできる身分にある」

「童(わらべ)か、おぬしは。いや、島津の者とは皆そうなのか」

紹運入道は呆れたような顔をした。

「俺だけだ、たぶん」

紹運入道は青い頭を掌で撫でた。思案しているらしい。やがて手を下ろした。

「一人で来た豪胆さに免じて、答えられることなら答えてやろう」

しばし待て、と言って、紹運入道は釣瓶の綱を手繰(たぐ)り始めた。上がってきた桶を井桁の角に置く。両手で水を掬(すく)って、ざぶざぶと顔を洗う。目の辺りを指で掘るように擦(こす)り、さらには首を洗う。何度も水を汲み、洗う。

「まだ戦は終わっておらぬ。そんなにのんびりしていてよいのか」

紹運入道は「ふふん」と小さく笑った。

「今せずして、何時、首を洗うのだ。死ぬかもしれぬのに」

「かも、ではない。あなたは死ぬ」

紹運入道は言葉を継がず、濡れた顔を掌で拭う。従卒から受け取った剃刀を丁寧に頭に当てる。手拭いで上体を拭って衣服を着直す。さらには籠手に手を通した。

「まだ、戦うのか」

思わず久高は声を荒げた。

「あなたが負けて死ぬことは揺るがない。戦う意味はもうない。あなたは何をしようとしているのだ」

紹運入道は久高に答えず、「手空きの者から洗わせよ」と卒の一人に命じた。卒は警戒するように久高を一瞥してから、背後の急な階段を小走りで昇って行く。その背をゆっくり見送ってから、紹運入道は久高に向き直った。

「さて、大野七郎とやら」

もう、軽さはなかった。声は鉄塊の軋みを思わせる。

「答えよう。腹を切ろうと首を掻かれようと、儂は死なぬ。吾が士卒もそうだ。命の果てる時が死ぬ時ではない」

「合点が行かぬ。命果てるとは即ち、死だ。そうでなければ、何が死なのだ」

気圧されながら、必死で問い返す。

「未ダ生ヲ知ラズ」紹運入道は朗々と唱えた。「焉ンゾ死ヲ知ランヤ」

「『論語』か。それがどうした」

「ほう」紹運入道は感心したような顔をした。「少しは学があるようだな。それは褒めてやるが儂より若いくせに、儂より生を知らぬくせに、死を語るでない」

「では、あなたの生とは何だ」

「後の世に継がれるものだ」

久高は理解しかねた。紹運入道は続けた。

「大友の者が無道な侵掠に最後まで抗った事実は末代まで残ろう。大友家がもし滅びても、この地に住まう人は残る。彼者たちの矜りとなって我らの生は続く」

「陶酔か」久高は不快感を隠さなかった。「あなたは、死後の名誉のために人を殺すのか」

「入道こそしたが儂は士だ。士とは何か。自らはなにも産せず、産する民に養われる者だ。なぜ養われるのか。民に行く末を示し遺すためだ。また、士も人なり。生きる限りは力を尽くす。人とは、そうあるべきだ」

「何が人だ」久高はさらに苛立った。「そんな空論で、島津と大友の士卒を殺すのか」

「阿呆め」

紹運入道は笑った。凄絶な笑いだった。

「攻め来るのであれば、死ぬ気で来い。それが侵掠する者にできる、せめてもの礼だろう」

礼。人と禽獣を分かつもの。

「殺し合いが礼であってなるものか」

久高の声に憤りが混じる。そんなものに憧れていたのではない。

「それが礼ならば、俺はあと幾人殺せばよいのだ」

「なんだお主、戦を厭うておるのか。日本の士でありながら」

「もっと酷い」

助けを求めるような気持ちで久高は答えた。

「俺は、戦を厭い、かつ求めている」

「大野七郎よ」

紹運入道の目に、憐れむような光が差した。

「学があるなら王覇の別は知っておるな。叶うことなら覇ではなく、王に仕えよ。お主の戦を、生を、意味あらしめる者に」

「あなたは、王とやらに出会ったのか。ために今も戦うのか。なら王とは誰だ」

畳みかける久高を遮るように、頭上の遠くから建物が崩壊するような轟音が聞こえた。見上げると、本丸のあたりに濛々と土煙が立ち込めている。

「話はこれまでのようだな」

紹運入道は厳かに告げた。

「さらばだ、大野七郎。生きるからには最期まで生を尽くせ。儂も今、尽くそうとしておる」

踵を巡らせて紹運入道は駆けて行く。残っていた卒たちが続く。

その午後、岩屋城は陥ちた。伐採された大量の木が轟音と共に本丸の周囲の堀を埋め、陥落の決め手となった。守将の高橋紹運入道の最期は、討たれたと主張する者、すでに自刎していたと告げる者があり、論功は紛糾した。

どちらにせよ、久高が答えを得る機会は失われた。

続いて島津は、筑前に残る宝満、立花山の二城の攻略を急ぐ。宝満城を強引に開城させたころ、羽柴方の毛利家の先遣隊が赤間関（後の下関）に到着した。

島津は筑前攻略を断念して兵を退くが、羽柴方の軍を迎えた後も大友方からは島津方への鞍替えが続いた。島津は再び兵を興し、一度は羽柴方を大いに破った。

翌天正十五（西暦一五八七年）三月、羽柴筑前自ら計二十万余の軍勢で豊前に上陸、大軍を支える莫大な物資が続々と送られて来た。

渡海前に太政大臣にも補任され、豊臣という毳々しい字面の姓を賜った羽柴筑前の動員力は、島津を遥かに超えていた。

摑みかけた九州は、島津の手から零れ落ちて行った。

六

四月、久高は肥後（熊本県）の坂無城の矢倉に立っていた。

「島津の士に生まれて、本当によかった。俺は果報者ですよ」

脇で重純が、重純なりに身の不幸を嘆いていた。

矢倉から望む遠くの景色は、初夏の瑞々しい緑に溢れている。

対して眼下、坂無城の周りは、島津に背いた国衆たちの軍勢が隙間なく犇いていた。

羽柴筑前の大軍を前に鎌倉以来の本貫の地たる薩摩・大隅・日向の固守を選んだ島津は、九州各地から軍勢を撤退させた。だがほうぼうで島津からの離反が相次ぎ、久高らのように、退けずに孤立する軍勢も多かった。

「どこもかしこも敵ばかり。此度も手柄に困らない。島津家に仕えている限り武士の本懐は遂げ放題ですな、まったく」

矢倉から下界を見下ろし、重純は嘆き続けた。

「次右衛門は勇敢だな。俺の如き軟弱な士は及びもつかぬ」

久高はいつかと同じ言葉を使って、重純の悲嘆に付き合ってやる。

「そうでしょう」真顔で重純は言い放った。「俺は、死ぬのが怖いと思ったことなどただの一度もありませぬ。痛いのは少しばかり苦手ですがね。だがそこは私も島津の士。ぐっと堪えて」

「次右衛門に王はおるのか」

「なんです、それは」

話を遮られた重純が口を尖らせた。

「どこぞの坊主に気触れでもしましたか」

坊主。久高は薄く笑った。確かに、俺は坊主に気触れたかもしれぬ。

「紹運入道が俺に言った。王に仕えよと。王とは、なんであろうな」

聞くや否や、重純が鼻の辺りを不快そうにひくつかせた。

「それで七郎どのお得意の薬臭さにも磨きが掛かったわけですな。あの糞坊主め」

「どうだ」

重純は鹿爪らしい顔で考え込んだ。

「王、と言われても分かりませぬが、俺は太守さま（島津家当主義久(よしひさ)）に仕えておりますな」

「太守さまなら、王に相応(ふさわ)しいか」

「おや、まさか謀叛(むほん)をお考えで」

容易でない勘違いを通り雨のような気安さで重純は口にした。

「よろしい、俺も七郎どのとは縁が深い。きっと口外はしませぬ。代わりと言ってはなんですが、そろそろ家を建て替えたいと思っておりまして」

「待て待て。そうではない」久高は手を振った。「紹運入道が謂うには、吾らの戦や生に意味あらしめるものが王だと。俺も太守さまのなされように異論はないが、そもそも王とはなんであろうと思ってな」

「どうあっても、俺たちは死ぬまで生きるのみです」

重純の声に迷いはなかった。

「意味だの何だの、些事(さじ)を気にしても何も始まらぬ」

明快さに、久高は思わず頷く。

それでもなお、久高の願望めいた疑問は尽きない。人は、ただ生きるしかできないのか。紹運入道は誰に、何に仕えていたのか。俺もいつか、王に出会えるのか。

そこへ下士が飛び込んで来た。振り返ると山伏らしき者が跪いている。

「山くぐり（忍の島津家での称）です。新納刑部どのの命で参ったと」

下士の報告に、重純が「ほう、援軍か」と顔を綻ばせた。

新納刑部大輔忠元は家中でも武勇で鳴る将で豊後から侵攻した勢の一手を率いていた。

山くぐりは一礼してから、ぼそぼそと話し始めた。

「刑部、伊集院肥後守さまと豊後より退き、ただ今は当城の近くまで参っております。明朝、外より寄せ手を攻めまする。城方でもご同心の上、打ち出でられたく」

「逃げ遅れたついでに後詰（援軍）とは、刑部どのも豪気なものですな」

遠慮のない物言いが出頭を妨げていることに、重純はいつまでも気付かない。

「しかし城に籠りおるのも飽きました。明日は派手に気晴らしができそうです」

久高は答えず、身の昂りをじっと抑えた。

翌日、坂無城の島津勢は打って出た。百余りの首を取って久高らは脱出に成功した。

同じころ日向では島津と羽柴の決戦があり、島津が破れた。島津家の当主の義久は剃髪して龍伯と号し、羽柴筑前に降伏した。

羽柴筑前は薩摩と大隅、日向の諸県郡を島津に安堵する。ただし島津領内に穿つように蔵入地（直割地）を設け、また島津一門の各々に直接所領を与えて豊臣直臣の扱いをした。

島津家、とくに当主の龍伯入道は、人も領地も引き裂いた成り上がり者を憎んだ。また「関白」は、この前後から「唐入り」、つまり大明国の征服を公言し始めた。手始めに、征路に当たる朝鮮国に執拗に服属を迫った。

「唐入り」の噂を伝え聞いた久高は、それをとても本気にはできなかった。殿下と人に呼ばせる御仁は、もう耄碌したのかと思った。

異類

一

朝鮮国、早朝の釜山(ふざん)の街外れを、明鍾(めいしょう)は山のような革靴を背負って歩いていた。荷物は全て街の商人に注文されたもので、背負子(しょいこ)に積める限りを積み重ねてきた。まだ体ができていない十三歳の明鍾には、それなりに重い。

だが足取りは軽い。今日の納品の中には明鍾が作った靴も入っている。

孤(みなしご)の明鍾の面倒を見てくれている、明鍾が「小父(おじ)さん」と呼ぶ村の靴職人が「悪かねえ」と靴の出来(でき)を褒めてくれた。何度も思い出し、嬉しさを噛み締める。

早朝の光は柔らかく空気は澄んでいる。見上げる空の色は青みを増しつつあった。いい一日になりそうな予感を覚えた途端、左の踵(かかと)の裏に痛みが走った。

気分を削がれた明鍾はひとまず顔を顰(しか)めた。

背負子を注意深く下(おろ)し、座る。左足を持ち上げて覗き込むと、裸足の踵に小石が食い込んでいた。小石を抓むと恨みを込めて指で弾き、明鍾は空を見上げた。

「靴、履いてみてえな」

叶わぬ望みを口にした。

「楽なんだろうな。たくさん作ってんだから、たまに履くくらい許してくれねえかな」

明鍾が属する白丁身分は、朝鮮国の数ある賤人の内で最も賤しまれている。

不文律の禁により白丁は靴を履けない。さらには髪も、衣服の紐も、結えない。

裸足、蓬髪、開けた衣服。流民のような姿を白丁は強いられていた。男子の無帽がない朝鮮国の風習のため、外出の時のみ粗末な竹笠が許される。

また白丁は屠畜と売肉、製靴など皮革業、柳器作り以外の生業は許されない。姓も名乗れず、住居は強制的に決められる。戯れに私刑を受けても、したほうは罪に問われない。

白丁の境遇を考えるほど胸が悪くなる。

華美な靴や衣服を、明鍾は求めない。富貴は己の器量次第とも信じられる。だが髪を結い、衣の前を合わせて、何が悪い。靴を作る自分たちがなぜ裸足なのだ。そう思っている。

生まれを嘆くしおらしさは明鍾にはない。良人（自由民）や両班（支配階層）身分への羨望は、覚えた途端に理不尽への怒りに変わる。

——いつか、かくある世の中を引っ繰り返してやりたい。

早朝の清涼の中、明鍾は埋火のような感情を抱えている。

二

「おい、白丁」

傲然とした声で呼ばれた。

座ったまま見上げると、自分と同い年くらいの少年が立っている。後ろにさらに二人。みな良さげな衣服を纏っていた。

両班の子弟だ。見るだけで分かる。明鍾も、見るだけで白丁と分かる格好をしている。まじまじと見詰めるのは無礼だ。明鍾は目が合う直前で視線を逸らして俯いた。腰を屈め、両手を地に着ける。掌に感じる地面の感触が、明鍾を不快にさせた。

「なんでしょうか、おぼっちゃま」

「今、私に石を投げたのはお前だろう」

しまった。明鍾は舌打ちしかけて唾ごと飲み込んだ。石を飛ばした先に両班たちがいたとは全く気付かなかった。

「白丁如きに侮られるとは許せぬ。立て」

「うっかりしていたのです。お許しください」

小石くらい何だ、と思いながら明鍾は弁解する。

「足に刺さった小石に腹が立って、つい弾いてしまったのです。弾いた先におぼっちゃま方がいるとは気付きませんでした。本当に申し訳ありません。お許しください」

少ない語彙を繋ぎ合わせて詫びながら、明鍾は不審を感じた。

いくら夢想に浸っていたとしても、目の前に人がいれば流石に気付く。両班たちは、離れた所から石の落ちる微かな音を聞き、戯れに因縁を付けているだけかもしれない。這い蹲りながら明鍾はそっと見上げる。案の定、両班たちは怒るどころか笑みを浮かべていた。明鍾を責めている者の顔には嘲りと、いくつかの面皰が浮いている。

朝っ腹からつまんねえ遊びに精を出しやがって。明鍾は再び顔を伏せて胸中で毒突く。

「さて、どうしてくれる。士を志す者として、白丁如きに侮られたままではおれぬぞ」

言われた明鍾もどうしようもない。

士。明鍾には「偉い人」くらいの知識しかないが、両班の大人が矜りを込めて自称するときに使う語だ。士とは無理難題を吹っ掛けてくる奴を謂うのか。

「その荷物は何だ。お前の物か」

さすがに膠着を感じたのか、面皰の両班が話を転じた。

「靴です」嫌な予感を覚えながら答える。「ご注文で、私の村で作りました」

「そうか、ではその靴を私にくれたら、許してやろう。ちょうど傷んでいたのだ」

無論、差し出すわけにはゆかない。

「靴屋の方に納める物なので差し上げられません。どうかご勘弁ください」

「渡さぬというか」

突然、相手が激昂した。感情を抑制できない性質なのだろうか。俯く明鍾の視界を綺麗な革靴が荒々しく横切っていった。どこも傷んでは見えない。

音がした。振り向くと、靴を積んだ背負子がひっくり返っていた。

「なんだ、こんなもの」

背負子を蹴飛ばした両班は興奮している。

吾が身に受ける屈辱に耐える覚悟はできていた。だが今は、明鍾一人が侮られたのではなかった。靴を作った村の皆が侮られたのだ。耐えられない。いや、耐えるべきではない。

怒りを自覚するより早く体が動いた。

三

両班は、無様に引っ繰り返った。

白丁の如き下賤な者に殴られるとは、露ほども予想していなかったらしい。明鍾の右の拳が頬に減り込む瞬間まで面炮の顔は笑っていた。

両班さまとは、たった一発で引っ繰り返るのか。呆れながら踏み込み、脇腹を裸足の甲で蹴り上げる。相手は体を折って両手で腹を抱え、悶えた。

明鍾は馬乗りになる。右手で喉を摑み、指を立てた。

両班は奇妙な呻き声を上げ、手足をばたつかせる。明鍾は嗜虐的な快感を覚えた。

「おぼっちゃま。どうされました。急に倒れられて。どこか具合がお悪いのですか」

努めて優しい声でゆっくりと話し掛けた。

暴れる両班の高価な衣服は衣擦れの音すら高貴に聞こえる。

「落ち着いてください。暴れられると私も力の加減ができなくなります」

右手の指に少し力を込めると、途端に両班の体が硬直する。

「そうそう」明鍾は嗤った。「体の力を抜いて楽にしてください。そうすれば私も余計な力が要らない」

面皰の体は硬いままだが、観念したのか手足を地に着けた。

白丁の明鍾は今、両班の生殺を喉の形で握っている。握り潰せる膂力はないが、鋭く体重を掛ければ簡単に押し潰せる。

「こうすればよかったのか。最初から」

明鍾は口を歪めた。こうすれば、力があれば、かくある世は、あるべき世に変えられるのか。

周囲を見回すと誰もいない。仲間たちはさっさと逃げ出したらしい。

二人がかりなら明鍾一人くらいすぐに引き剝がせるのに、何もせずに逃げる。士を自称する両班どもの愚かさと怯懦に、明鍾は呆れた。

「お前、ただではおかぬぞ」

ただ一人残された両班が哀れな声色で呻いた。

どうするつもりだ、とさらに嗤おうとした時、明鍾は気づいた。

もし両班を殴り辱めたと知られれば、きっと村にも累が及ぶ。これほど愚かな両班たちだ。私刑にしても罪に問われぬ白丁たちを見て何をするか、分かったものではない。

快楽は潮の如く引く。頭を振り、事態を打開する糸口を必死で探すが、思いつかない。

いっそ殺すか。不穏な考えが明鍾の胸を過る。

仲間はすぐ逃げた。ずっと俯いていた明鍾の顔はよく覚えていないはずだ。

いま喉を摑んでいる両班は、このまま殺して埋める。誰とも知れぬ白丁に殴られた後に失踪した両班の子弟が、一人生まれる。

犯人を探しに村に役人が来るだろう。だが、どこかの白丁が失踪の手掛かりというだけでは、さすがに村で連座すべきほどの罪にはならない。村の大人たちと口裏を合わせてから姿を晦ませておけば、一件は終わる。

殺す。考えると震えてきた。流浪の前科者になる未来よりも、殺人そのものが恐ろしかった。殺意を抱くほどの怒りと本当に殺すことは、全く別だ。

震えを抑えようと、右手に力を込める。呼応するように面皰が目を大きく見開く。

「何をしておる」

嗄れた声が聞こえた。思わず右手が喉から離れた。

「先生、助けてください」

面皰が咳きながら叫ぶ。慌てて振り返る。

枯れた色の服に、両班のみに許される飾り紐を胸に締めた小柄な老人が立っていた。

顔を見られた。選りに選って両班に。

四

今、老人は「先生」と呼ばれていた。二人は学問の師弟だろうか。白い顎髭を棚引かせながら、老人が近付いて来る。枯れ葉のような足音が、明鍾にはずしりと重く聞こえる。終わりだ。頭が、がんがんと痛む。

「二人とも、まずは離れよ」

老人の声は年相応にか細いが、威があった。望みを失った明鍾は力なく立ち上がる。

「この白丁が、私を殺そうとしたのです」

蛙のように跳ね起きた面皰が必死で訴える。

「道を歩いていると急に襲い掛かって来たのです。押し倒され、首に手を掛けられました。きっと強盗です。白丁は人ではなく、異類（獣の類）と聞きますが、まさに――」

嘘は聞き流した。だが異類と言われたとき、胸の埋火が再び爆ぜた。跪いて老人の裾に縋る両班の襟を後ろから摑んで、思い切り引く。仰向けに引っ繰り返った顔を目掛けて右足を上げる。

その面を踏み抜いてやる。今度こそ殺してやる。人とは何だ。獣如きにも敵わぬ非力な嘘つきの謂か。

足を踏み下そうとした時、老人が素早く両腕を伸ばして明鍾を突き飛ばした。明鍾は両足でなんとか踏ん張る。

倒れてなるものか。人を自称する卑怯な奴らに、負けてなるものか。

「なんだ、お主、泣いておるのか」

老人が、拍子抜けしたような声を上げた。

気付かなかった。だが言われた途端、胸が大きく脈打った。すぐに咽びと涙が溢れそうになる。歯を食い縛る。

「泣くものか」明鍾は吠えた。「お前らなんかに敗けてなるものか」

「泣く強盗があるか、馬鹿者。もっとしゃんとせよ」

老人は叱りつけた。不思議な表現に、明鍾は我に返った。

引っ繰り返ったままの両班には、老人は「お前は、今日は帰れ」と命じた。

「詳しくは明日、書堂（朝鮮国の私塾の称）で聞く。明日まで誰にも話すな」

「なぜです。私は襲われたのですよ。しっかりしてください」

寝っ転がった無様な姿勢のまま両班は抗議した。格の高い家の子弟なのか、先生と呼ぶ相手に対してもいつのまにか傲岸な口調になっている。

「心正シクシテ后、身修マル」

老人は朗々と語り出した。

「身修マリテ后、家斉フ。家斉ヒテ后、国治マル。国治マリテ后、天下平ラカナリ。己の心が正しければ遠く天下まで平らかになる。であるのに近く一身が強盗に遭うのは、お主の心が正しくないからだ。また、仁者ハ必ズ勇アリ。今のお主の素振りは勇に程遠い。ちゃんと学んどるのか」

「もちろんです」

「では、なぜ強盗に遭う」

虚勢じみた色を帯びた面皰の答えに、老人の声は厳しい。

「なぜ強盗より勇に勝れぬ。儒学は修己治人の学、仁を求むる道。学びが進んでおれば強盗は出て来ぬ。出てきても敗けぬ」

「そんな無茶な。襲われた私が、なぜ責められるのです」

「お主が士を志す者だからだ」

老人の声には宣るような威厳があった。

「恥じよ、己の学びの至らざるを。王を佐け万民を安んずる士を志すならば」

そこまで言ってから突然、老人は顔を歪めて腰を大きく曲げた。

面皰が悲鳴を上げて身を翻す。入れ替わるように老人は盛大に嘔吐した。

明鍾が思わず顔を歪めた時、妙な匂いが鼻を突いた。

どうも老人は、酷く酒を飲んでいたらしかった。

五

明鍾と老人は、道端に座っていた。

教え子の両班を帰らせた後、老人は明鍾に事の次第を問うた。思い返すたびに気持ちが激してしまい、明鍾は話し終えるのにかなり時間が掛かった。老人は急がせず、口も挟まず、明鍾の話すままじっと聞いた。

老人が打つ相槌は明鍾に安心感を与えた。ただ、吐く息の酒臭さには辟易(へきえき)した。朝から吐くほど酒を飲むなど、明鍾が知る倫(のり)に著しく反している。だが今は誰であれ、話を聞いてくれる存在がありがたかった。

抱(いだ)いていた殺意の他は全てを話した。老人は頷(うなず)いた。

「お主の話は分かった。明日、福男(ふくだん)にも話を聞こう」

老人は、その場で判じたり断じたりはしなかった。福男とはあの面皰の両班の名らしい。

「俺が強盗だったらどうするのです」

恐る恐る明鍾は聞いた。

「儂(わし)は人を罪に落とすのは、嫌いでな」

興味がなさそうに老人は答えた。

「本当に悪い奴は、儂が何をせずともどこかで報いを受けるものさ」

人という言葉に明鍾の体は震えた。

「先生」

思わず明鍾は叫んだ。老人は明鍾の師ではないが、初対面の相手を正しく呼ぶ世知(せち)はまだ明鍾にはない。

「俺は、俺たち白丁は、人じゃないのですか」

老人は、白く伸びる顎髭の先をしばし指で捏(こ)ね繰った。やがて口を開いた。

「お主、なぜ強盗にされたくない」

「俺はそんな悪人ではありません」

憤然として明鍾は答えた。

「ほう。強盗が悪と知るか」

大道芸人の仮面劇の如く老人は大袈裟に驚いた。

「ではなぜ強盗をしようとは思わんかね。うまくやれば働かずに暮らせるかもしれん」

「俺は靴作りになりたいんです。しないで済むなら悪事なんかしたくない」

「悪事をせずには済まぬ時があるのか」

「村の皆を守りたかったんです」

言い終わる前には、明鍾は後悔していた。

「まだ聞いてないことが、あったようだの」

老人の声は険しさを帯びず、柔和なままだった。意を決して明鍾は答えた。

「仕返しが俺の村まで及ぶのが怖かったんです。もしあの福男って奴を殺せば、俺が両班を殴ったことは誰にも分からない。俺の村にも迷惑が掛からないと思い付きました。けど先生が来て」

「もうよい、分かった」

先生は手を上げて明鍾の言を遮った。

「結局、悪事は為さずに済んだ。喧嘩の他、何事も起こらなかった」

老人の言う通りだ。俺は悪事など一切していない、卑屈になる必要はない、と念じた。

そうしなければ罪の意識で潰されそうだった。

「さて、そういえばお主の名をまだ聞いておらなんだ。悪事を考えたと聞いたすぐ後だが、名乗れるかね」

「名乗れます」

潰されまい。立ち上がる気持ちで明鍾は頷く。

「俺は明鍾と言います」

「では明鍾よ、お主の問いに答えよう。儂が学ぶ儒学では、人には生まれつき四つの心があると説く。他人を憐れむ惻隠、不善を憎み恥じる羞悪、他人に譲る辞譲、善悪を知る是非。四つ纏めて四端と呼ぶ」

「四端ってのがあれば人なのですか」

「まあ聞け。お主が強盗を悪と知るのは是非、強盗を恥じるのは羞悪、村を守りたいと思うのは惻隠の心だ。あと辞譲に適う例があれば良かったが。惻隠は仁の端、羞悪は義の端、辞譲は礼の端、是非は智の端。人は仁義礼智の発端を、生来持つのだ」

「では俺は人なのですか」

「聞けというに」

老人は窘めるが声に険はない。

「四端があるだけでは、まだまだだ。お主、儂が人に見えるか」

明鍾は老人の真意を測りかねたが、「見えます」と答えた。

「ほほう、なぜだ」

老人は少し笑った。

「話すなら鸚鵡も話せる。儂の身体つきは猿と変わらぬ。儂は鸚鵡や猿とどう違う」

「分かりませんが色々違うと思います」

「変わらんさ」

老人の声は幾分、自嘲めいている。

「何時か生まれ、何かを喰らい、何処かで寝ね、何れ死ぬ。儂は鸚鵡や猿と、人は禽や獣と、何ら変わらぬ。ただ一つ、礼有るを除いて」

「礼」

反覆して、これでは確かに鸚鵡と変わらないと明鍾は思った。

「『礼記』に謂う。聖人作チ、礼ヲ為リテ以テ人ニ教ヘ、人ヲシテ礼有ルヲ以テ、自ラ禽獣ヨリ別ツコトヲ知ラシム。古の聖人が、人を禽獣と分かつため作ったのが、礼だ」

「お辞儀やお作法が、人の条件なんですか」

酒臭さに説教じみた薬臭さが差し込んできた。明鍾はつい疎ましく感じた。

「そんな些末な話ではない」

少しだけだが、老人は初めて語気を強めた。

「礼とは仁の顕れ。仁とは天が人にかくあれと命じた理。他者を敬し愛する心」

「では、白丁は礼や仁がないから人ではない、と」

「儂も同じだ。どの身分に生まれても、生まれただけでは皆、鸚鵡や猿と変わらん」

「じゃあ、もし鸚鵡や猿が仁や礼を持てば、人と言えるのですか」

「然り」

老人は短く答えた。

「禽獣と生まれても仁を具え礼を窮めれば、人と呼んでもよいだろうの。礼や仁は生まれつき十全に具わるものではない。先に言うた四端を伸ばし、日々学びと実践を繰り返し、会得し、窮めるのだ」

明鍾が抱く埋火が、熱を帯びてきた。先生は続けた。

「つまり人とは、学んでなるもの。もし白丁が礼を知らぬなら、知ればよい。礼がなければ、誰かが聖人となり、礼を作ればよい」

「なれるのですか、聖人に」

「然り」

先生は、断言した。

「聖人にも、学べばなれる。中国の大儒、伊川先生は仰った」

聞いた途端、胸が焼けそうになった。

明鍾にとって生とは、静かに圧し掛かる理不尽の底で、死ぬまで呻吟するだけの時間だった。だが、老人が明鍾に説いた世界は、もっと動的で、瑞々しかった。

「先生、俺に儒学を教えてくれませんか」

胸の熱は、そのまま願いとなった。

「儒学によって人になれるなら、俺は人になりたい。白丁のみんなに、みんなは人だと教えてやりたい。白丁の、聖人になりたい」

老人は再び顎鬚を捏ね繰り出した。

「近頃、酒が足らんでの」

老人は厳かに授業料を要求した。

六

明鍾の話を聞いた小父さんは靴作りの道具を放り出すと、狭い仕事場で大きな体を揺すった。

「年寄りが飲むくらいの量の酒で書堂に通えるんなら、安いもんだ」

願いは、あっけなく許された。

明鍾は幼いころに両親を亡くし、以後は家が隣同士だった小父さんに面倒を見てもらっている。小父さんは靴作りの腕が自慢の朴訥な人で、なぜか嫁を取れず、一人で暮らしていた。

尊儒崇文の朝鮮国の民の例に洩れず、白丁も儒学への憧れは強い。

朝鮮国は官私の教育施設が充実している。

官学は最高学府の「成均館」を頂点とし、中等教育は王都漢城（現在のソウル市）の「四部学堂」、各地方の「郷校」が担う。良人以上なら身分を問わず学力次第で入学できた。

また中等教育には、私学の「書院」も各地にある。書院はとりわけ教育水準が高く、科挙（官吏登用試験）の及第（合格）者や成均館への進学者は郷校を上回る。

初等教育は私学の「書堂」で行われる。地域の持ち寄りや訓長（講師）の持ち出しで運営され、授業料のない例が多かった。奴婢（奴隷）などの賤人も入学が許され、国内に広く教育を興す役割を担った。

だが、こうした緻密な朝鮮国の教育制度に、白丁だけが除外され続けていた。

白丁の起源は、前代の高麗国のころから賤視されていた漂泊民にある。

高麗国の跡を襲った朝鮮国は建国の当初、漂泊民の良人化を図った。耕作の土地を与え、郷校への入学も許した。また世間の賤視を改めるべく漂泊民たちの称を無位無官の良民を指す「白丁」とした。便宜上「新白丁」とも呼んだ。

しかしこの政策は全く失敗した。民衆は白丁たちとの共存を嫌った。漂泊民のほうでも慣れぬ定住を忌避して脱走したり、食い詰めて罪を犯す者さえ出た。

結局、朝鮮国は良民化を諦めた。白丁に土地を与える国法は、ならず者を監視するための集住と捉え直された。結婚や葬儀、身なりに纏わる様々な不文律が生まれる。

かつて天地の間を自由に漂泊していた白丁はいつの間にか、逃げ出せない身分制度の奥底深くに沈められた。郷校への入学許可は忘れられ、書堂からは締め出された。

朝鮮国に住みながら、朝鮮国が尊び崇める学問からも白丁は遠ざけられている。その学問が出来る。小父さんは吾が事の如く喜んでくれた。

「けど、小父さん」おそるおそる明鍾は口を開いた。「酒代はどうしたら」

「もう仕事は覚えたろう。材料は分けてやるから靴を作って稼げ」

さらりと小父さんは言う。

確かに小父さんの手ほどきで明鍾は靴の作り方は覚えた。だが、一足を作るのに一日は掛かり、出来映えも悪い。売れる質の靴を酒代になるほど作る技量はまだない。

明鍾が戸惑っていると、小父さんは仕事場の奥から真っ新な木綿布を摑んで来た。

「最初の酒はこれで買え。あとの入り用は白丁の生業で稼げ」

貨幣が普及していない朝鮮国では現物か米、あるいは木綿布で物を購う。白丁たちは裕福とは程遠いが、徴税すら忌まれたため僅かばかりだが蓄財ができた。

「白丁の矜りを忘れんな。白丁の生業で稼いで、学問を修めろ」

小父さんの目は厳しい。だが、どこかに願いのような色が浮かんでいた。

七

釜山の街の猥雑な喧騒は陽光と潮風に洗われ、湧いた端から陽気な賑やかさに変わる。明鍾は人でごった返す市の往来をほとんど潜りながら歩いている。食料や日用品、国内外の希少品が所狭しと市には並ぶ。

いつもの背負子はほとんど空で、小父さんに貰った少しばかりの木綿布だけを載せている。心は背負う布と同じく軽い。

市でこれから酒を買って、街外れの書堂へ行く。改めて老人に教えを乞う。学びの日々が始まる。

具体的な想像がつかないまま、像を結ばない予感だけで踊り出したくなる。

「それにしても変な頭だな、あれ。風が寒くないのかな」

前頭部を剃り上げた髪型の男性を釜山ではちらほら見かける。腰には一本か二本の刀を差している。海の向こう、日本国から来た者達らしい。

儒学の「身体髪膚、之ヲ父母ニ受ク。敢テ毀傷セザルハ、孝ノ始メナリ」の教えもあり朝鮮国では髪を切らない。僧になるなど特別な事情がなければまず頭は剃らない。どうも奇妙に見える。

釜山は日本に対する唯一の開港地でもある。交易に来た日本人のために《倭館》と呼ばれる住居兼商館もある。海外、特に南方の物品は主に日本人が運んでくる。

「酒屋ってどこにあるんだよ。行かねえからわかんねえよ」

立ち止まって辺りを見回す。苛立ちはしないが気は急いている。

「ねえ、君」

突然、話し掛けられた。見上げると、二十歳は超えていないような顔があった。やや小柄で、後頭の右寄りに丸く髪を結っている。初めて見る髪型に「また妙な奴が出てきた」と明鍾は思った。

「陶器を商う店はどこだろうか。釜山には今日来たばかりで、全くわからなくてね」

若者の表情は朗らかだった。話す音には何か足りないような違和感がある。

「私の言葉、伝わっているかな。朝鮮の言葉は覚えたばかりで、まだ慣れていないんだ」

「わかりますよ、上手です」

わざと早口で明鍾は答えてやった。

「もう一度言ってくれないか」

微笑んだまま若者は少し両眉を下げた。困っているようだ。

「見慣れない格好ですが、どこから来たんですか」

明鍾は話を変えた。困っている人を苛めるのはやはり性に合わない。

「琉球という国から来た。朝鮮国のずっと南にある島国だ。とてもとても良い所さ」

若者は、聞かれてもいない故郷の良し悪しを付け加えながら胸を張って答えた。

琉球。初めて聞く国だ。明鍾も朝鮮の地に愛着めいた感覚はあるが、故郷とはそこまで誇れるものなのだろうかと不思議に思った。

「私は、真市という。商いのために仲間と船で釜山まで来たんだ。十七歳になる」

若者は涼しい声で名乗った。

「日本でね、朝鮮の陶器がびっくりするほど高く売れるんだ。高く買った安物の器でお茶を飲むのが流行っていてね。朝鮮の陶器の美しさは私も感じるけど、可笑しな話だね」

この真市というやつは何か余計に言い添えたくなる病気にでも罹っているのだろうか。

また、語られる日本の流行は珍奇すぎて、正直疑わしい。

「君は」

「明鍾です。十三歳。酒を買いに来ました」

つい言葉が短くなる。隠すつもりはないが自己紹介に慣れていない。

「〝スル〟とはなんだったかな」

真市は眉間に皺を寄せた。

「大人が楽しくなるために飲むものです」

「わかった。酒だね」真市は破顔し、次に陶然とした。「私もよく飲むよ。堪らないね」

「〝サキ〟っていうのですか。琉球では」

「そうだね、私の勘違いでなければ朝鮮の〝スル〟は琉球の〝サキ〟だ。考えると、もう飲みたくなってくるな。ところで君が飲むのかい」

いえそんな、と慌てて明鍾は首を振った。小さいころ、戯れに大人たちに一口だけ飲まされて大変な思いをした。どれだけ体が大きくなっても、酒を美味いと思う日は来ないだろうと確信している。

「学問の師への謝礼です」

「なら琉球の〝サキ〟はどうだい。朝鮮では珍しいだろう、贈り物にはぴったりだ。ちょうど少しばかり持って来たんだ」

滑らかな口ぶりで真市は提案する。物を売られる経験がない明鍾は少したじろぐ。

「朝鮮の言葉はともかく、商いは上手なんですね」

明鍾は疎ましさを感じ始めていた。

「そりゃ商人だからね。と言ってもまだ先輩にくっついているだけの駆け出しだけど」

真市は明鍾の心情の機微を全く意に介さぬ態度で話し続けた。商売の腕とは巧みさより図太さなのかと、明鍾は妙に感心した。

「俺よりも、酒の味の分かる大人に持ち掛けたらどうですか」

真市は瞬きする間だけ考えるそぶりをした。

「正直に話そう。売れないんだよ。異国の酒は味の想像がつかないのだろうね」

街角で急に声を掛けられれば、当然怪しまれる。売れない理由はそっちだろうと思いながら、真市の態度に明鍾は少しだけ心を開いた。

「なぜ正直に言うのです」

「相手に嘘をつきたくないからさ。なにせ吾が琉球国は『守礼之邦（しゅれいのくに）』。相手を軽んじる言動はしないんだ」

礼を守る邦。そんな煌（きら）びやかな国があるのか。明鍾は眩（まぶ）しさを感じた。昨日以来、「礼」の語は明鍾にとって神聖な響きを帯びている。

「美味いんですよね、〝サキ〟ってのは」

何の証（あかし）にもならないが、酒の味より憧（あこが）れる礼の実在を確かめたくて聞いた。

「もちろん」真市は即答し、また胸を張った。

「なにせ私も、さっきまで飲んでたからね」

八

「『道学（どうがく）先生』の書堂は、あそこだよ」

通りがかった農夫に道を尋ねると、広がる寂れた景色の一点を指差された。

指が示す先には貧相な茅葺の建物があった。周囲には今にも朽ち果てそうな土塀が巡らされている。辺りには何もなく、見るからに孤立している。

「先生は評判が悪いのですか」

心細くなった明鍾は聞いた。

明鍾の知る限り、「道学先生」とは人の名ではなく、迂愚な儒者を指す悪口だった。老人は周囲から忌避され、孤立した書堂に寂しく住んでいるのだろうか。

明鍾の心配を見て取ったのか、農夫は苦笑して手を振った。

「偉い先生だよ。けどちょっと捻くれてて、そう呼べってご自分で言うんだよ」

明鍾は安心した。同時に気が抜けたのか、どっと疲れを感じた。

街から、かなり歩いて来た。背負う酒甕も重かった。人が背負って運べる小ぶりな甕だが、なみなみと酒を注いでくれたあの琉球人の気前の良さが却って恨めしい。

農夫に礼を言って別れると、「もうすぐだ」と言い聞かせて明鍾はさらに歩く。

書堂の土塀の、門の痕跡めいた奇妙な開口部の前で背負子を下ろした。

「すいません。道学先生に会いに来ました。明鍾と言います」

呼んで、しばらく待つ。誰も出て来ない。

意を決して背負子を背負い直すと、掲げた屋根が今にも崩れそうな門を潜る。

建物の戸の前で改めて呼ばわった。

「先生。昨日お世話になった、明鍾です。お酒を持ってきました」

「酒だと」

叫び声と同時に戸が開き、両手を広げた人影が飛び掛かって来る。猛虎に出喰わしたような危険を感じた明鍾は、思わず身を翻して躱した。人影は着地するとぐるりと振り返った。

道学先生だった。だが、目は獰猛な光を放ち、息も荒い。

「先生、俺です。昨日お世話になった、明鍾です」

襲われまいと明鍾は必死で名乗る。

「酒は」

先生の答はまるで獣の唸り声だった。

「背負ってます。街で買ってきました。琉球って国の」

言い終える前に、道学先生は明鍾の背後に回っていた。武芸の達人を思わせる。

「じっとしておれ」

甕を固定していた紐が手荒く解かれる。先生は酒甕を抱えて、建物の中へ駆け込んだ。甕の口を覆う布が剝ぎ取られる音に、どぶん、と何かが水に沈む音が続いた。後は静寂の中で喉が鳴る音だけが、こくこくと響く。

喉ってあんなに鳴るものなのか。明鍾は呆気にとられながら事が終わるのを待った。

「美味い。よく持ってきてくれたの」

やっと人らしい声が聴けた。明鍾は真市の自慢げな顔を思い返した。

九

「本当に来るとは思わなんだ」

道学先生の遠慮ない一言で、明鍾の学びの日々は始まった。

明鍾が納める酒の量と先生の時々の気分で、学べる量がまず決まる。

授業は、これも先生の気分で不定期に行われる。正規の授業とは進行が異なるため、明鍾の授業は道学先生と二人きりで行われた。

まず、基本的な四字を一句として二百五十句、文字通り千字で成る漢語の長詩『千字文』を教材にして字を習う。

道学先生が、庭の地面に木の枝で一句四字を書き、読み上げる。また諺文（ハングル）も併せて教えた。明鍾は真似て地面に書き写し、覚える。

数日で早々と明鍾は疎ましさを感じ始めた。

明鍾の様子に気付いたらしい道学先生は酒臭い息を吐きながら枝先で地に書いた。

「お主の名は、こう書く。明るきを鍾める。良い名だの」

以後、明鍾は渇者が水を求める如く字を覚えた。

小父さんや村の大人と共に靴を作り、売り、取り分を受け取る。酒を買い、書堂で学び、働きながら、何度も思い返して復習する日々が続いた。

ある時から靴作りの取り分が、働いた分に比べて少しだけ増えた。小父さんが村に掛け合ってくれたと別の大人から聞いた。小父さんは靴作りの技法と毎日の食事の時刻以外は、何も教えてこなかった。

　怠けてはいられない。明鍾は道学先生の講じる内容を文字通り必死で覚えた。『千字文』を学び終えると、道学先生は薄汚れた細い竹筒を明鍾に授けた。

「よく学んだ。儂からの祝いだ。ありがたく受け取るがよい」

　筒の片側には疎ら(まば)な毛の束があり、筆だと辛うじて(かろ)分かった。先生の使い古しらしい。祝いの品の貧弱さに比べて道学先生の態度は、呆れる(あき)ほど恩着せがましかった。また、使う紙は、正規の授業で出た反古(ほご)からまだ書けそうなものを選り(え)分けさせられた。

　通常、書堂では『千字文』の次は別の簡易な書でさらに読み書きを深く、また併せて歴史や地理、人倫を学ぶという。だが道学先生は明鍾にはいきなり儒学の経典(けいてん)を教えた。

「お主は他の学徒(がくと)（生徒）と違って、もう小童(こわらわ)ではない。世間の大体(だいたい)は分かっとるだろうから飛ばすぞ」

　並みの学徒は七歳か八歳で書堂に入り、家の事情や学力に問題がなければ十五、六歳で修了する。対して明鍾はもう十四歳になろうとしている。

「ありがとうございます。頑張ります」

　明鍾は心から感謝した。一日も早く、一字でも多く、学びを進めたかった。

　儒学の経典は「四書五経(ししょごきょう)」という九つの書を基本とする。全て合わせて数十万字を数える。

「全て覚えよ。経(けい)の字句は目で読んでも字句のまま。覚えて初めて血肉となる」

道学先生は厳かに明鍾に命じた。後から知ったが、暗誦は先生独特の方針ではなく儒学の風だ。

経典の授業は屋内で行われた。道学先生が口頭で経典を読み上げ、意を講釈する。明鍾は選り分けた反古に字句を書き写す。溜まった反古を綴って暗誦の元とした。

――学ビテ時ニ之ヲ習フ（復習する）。亦説バシカラズヤ。

『論語』の冒頭。明鍾はこの句を最初に教えられた。学び、得た知識を血肉とする説び、聖人への道を踏み出す悦びに衝き動かされ、道学先生に導かれるまま、明鍾は経典の説く世界へ没入していく。

だが時折、授業は中断される。常に酒気が抜けない先生が思わぬ方向に話を転じるからだ。

「哀公問ヒテ曰ク、何ヲ為サバ則チ民服セン。続きを」

半ば寝っ転がって酒の入った椀を玩びながら、道学先生が問う。

「はい」きちんと座って明鍾が応ずる。

「孔子対ヘテ曰ク、直キヲ挙ゲテ諸ヲ枉レルニ錯ケバ則チ民服ス。枉レルヲ挙ゲテ諸ヲ直キニ錯ケバ則チ民服セズ」

『論語』の句だ。

「ようした。では意を述べよ」

「真っ直ぐな人を登用して性根の曲がった人よりも上の職に就ければ、民は従います。逆だと民は従いません」

すらすらと明鍾は答えた。

「その通りだ。翻って吾が国はどうだ」

始まった、と感じた明鍾は「俺にはまだ何とも」と言葉を濁す。

「なっておらぬ」

道学先生はゆらりと体を起こした。声に危うい張りが出てくる。

「吾が国の人事は顕官から卑官に至るまで全くなっておらぬ。どいつもこいつも権門を目指すか取り入るしかせぬ」

己への叱責ではないと知った明鍾は、ほっとした。感極まった先生は立ち上がった。

「今の両班どもは、土地を買い集め奴婢を囲うために国法があると思っておる」

明鍾は嵐が過ぎ去るのをただ待ち、きゅっと身を竦める。

「儂は若くして深く儒学を修めた。科挙も体調さえ良ければ状元（首席）であった」

「先生の偉大さはよく分かっています」

ご自分で言うのもどうかと思いますが、と続けそうになって必死で飲み込む。

「儒は実践の学である。経世の学である。形而下を能く治めるために形而上の理を問い、窮める。形而上の解釈を玩び政敵を逐う学ではない」

儒学、とくに当世で主流の朱子学では、己の修身と世界の安寧が直結している。学びにより万物を律する理を窮めれば、己の身を修める術も知り得る。さすれば己の身から溢れる仁徳は伝播し、家族、国、果ては天下まで平らかに治まると説く。「窮理」と「平天下」の直結を、朱子学では「豁然貫通」と呼んだ。

ただし「豁然貫通」の概念は大いに誤解され、有名な逸話を生む。

朱子学が興った後の中国では宋王朝がまさに滅びんとしていた。幼い皇帝と朝廷は海に逃れるが、やがて侵略者の蒙古軍に追いつかれた。

絶望した宋の臣たちが次々と入水し、あるいは最後の抵抗をする中、宰相は船上で、幼帝に儒学の講義を続けた。

幼帝の学問が「窮理」の境地に達せばたちまち「平天下」まで「豁然貫通」する。さすればきっと蒙古軍は直ちに矛を捨て、幼帝に平伏す。宰相は確信していた。勿論そうはならなかった。宰相は幼帝を抱いて入水し宋は滅びた。

朝鮮国でも、支配階級たる両班の過半はただ静かに読書して暮らした。読書を通して窮理の境地に近づけば、溢れる仁徳が周囲に秩序と安寧を齎すと考え、実践した。

朱子学の異称の「道学」から、宋末の宰相や朝鮮国の両班の過半など儒学に耽って現実を見ない迂愚な人を皮肉って「道学先生」と呼ぶ。

また、儒学の習得が官吏の条件だった朝鮮国では大官は皆、すなわち大儒でもあった。理に纏わる形而上の議論はしばしば政界で白熱し、政局ともなった。

「今の朝廷にある佞臣どもより儂のほうが遥かに理を知る。道学を解せず、儂の才を妬み野に逐うた奴らに吾が学を謗られるは、むしろ誉れである。道学先生と呼ぶなら呼べ」

呼ばせているのは他ならぬ道学先生自身だ。遥か年上の老人に対して明鍾は呆れつつ、いつも話に聞きいってしまう。

十

「日本人に言わせれば、俺たちの槍は短いんだとさ」

ある日、釜山の酒屋の店主が明鍾に憤った。

「なんのことです」

いつもの甕を渡しながら明鍾は聞いた。

店主の崔(さい)は、最初こそ不愛想だったが、一年ほど通う内にすっかり打ち解けた。

「〝ヤスヒロ〟とかって奴が朝鮮の兵に言ったらしい。槍が短いと戦(いくさ)の役に立たないとか朝鮮国は戦を知らないとかなんとか」

「戦に詳しいほうがどうかと思いますけどね」

率直な感想を明鍾は口にした。儒学は伝統的に崇文軽武(すうぶんけいぶ)の感覚がある。争いに長(た)けているなど下の下だ、と感じるくらいには明鍾の学びは進んでいた。

「で、その〝ヤスヒロ〟は何をしに朝鮮国に来たんですか」

崔は店の奥の大甕(おおがめ)に柄杓(ひしゃく)を突っ込みながら、大声で答えた。

「〝ヤスヒロ〟は対馬(つしま)の島主の家来なんだけど、あの〝ピョンスギル〟の命令で仲よくしようぜって言いに来たらしい。なのに槍がどうしたとか、俺たちを馬鹿にしてくる。何しに来たんだろうな」

日本国の全土を支配した平秀吉(ピョンスギル)（豊臣秀吉）なる者が、両国の間にある対馬の島主を通して朝鮮国に善隣の交渉を持ち掛けていることは、崔や明鍾などの庶民にも知られていた。

「ところでお前さん」

酒で満たした明鍾の甕を持って来ながら、崔は話を変えた。

「どうだ、学問は進んだかい」

「経書の暗誦はだいぶ進みました。始めて一年くらいなので、まだまだですけど」

答えながら、もう一年も経つのだな、と密かに感慨に耽る。

「いいね。白丁なのに熱心なことだ。気張んなさいよ、若いんだから」

崔に他意はない。白丁に学問など要らない。それは朝鮮国の人にとっては天地の存在と同じくらい当たり前の感覚で、言及に配慮を要することではなかった。

「ありがとうございます、旦那さま。がんばります」

心に差した影を感づかれないよう気遣いながら、明鍾は頭を下げた。

「がんばりなよ。応援してるぜ」

崔も旦那さまと呼ばれて当然の顔で甕を渡してくる。

書堂へ向かう道すがら、明鍾は答えの出ない問いに悩んだ。

白丁の聖人になりたい。一年前に抱いた志は今も変わらないが、具体的な像を結ぶこともない。現実的な将来は、「ちょっと物知りな一介の靴作り」でしかない。

学問は明鍾の視野を広げてくれた。だが見せてくれたのは届かないもの、往けない所、選べない道だけだ。

――どうして俺は学問なんか始めてしまったのだろう。

後悔に近い感情を、明鍾は抱いていた。

十一

明鍾の村で、流行り病の死人が出た。

長老格だった数人の老人のうちの一人で、明鍾の学問にも理解を示してくれた人だ。

葬儀は村の大人たちにより、白丁の分限を超えないという意味で恙なく終わった。

質素な棺に横たわる遺体は、生前には禁じられた絹の衣服を着せられている。棺には刀が入れられた。由来はもう詳らかではないが、堂々たる白丁の証で先祖の誇りを受け継ぐものだという。

埋葬の時も良人のように輿で棺を運べない。喪主が棺を背負い、白丁共同の墓地へ行く。墓碑、位牌を安置する堂など、他の身分なら許される一切が白丁には許されない。せめてもの弔いとして親を見送った子は三年間、喪に服する。仕事を休んで死者を悼み、その間の生活は村が支える。

葬儀を手伝った翌日、いつものように明鍾は小父さんの家で向かい合って靴を作る。

次の酒を納めるまで、授業はお預けになっていた。新しい酒を買う分の布はとっくに稼いでいたが、学問の目的を見失った明鍾の足は、なかなか書堂へ向かなかった。

迷いから逃れるように、靴を作る。ほんの一時だが焦燥や無力感を忘れられた。

しばらくお互い黙々と作業していたが、ふと小父さんが顔を上げた。

「そういえば、なんで喪って三年なんだろうな。お前、知ってるか」

世間話と思った明鍾は手を止めず、「なんででしょうね」と相槌だけ打った。

「学問で習わなかったのか」

今、学問の話をするのは明鍾には辛かった。とはいえ聞かれて答えないわけにはいかない。少し考えてから答えた。

「高宗諒闇三年言ハズという故事が、三年の喪の始まりだそうです。高宗は昔の中国の王さま、諒闇は喪を指します」

「昔の偉い人がやったってだけで三年も掛けて喪に服するのか」

「世間では、そうです」

小父さんは特に得心した素振りも見せず、「そうか」とだけ呟いて手元に目を転じた。この話題は終わろうとしていた。

「けど」

勝手に口が動いた。明鍾の胸の奥で埋火が爆ぜた。

「俺が思うに、俺たち白丁が三年の喪に服するのにはもう一つ理由があります」

再び小父さんは顔を上げた。明鍾は続ける。

「孔子さまは孝悌ハ其レ仁ノ本為ルカと仰いました。別の読み方もありますが、今は昔の通りに読みます。父母に尽くす孝と年長者を敬う悌が、仁の根本だという意味です」

「仁。名前に使えない言葉だな」

明鍾を見詰める小父さんの顔に少し影が差した。仁、義、礼、信など儒学で尊ばれる徳を示す語は、白丁の名には使えない。理不尽としか言いようがないが、論じたいことはその先にある。

「だからこそ俺たちはきっちり三年間、喪に服するんです。名に使えなくとも、仁を持つのだと思い起こすために」

明鍾は語気を強めた。纏わりつく苦みを振り払おうと明鍾は語気を強めた。

小父さんの目に、さっきと異なる光が宿った。明鍾は続けた。

「孝について孔子さまは仰います。ただ父母を養うだけなら犬や馬でもできる。父母への尊敬がなければ人は獣と変わらない、と。だから俺たちのご先祖は喪において三年の期間を守り始めたんです。きっと」

事実を明鍾は知らない。知った経典の句を都合良く解釈しているだけだ。

「白丁は禁により立派な葬式を出せません。それでも、俺たち白丁が犬馬や禽や獣の類でなく仁の心を持ち、礼を尽くす人なんだって忘れないために、できる限りの孝の実践として三年の喪に服すんです」

小父さんはじっと明鍾を見詰める。明鍾は続ける。

「俺たち白丁は、異類ではなく、人なんです。忘れちゃいけないんです。一時たりとも、一人たりとも」

学問は、無為ではなかった。逆だ。生きるための光を、与えてくれた。

小父さんは、いつも靴を作る。俺は学び、いつか礼を作る。今のように。

「そうか」

小父さんは何かを堪(こら)えるように強く目を瞑(つぶ)ったあと、うっすらと開いた。

「俺たちは、人だな」

細い瞼(まぶた)の隙間からもわかる。小父さんの目は真っ赤だった。

をなり神の島

一

大明の万暦(ばんれき)十七年(西暦一五八九年。天正十七年)四月。
船が一隻、青い海にゆっくりと白く線を引きながら風を受けて進んでいる。
真市(まいち)は船の艫(とも)に立ち、ふと歌った。

おみなりが手巾(てさじ)　(姉妹にもらった手ぬぐいは)
まぼるかんだいもの　(自分を守ってくれる神の依代(よりしろ))
引きまわち給れ　(自分を守ってほしい)
大和(やまと)までも　(日本に着くまで)

空に、白い鳥が飛んでいた。陸が近い証拠だ。別の歌を思い出す。

御船の高艫に　　　　（船の艫に）
白鳥が居ちよん　　　（白鳥がいる）
白鳥やあらぬ　　　　（いや、鳥ではない）
おみなりおすじ　　　（姉妹の霊力だ）

懐に手を入れた。そこには白い手巾を掌ほどに折りたたんで入れてある。船出の時、妹がくれたものだ。

「すごいよ、あたしのは」

真市は妹の言葉を思い返して笑いながら、妹の霊力に道中の無事を感謝した。

琉球の言葉で姉妹を〝ヲナリ〟と言う。歌にある「おみなり」は〝ヲナリ〟を指す。対して兄弟は〝ヱケリ〟。姉妹は、兄弟を守る霊力を持つと琉球では信じられている。

琉球の男子は航海などで遠方に出向く際、姉妹の霊力の依代に項の髪や手巾を乞うた。また白鳥は、行く先々で兄弟を守る姉妹の霊力の化身とされた。

〝ヲナリ〟の依代や化身に守られて琉球の船が漕ぎ出す海は、大明の天子（皇帝）が主宰する秩序により人と波が穏やかに行き交っている。

大明国は周辺の諸国を名目上の臣下として服属させていた。服属国は、「冊封国」と呼ばれる。冊封国が従うべき中国の天子の「徳」、国同士の交際に必要な「礼」など大明を頂点とする世界秩序の理論は儒学が用意し、整えた。

琉球国は、前身の中山国のころからずっと大明皇帝の臣下の「琉球国中山王」として、冊封を受け続けている。いわば礼の海に生まれ落ち、育まれた国家だった。主には大明と日本を相手としつつ、大明の数ある冊封国と交際し官貿易を行った。商圏は遠く暹羅、満剌加、蘇門答剌、爪哇まで及び、遥か北の朝鮮国とも往来した。

海賊対策のために私貿易を制限する大明国の方針もあり、琉球国は官貿易で大いに栄えた。

――琉球国ハ南海ノ勝地ニシテ、三韓之秀ヲ鍾メ、大明ヲ以テ輔車ト為シ、日域ヲ以テ脣歯ト為ス、此ノ二ツノ中間ニ在リテ、湧出セル蓬莱嶋也。舟楫ヲ以テ万国之津梁ト為シ、異産至宝ハ十方刹ニ充満セリ。

首里の王城に掲げられた鐘の銘は、琉球国の繁栄を高らかに謳い上げた。

また、大明皇帝に賜った「守礼之邦ト称スルニ足ル」の賛辞は琉球国の矜りとなった。

「それにしても、この襤褸船もよく保っている。私もかくありたいものだ」

真市が船縁を撫でると、応じるように船が軋んだ。

船の名は、「たから丸」。ずっと昔に官貿易のために建造された。

かつて、たから丸は琉球国の威光を体現すべく鮮かに彩られ、颯爽と大海を渡っていた。やがて彩色も褪せ剝げてほうぼうが傷み、官貿易の任から外された。

今は官の雑用に使われて、まだなんとか現役でいる。乗り手に巧みに操られ、時に労わられながら、息も絶え絶えたから丸は海を渡る。

母国の盛衰とたから丸の船歴が、つい真市の胸の内で重なる。

王城の鐘に謳われた「蓬萊嶋」が浮かぶ海はここ数十年で大きく様相を変えていた。ポルトガルとやや遅れてやってきたイスパニアが琉球の商圏を貪り食った。また、再び暴れ始めた海賊「倭寇」の対策のため大明は私貿易を認める方針に転換した。官貿易が衰える中、日本には「関白」、豊臣秀吉なる権力者が現れ、薩摩の島津家を介して執拗に服属を迫っていた。

琉球国が浮かぶ海は、今や風が立ち沸騰しようとしている。上手く航らなければ。決意に近い思いを抱きながら、真市は、懐の内で手巾を握った。

「これからも〝ヲナリ〟が守ってくれる。誠を尽くせば、きっとなんとかなるさ」

強張っていた顔を解すように微笑み、真市は呟いた。船も国も乗り手次第だ。

「見えたぞ」

船員の一人が声を上げた。真市は船首へ走り、前方に目を凝らす。

水平線が一部だけ太くなっていた。薩摩だ。

船員たちが慌ただしく動き出す。入港の準備で甲板はたちまち喧騒に包まれた。

二

たから丸は薩摩半島の南端にある山川の港に入った。

山川は錦江湾の入口にあたる要所にあり、古くから栄えた。やがて大明や南蛮の船が立ち寄る国際貿易港となり、数年前に島津家の直轄とされた。

異なる国々からやって来た様々な船、建築、衣服、言葉、顔で、山川は溢れている。雑踏の中で真市はつい寂寥を感じる。

かつて琉球の船が山川に齎したはずの産品の過半は、今は大明や南蛮、日本の船が運んでいる。山川での文化の混淆の度合いはすなわち琉球国の衰退の度合いでもあった。笑みの形に真市は口の端を歪める。感情が揺れるときは特に笑うようにしていた。

街からやや外れたところに、石垣を巡らした瓦屋根の家屋がある。《琉球館》と真市たちは通称している。大明国の福州には、大明朝廷から下賜された同名の壮麗な建物があって、琉球国の外交事務所兼商館として使われている。

規模は大違いだが役割と官営である点を捉えて、王府が自前で建てた山川の小さい家屋も、琉球館と呼ばれていた。

巡る石垣の切れ目が入口になる。門扉はないが、数歩ほど入った所で壁が立ち上がって往来から母屋への視線を遮る。屛風と呼ばれる琉球の様式だ。

那覇を出て数日しか経たぬのに、真市にはもう懐かしく感じられた。屛風を避け館の前に立つ。

「商いで那覇より参りました真市と申します。日本は不案内ゆえ諸事お教え願いたく」

声を張ると、ややあってから板戸がするりと開いた。

藍色の衣に紺の帯を前結びに締め、頭には赤い布を冠の形に巻いた琉球の士が現れた。背は真市よりやや高く、頰と顎は削いだように鋭い。

頭の布は〝ハチマキ〟と言い、色で位階を示す。赤は位階が下から二番目の色で、つまり真市を迎えた士は下っ端より多少ましな程度の小役人だった。

「遠路ご苦労である。そなた、日本は初めてか」

真市を見下ろす士の声はどこか芝居がかっていた。顔にも表情がない。

「さようでございます。万事、どうか宜しくお引き回しくださいませ」

「承知した。まずは入れ。内で休むがよい」

真市が館に上がると、士はぴたりと戸を閉じた。外光を失った館の内は暗い。

「お久しぶりです、樽金さん」

人目がなくなると真市は親しく話しかけた。

「何をしに来た」

樽金は無表情のままで声は低く鋭い。

真市と樽金は、諸国の内情を探る密偵を役目とする琉球国の官人だった。貿易、外交の実務を担う「唐栄」という半ば官庁のような職能集団に属し、こっそり、海外の情勢を探る。交易で立つ琉球国には欠かせない役目だった。

「故国で、なにかあったか」

樽金は訝る。唐栄要員が来る場合は、受け入れの準備や引き継ぎのため、たいてい先に知らせがある。今回、真市は突然訪れた。

「奥でお話ししますよ。まず座らせてくれませんか。船で着いたばかりで疲れました」

これから樽金に伝えるべき内容を考えると、どうにも気が重い。真市は努めて朗らかに話しながら、無用な時間を稼いだ。

樽金は黙って館の奥に案内した。小さい部屋で、外に面した木戸はぴたりと閉じられ、やはり暗い。樽金が燭台に火を灯す。

三

去年の十一月、琉球国の尚永王が三十歳の若さで崩御した。王には男子がなく、甥の尚寧が即位した。

同月、代替わりに付き物の悲嘆交じりの興奮に捉われる琉球王府に、島津家の当主の龍伯入道(島津義久)が使者を遣わした。

「日本は、寸土も残さず『関白』のものとなった。朝鮮もすでに服属し、大明、南蛮も近々貢物を持って来る予定だ。未だ服属せぬ琉球国は滅ぼされるべきである。生き延びたければ上洛せよ」

使僧が持参した龍伯入道の書状は虚偽と、息が止まるような脅迫が書き連ねてあった。「関白」が二十万の大軍であっという間に九州を制圧した記憶は、まだ新しい。本当に戦争となれば、小さな島々が寄り集まる琉球国は掃うように征服されるだろう。王府は対応に苦慮し、真市や樽金たち唐栄に属する者もにわかに忙しくなった。

真市は四海に散る者たちの連絡役として海を行き来し、樽金は増員として山川の琉球館へ赴任した。正規の外交官も密偵の者も手を尽くして各国の状況を探った。

それから五か月が経った今、真市は山川の琉球館の薄暗い一室で、なかなか口を開けず座っていた。

「俺から話そう」

樽金が先に口を開いた。沈黙の重さよりも、無為の時を嫌ったのだろう。

「島津を上手く使えば時は稼げる。山川へ来る前にも上申したが、直(じか)に島津の情勢を見る限り状況は変わっておらぬ」

樽金の声は静かだが、私見への自信を思わせた。

「有体(ありてい)に言って、『関白』は島津を擂(す)り潰(つぶ)す気だ。一族を直臣(じきしん)の如く扱って分断し、領地に穴を穿(うが)つように蔵入地(くらいりち)を設けた。懐が苦しくなったところへ頻繁に普請（工事）や物資の供出を命ずる。怠る素振(そぶ)りがあれば、すぐさま島津は改易(かいえき)されるだろう」

燭台の火が、少し揺らめいた。

「吾(わ)が琉球国との交渉を島津に命じたのも、首尾よくゆけばそれで良し、不首尾となれば島津家を責める理由とするためだろう」

島津は古くから、琉球国との外交や貿易を独占している。ために「関白」も島津に琉球との交渉を命じた。ところが島津家は使を立て書を送るのみに終始し、具体的な行動は何も起こさない。

「ここに、吾が国の活路がある。琉球国との交渉が続く限り、島津もまた改易を免れるのだ。だから我らは島津と気脈を通じ、交渉が進んでおる如く『関白』を欺(あざむ)けばよい。島津と手を結ぶのは腹立たしいが、已(や)むを得(え)ぬ」

樽金が付け加えた島津についての感想は、琉球の官人が等しく持つ思いでもあった。

かつて琉球国に敬意を払っていた島津家は、いつごろからか態度を変えた。礼を簡素にしたり当主の代替わりに慶賀の使の派遣を求めるなど、琉球国を下に置こうとした。しかしその野心は九州制覇の望みと共に潰（つい）え、今は勝手ができぬ「関白」の下働きとなっている。

「今はともかく、時を稼いで事態の変化を待つが上策」

「同感です。しかし」

真市は怯（おび）えに近い感情を抱（いだ）きながら、そっと話した。

「王府は、京（キョウ）へ使を遣わすと決めました」

骨が折れそうなほど太い音を立てて樽金は舌打ちした。不機嫌になった時の癖だ。なお「京」は国の首都を指す語だが、琉球では日本の京を地名の感覚で〝キョウ〟と呼ぶ。

「脅迫に屈する気か、王府は」

樽金の声には殺気を思わせる迫力があった。

「そうではありません」

真市は慌てて言葉を継いだ。

「ただ、これ以上は服属の要求を引き延ばし難い。そこで、とりあえず国内一統を慶賀する使者を京に送ると」

「甘い」樽金は吐き捨てた。「京に使を送れば、周囲には降（くだ）ったと見られる。『関白』が欲しいのは服属の意ですらなく、琉球が京に使者を寄越した事実のみ。こちらの言い分など聞き流されて終わりよ」

「王府もそれはわかっています。それゆえ、此度の遣使は服属ではなく慶賀であると日本の諸人に告げて回れとの、王府の吾らへのお達しです」

「無駄だ。それより、今、使者を送る理由は何だ。稼げる時を捨ててまで王府は何を急いでおるのだ」

「金です」

一瞬だけ躊躇って、真市は答えた。

「今の王府の蓄えでは『冊封使』を呼べません」

琉球国の新王の尚寧は未だ正式な王ではない。

王位たる「琉球国中山王」への即位は大明皇帝の冊封（任命）が必要になる。冊封の使者が来るまで、対外的には尚寧は王ではなく世子（王位の後継者）の立場のままだ。

もともと琉球国の王権は弱い。特に今の王統は、六代の尚徳王の臣で周囲に推されて即位した金丸を祖としていた。金丸、即位して尚円以降の王は群臣の支持を無視できなくなった。その上、当代の尚寧王はまだ若く前王の子でもない。輪を掛けて基盤が脆い。

国内を掌握するために、正式な王位の獲得となる大明の冊封が急がれた。

だが盛大な儀式を伴い、大人数となる使節団を何日も歓待し続けねばならない冊封は、受ける側で莫大な経費がかかる。

前王の冊封から、まだ十年しか経っていない。官貿易が盛んな時代ならともかく今の琉球国には、すぐさま大明国に冊封を請える余裕はなかった。

「金か」

床を見詰めて嘆息した樽金は何かに気付いたように顔を上げた。

「まさか『関白』に金を借りる気か、王府は」

「仕方がないのです」

真市は苦味を覚えながら答えた。

「御主加那志（国王を指す琉球語）が世子のままでは国が纏まりません。外からの危機に抗するために、今は内を固めるべきなのです」

真市も納得はしていない。だが異国の片隅で木っ端役人二人が同心して騒いでどうなるものでもない。決まった以上は最善を、誠を尽くさねばならない。それでこそ何とかなる道も拓ける。

「断じてならぬ」

樽金はほとんど叫んでいた。

「それだけはならぬ。御主加那志も世子のお立場では諸事ままならぬだろうが、かといって『関白』を頼るなど以ての外。ただで金を貸す奴などおるものか。必ずや大明との戦に巻き込まれる」

「そこです」真市は身を乗り出す。「『関白』は本気なのですか。天朝を攻めるなど冊封国の琉球では大明を天朝と呼ぶ。

「本気だ」

樽金は断言した。

「検地を進め石高の確定を急ぐのは、諸大名に負担させる軍役を明確にするためだ。海賊の停止、筑前の博多の復興、大坂一帯の整備は軍兵と糧食の海運を円滑にするため。征服の根拠地となる九州の過半は子飼いの臣の領地か己の蔵入地にし、強固に掌握した。『関白』は日本国を、大明を征する一個の巨きな機械に造り変えようとしておる」

機械、という語の意味を真市が想起するのに数瞬掛かった。武器や絡繰りを指す漢語だ。「守礼之邦」は礼の世界を叩き毀す機械の一部に成り果ててしまうのだろうか。

意識せず真市は懐に手を入れていた。手巾がある。無くなってはいない。力をくれるもの、守るべきものがまだある。帆を膨らませる風はきっとまだ吹いている。

「全力を、誠を尽くしましょう。それでこそ船は万里の波濤も押し航る。〝ヲナリ〟の霊力も顕れる」

樽金はしばらく黙っていたが、やがて「そうだな」と力強く頷いた。

「樽金さんには引き続き薩摩で情勢を探れとのお達しです」

「俺は、釜山に行く」

樽金は躊躇なく命令を無視した。

「薩摩では当分は何も起きまい。大明国を目指す『関白』の軍が通る朝鮮国、もしくは『関白』がおる京が当面は焦点となろう。俺は釜山から朝鮮国の様子を探る。お前は京へ行け」

真市は頷いた。詰まらぬ命令より樽金の意のほうが己の信ずる誠に近いと思った。

そういえば、真市の初めての仕事が釜山だった。

あの時、酒を買ってくれた少年は、今、どうしているだろうか。

いている。もう顔は覚えていない。だが玉の如く澄んで硬い目だけは、今も真市の記憶に焼き付いている。

四

真市が樽金と会った翌月の五月。琉球国の使節団が那覇を発った。正使は浦添の天龍寺の長老の桃庵祖昌、副使は安谷屋親雲上（琉球国の位階）宗春。使節団は鹿児島に立ち寄って島津の龍伯入道と合流し、十月に京へ入る。それから一月ほど遅れて日本の都に着くなり、真市は目を見張った。

「どこから湧いてくるのだ。人も、物も、建物も」

格子状に区切られた往来は、派手な身なりの人々で溢れている。真新しい二階建ての、それも高価な瓦葺の建物が並び、さらなる普請も至る所で行われていた。其処彼処で四海の珍品を並べた見世が張られ、賑やかに客を呼び込んでいる。

永い兵乱での疲弊、かつての織田なる者の焼き討ちなど、聞いていた話から想起されるような暗い影は、真市が見る街並みのどこにもなかった。

新しい時代の熱気が人を誘い、物を集め、甍を並べ、新しい都を産み出している。かつて戦国のころ、諸大名が各々の領内で営々と培った生産力は、一統が齎した平和で一挙に解き放たれた。奔流は「関白」の強大な権力が整然と方向付ける。街を作る資材や人夫、糧や財があっという間に局所に集まり、壮麗な街を作る。もし戦争となれば兵馬や武具、糧食が尽きず湧き、瞬く間に集結するのだろう。

目の当たりにした殷賑(いんしん)と繁栄は真市に、樽金の言った「機械」を想起させた。

京の西側には《聚楽(じゅらく)》と呼ばれる、城塞の如き様相の巨大な「関白」の邸宅がある。広い水堀と高々と積み上げた石垣を巡らせ、塀の向こうに波打つ金箔張りの甍を割って、三層の天守が屹立(きつりつ)している。

「確かに、借りる金はたんまりありそうだが」

溢れる人込みの中、天守を見上げた真市は虚勢を自覚しながら無理に笑った。

市街地からやや外れた所にある小さな寺を、真市は訪(おとの)うた。琉球の使節団が宿舎に使っている。

「今は皆さまお出かけですよ。食堂(じきどう)に我那覇(がなは)さまがおられます」

寺男に教えられて静かな寺内で食堂を探していると、向こうから男が歩いてきた。帯を前に結んだ琉装(りゅうそう)で、裸足だった。遠目に分かるほど大きい頭が歩く拍子に左右に揺れている。豊かに蓄えた髭は、立派さより滑稽さを積み増している。

使節団の脇筆者(わきひっしゃ)(書記役)、我那覇(がなは)親雲上(オヤクモイ)秀昌(しゅうしょう)だ。

琉球では王族か上級の士でない限り、みな裸足を好む。我那覇の姿は、まるで琉球に帰ってきたような錯覚を真市に起こさせた。

「我那覇親雲上、真市です。ご無沙汰しています」

駆け寄り、折り目正しく腰を屈(かが)めた。

親雲上とは領地を持つ位階の称だ。真市とは雲を見上げるくらいの隔たりがある。

「相変わらずの大頭（ウフチブル）、お元気そうで何よりです」

顔を上げると早速、隔たりを無視した。

「お前も相変わらず上役を敬（うやま）わぬな。元気そうで儂も腹立たしいよ」

我那覇は、真市と同じく右の後頭部に丸く髷（まげ）を結った頭を左右に揺らす。不機嫌さを示しているらしい。ただし目には、遠路をやって来た真市を労（ねぎら）う温かみがあった。

髷は〝カタカシラ〟と言い、琉球国の始祖の舜天（しゅんてん）王に由来すると伝わる琉球の古俗だ。

「どちらかへ行かれるところでしたか」

「酒を貰（もら）いに庫裏（くり）へな。なにせ今日はやることがなく閑（ひま）なのだ」

安堵に似た気持ちを真市は覚えた。日本の圧倒的な繁栄の中であからさまな圧迫に遭（あ）いながら、我那覇は泰然と琉球の男として振る舞っている。酒を好み、齷齪（あくせく）しない。

「では折角（せっかく）ですので私もお相伴（しょうばん）に与（あずか）りたく存じます」

「儂の奢（おご）りではない。官費から纏（まと）めて寺に支（し）払うのだぞ」

「ほう」、真市は目を光らせた。「公（こう）の財で私の愉（たの）しみを得ようとしておられたのですか」

「分かった、分かった。一緒に飲もう。それでよいか」

観念したように我那覇は頭を振った。

五

「そういえば桃庵（とうあん）和尚や安（あ）谷屋（だにや）親雲上はどうしておられるのです」

食堂で当然のように我那覇に酒を注いでもらいながら真市は尋ねた。

「石田治部どのの屋敷だ。島津の龍伯どのと連れ立って朝早くに発たれた」

我那覇も自然に答えて自らの椀に酒を注ぎ、一気に飲み干す。真市も続く。

「石田。確か『関白』の臣で島津の取次でしたか」

「そうだ。島津に吾が琉球を脅させているのは『関白』殿下だが、石田どのでもあるな」

取次とは、担当する他家との外交を独占的に担う役だ。ただの伝言以上に積極的な役割を期待され、相応の裁量を持つ。

石田治部少輔三成は島津家に、琉球国との交渉を急ぐようきつく命じていた。

「龍伯どのも琉球の件はのらくらと引き延ばしていた。だが石田どののほうが上手であった。言い逃れる道を絶たれた龍伯どのは、真面目に琉球を脅迫するしかなくなった」

我那覇の説明で山川での問答を思い返した。樽金は正しかったが現実はより厳しい。

「石田なる者にやり込められるとは大したことありませんね。龍伯も」

「〝どの〟を付けよ」

我那覇は今日初めて真市を叱った。

「体裁では、琉球国と島津家は長年の誼を今も保っておるのだ。吾らが日本の重臣である石田、いや、石田どのと会えるのも、龍伯どののご周旋あってのこと」

「申し訳ありません。龍伯どのと、石田どのですね」

口先だけで真市は詫びた。我那覇もそれ以上は責めなかった。

「ときに、『関白』、ええと殿下との対面はいかがでしたか」

使節団は京に入ってすぐ、「関白」と面会している。類稀なる才覚で愚行に邁進する男がいかなる人物だったのか、真市は知りたかった。

「馬鹿にされた」

我那覇は不機嫌そうに口を尖らせた。故国が侮られたかと真市も怒りを覚えたが、話は違った。

我那覇によれば聚楽での対面は、琉球国の使と日本国の群臣が居並び荘厳に進んだ。その中で「関白」は突如、我那覇を見て「頭が大きい」と燥いだという。

「随員とはいえ儂は琉球国の国使として参ったのだぞ」

酒を呷りながら我那覇は憤然と頭を揺らした。

「礼儀あって然るべき厳粛な場で頭が大きいだのと笑いものにするなど、なんたる侮辱」

「故郷に良い土産話ができたではありませんか」

ほっとしながら真市は微笑んだ。

「そうかな」

真市の意見に、我那覇は怒りを忘れたように髭面を人懐こく歪ませた。

この愛嬌が我那覇を使者の一員に選ばせたのだろうと真市は予想した。正使格の桃庵和尚、副使格の安谷屋親雲上とも理性と教養は十分ながら、どうも雰囲気が堅い。

「また国使のお役目にも、きっと良いことです。向後の交渉も我那覇親雲上がおられれば殺伐とせず進められましょう」

「そうかな。ところでお前の知っていることは」

「細々(こまごま)したことは、また桃庵さまがおられる時にご報告差し上げますが」

数瞬だけ言葉を切って、言うべき内容を整理する。

「大きい所を申せば、朝鮮国が日本への遣使を決めました」

我那覇が大袈裟に眉を顰(ひそ)めた。

「朝鮮国は日本に屈するのか」

「いえ、違います。樽金さんによれば日本の一統を祝する名目。吾が国と同じです」

樽金は今、釜山にいる。月代(さかやき)を剃って日本人を装い、倭館に小間使いの下人として潜り込んで情勢を探っていた。

朝鮮国は琉球国との往来が少なく、必要な費用を届けにくい。少ない下人の稼ぎで自活しながらの仕事は楽ではないだろう。

樽金の境遇と意志に思いを馳せながら、真市は質問した。

「ところで、借財はどうなりました」

「その件で、石田と龍伯を交えて今日も相談が続いておるのだ」

さっき咎めた我那覇自身が憚(はばか)ることなく「どの」を落とした。

「石田は既に金を出す方向で考えている様子だ。最後は『関白』の決裁だが、石田が決めれば十中八九は決まりであろうの」

真市の予想よりずっと話は進んでいた。

「我那覇親雲上、お願いがあります」

つい声が硬くなる。

「借財の件、やめることはできませんか。国を売る愚行です」

「王府の決定である。言葉を選べ」

我那覇の声には、堂々たる張りがあった。

我那覇には、人懐こい柔軟さと国家の藩屏としての強靭さが同居している。士として尊敬に値する。だが真市にも思いがある。樽金の痛ましいほどの忠心も知っている。

「金がないなら、冊封の儀式を簡略にするよう天朝に頼みましょう。王府へは借財は断られたとでも言えばよろしい。ここにおられる皆様の心一つで国を売らずに済みます」

感情が昂っていく。いつものように物分かりよく振る舞ってはいられなかった。

「そもそも、誰がなんと言おうとも吾が当代の御主加那志は、すでに御主加那志であらせられます。大明の王爵を待たずとも琉球の四民の願いと神の意に拠って、御主加那志は登極あそばすのです。金で買うものではありません」

我那覇は答えず、じっと真市を見詰めている。大きな頭はぴたりと止まっている。

ややあって、我那覇は黙ったまま懐から手巾を差し出してきた。

「顔を拭け」

「私、泣いておりますか」

まさかと思って真市は聞いた。

「いつもの涼しい訳知り顔はどこへ行った」

我那覇の声は深く、柔らかく、温かい。

手巾を受け取り、ごしごしと顔を拭く。無心の余りつい勢いよく洟を擤んだ。

「おい、汚すな」我那覇が慌てた。「妹に怒られる」

我那覇は、悩むように頭を左右に振り始めた。

六

翌年二月、借財の交渉をようやく纏めた使節団は帰国の途に就こうとしていた。宿舎にしていた寺の内は慌ただしい。国使の一行として油断なく衣服を整えた者たちが、荷物の確認や随員の点呼に忙しく走り回る。

「残るのか」

黄色い冠を巻いて琉球の官人の出で立ちをした我那覇が真市に訊いた。

「もうしばらくいるつもりです」

いつもの商人姿の真市は努めて朗らかに答えた。

「もうすぐ朝鮮国の使が京に来ます。島津も龍伯か、兵庫頭が常に在京しています」

島津兵庫頭義弘は龍伯入道の長弟だ。兄と共同して島津家を支えているが、兄を差し置いて豊臣姓を下賜されている。「関白」に目をかけられているのと同時に、露骨な離間策の対象ともなっていた。

「この地でも琉球が気にしておくべき出来事は色々起こりそうですから」

「唐栄の集める情報はいつも頼りにしておる」

真市や樽金ら他の唐栄の者たち皆を労うように、我那覇は温和な表情を浮かべた。

「ご報告と合わせて上申する意見にも耳を傾けていただければ、吾らも報われます」

「ちゃんと聞いておるさ。端くれの儂が代弁するのもなんだが、王府の者は皆、国王殿下（冊封国の王の敬称）と国家のために仕えておる。一つの事情に詳しい者から見れば煮え切らぬ決定になるかもしれぬが、様々な事情の中庸を取らねばそれこそ国を誤る」

我那覇は穏やかに述べるが抑揚がない。本心は別にあるようだった。

一行の差配役が「出発」と声を上げた。足音がぞろぞろと始まる。

「承知しました。ではお元気で」

せめて笑顔で見送るべきだと真市は思った。

「また、故郷で会おう。達者でな」

我那覇は明るい声で別れを告げて、背を向けた。

揺れながら去る大きな頭は、どこか寂しげだった。

使節団を見送った後、真市は京の市街地へ出た。

何をするかは、まだ決めていない。あてどなく歩く往来は、真市が初めて来た時を遥かに上回る混雑と喧騒を見せていた。

三か月前、前年の十二月に「関白」は関東の北条家を征伐する陣触れを発している。

そのため京には諸大名の軍が続々と集結していた。

動員された兵は、二十万に近いと聞いたが、京の物価は値上がりの気配を見せた途端に落ち着いた。屯する軍を養って余りある物資が、今も途切れず送られている。

樽金の言う「機械」は、ほとんど完成しているのではないか。うすら寒い思いを抱きながら歩いていると士卒の行列に行き当たった。道の脇に寄って行列を横から眺めると、旗に染め抜かれた十字が目に入る。

「島津か。遠くから遥々ご苦労なことだ」

武具の軋む金属音が混ざった、軍兵に独特の足音は真市に威圧を感じさせる。圧されてなるものか、という子供じみた反感が独り言にも滲む。

ざっと行列を見渡す。馬上の者は二十に満たず、あとは卒と人夫だった。

前後を騎士に囲ませた凛々しい若武者が、立派な甲冑を纏って馬に揺られている。

おそらく、島津又一郎久保。兵庫頭義弘の子で、男子のない龍伯入道の養子。次の当主として島津家中では珠の如く扱われている御曹司だ。

従う騎士たちの顔は知らぬが、御曹司付きならば島津でも将来を嘱望される者だろう。

「将来の島津に手蔓を作っておくのも悪くないな」

当面の行動を真市は決めた。

天地と参なるべし

一

三十一歳になった大野七郎久高は、島津の御曹司、又一郎久保の護衛として京にあった。

行軍する京の往来は賑やかで、春の陽気のためか人出が多い。左右は分厚い人垣が、行列を見てあれやこれやと噂している。

散り残ったものか時折、仄かに梅が匂う。血が臭う戦場とは程遠い世界に、久高は戸惑う。

今回の北条征伐に、島津家は出兵を求められなかった。だが、一度「関白」に弓を引いた島津は如何なる機会も逃さず忠心を示し続けなければならない。

そこで当年十八歳の久保を、初陣を兼ねて参陣させることが決まった。また家中から久高を含めた騎乗身分の十六人が選ばれ、御供に付けられた。多めの人夫や従者で四百五十人の軍勢となった。

島津が「関白」に屈して三年近くが経つ。戦しか知らず、長く立身出頭の機を断たれた者たちの羨望と嫉妬が十六騎に集中した。

「戦がない世とは、かくも面倒なのか」

久高は鹿児島の城下で重純に零した。

「馬鹿が多いのですよ」

重純は薙ぐように断言してから剽げた拗ね顔を作った。

「俺もそのうちの一人です。正直に申せば七郎どのが羨ましい。戦に出たい」

京の往来で馬に揺られながら、久高は重純の言を思い返す。

「馬鹿は俺も同じだ」

そっと呟く。久方ぶりに纏った甲冑の感触は、不思議なほど心地良い。坂無城からの脱出を最後に久高は戦に出ていない。与えられた領地の主として忙しく務めて来たが、平穏な日々にはどうも慣れない。

「大野どの」

右から声と蹄の音がした。並んで騎行していた伊勢弥九郎貞昌が馬を寄せてきた。久高より十歳下の当年二十一歳。まだ若いが、戦陣での元服という勇ましい逸話と赫々たる武勲を持つ士だ。

「首の数、競いませぬか」

突然の生臭い申し出に、汚物を投げつけられたような不快を久高は覚えた。

「天下の諸侯が集い、『関白』殿下がご上覧遊ばす此度の戦は、功名のまたとなき機会。武名高い大野どのと競えれば、これに勝る誉れはありませぬ」

お前の誉れなど知るか、と怒鳴りかけて抑える。

「吾ら十六騎は、家中よりとくに選ばれし身。匹夫の如く軽々に小功を求むるべからず」

久高は通り一遍の教条的な文句を並べたが、つい言葉が厳しくなる。

「匹夫と仰いますか、拙者を」

若々しい自負心を引っ叩かれた貞昌の声が低くなり、久高はうんざりする。

「譬えだ、伊勢どの。気を損ねたならお詫びする。だが、又一郎さまをお護りするのが此度の吾らの役目。又一郎さまが無事にご帰国あられてこそ吾らの功が成ると考えられよ」

「なるほど、大野どのは目敏い」

貞昌は嫌らしく嗤った。

「安穏と突っ立っておるだけで功が成るゆえ、戦塵に汚れずともよいと仰るか」

「もう喋るな。行軍中だ」

久高は貞昌に言い捨てて馬を離した。

目的のために手段を尽くすのが、久高にとっての戦だった。主君を護って突っ立つだけの戦はありえる。ただ首を狩るのは、戦ではなく殺戮だ。

苛立ちまじりに目を向けた先、二人の騎士の向こうに豪奢な甲冑を纏った又一郎久保の背が揺れている。

梅の香りは、いつの間にか消えていた。

二

久保と騎乗身分の十六人は大きな商家を宿舎とし、他の軽輩たちは周囲の民家に分宿した。

京での滞在は数日の予定だったが、軍役の中でも「関白」の重臣や公家、在京の諸大名への挨拶は欠かせない。此度の参陣は島津家の面目を保つためであり、なおのこと挨拶回りは疎かにできない。御供の十六騎は久保の随行や名代、訪う者の応対で忙しく立ち回る。

ある時、数件の訪問を終えた久高は直垂姿のままで宿舎の一間で休息していた。次の訪問までの寸刻、白湯を体に染ませる如くゆっくり飲み下す。

「大野さま、よろしいですか」

障子越しに、庶事を差配する老役の者の声がした。

「琉球の商人が参っております」

老役の声はすでに気弱だった。

「俺にか」

束の間の安らぎを奪われた久高はつい声が低くなる。

「お侍さまならどなたでも、と申しております。今は皆さま出払われ、大野さましかおられませぬ。お願いしてよろしいでしょうか」

商人の図々しい物言いに、久高は興味を感じた。慣れぬ社交にも倦んでいたし、追い返すとしても気晴らしになれば助かる。無礼な訪いをした以上、揶揄われても文句はあるまい。

「会おう」久高は、決めた。「もう少ししてから参る」

「では、店の間に通しておきます」

差配役は、安堵を声に滲ませて、去って行った。

久高は惜しむように白湯を一口だけ啜り、部屋を出た。

店の間に入る。板敷きから一段下がった土間に、小柄な若者が立っていた。往来から差す柔らかい外光を背にしていて、帯を前に結び、ゆったり衣服を着ている。頭の右に丸く結った髷が覗く。

「お目通りを賜り、ありがとうございます」

深く腰を折った若者は、頭を上げると胸を張り、毅然と目を合わせて来る。士のような堂々たる態度に、風を思わせる涼しい微笑みを湛えている。

「琉球国から参りました、真市と申します」

名乗った若者はどこか衿らしげだった。

「大野七郎。島津の臣である。何用か」

久高はできるだけ不機嫌そうな所作で板間に座り、声に、思い切り険を含ませた。

「何というほどでもございませんが」

微笑みながら、勿体ぶった態度を真市は見せた。

「吾が琉球国と島津さまは、浅からぬ間柄。どなたか名のある方のご縁をいただければ、私の商いも上手くゆくと思いまして」

「誰でもよかったのか」

老役から聞いていたが、念のために直に聞いた。

「はい、どなたでも。御用さえいただければ次はお望みの品をお持ちできますので」

久高は険しい表情を崩さぬよう苦労しながら、胸の内で感心した。この無礼と自信はどこから来るのか。

「用は間に合っておる。帰れ」

冷たい声を作って久高は立ち上がった。さて、真市とやらはどう出るか。

「では、私の用をお聞き願えませんでしょうか」

「聞かぬ。帰れ」

久高は手を振ろうと腕を上げた。

「大明の様子を、お伝えしましょう。琉球は大明の冊封国です。通交が禁じられている日本の者より私のほうが詳しい」

久高の手が止まった。真市は変わらず涼しい顔で微笑んでいる。

「関東ご征伐、『関白』殿下の勝ちは必定。次は、『唐入り』が始まりましょう」

真市はすらすらと言い放つ。

「此度は、遠路のため軍役を免ぜられた島津さまも、『唐入り』は先陣か近いお立場になります。今から大明の様子を知っておいて、島津さまにも損はございますまい」

久高は落胆した。戦に託けて利を貪る手合いに貴重な休息の時を割いてしまった。

「帰れ」

久高は、今度は本気で背を向けた。

「代わりに日本の事情を教えていただきたいのです」

久高の態度が気にならないのか、真市は声色を変えず己の用件を続けた。

「島津さまのせいですが、吾が琉球国は容易ならぬ羽目になりました。吾が国も吾が国なりに、上手く世を渡りたいのです」

久高は舌打ちした。主家を悪しざまに言われては放っては置けない。次の訪問先へ行くまであとどれくらい休めるかと考えながら、久高は振り返った。

「真市とやら」見せつけるように左手で刀の鍔際を握る。「斬られたいか」

「まさか、まさか」

真市は微笑んだまま、大袈裟に手を振った。

「吾が国、と申したな。お前、本当に商人か」

「正直に申せば琉球国の密偵です。並みの商人よりは物を存じております」

この琉球人はおかしいのではないか。久高は呆れた。

「なぜ、明かす」

聞きながら鯉口を切った。真市は怯まない。

「島津の御曹司さまが将来に股肱と頼まれるかもしれぬ方とご縁を作れる機会はなかなかありませぬ。こちらの手の内を明かせば、ひょっとすると乗っていただけるかも知れぬと思いまして」

「初めから密偵であると明かすつもりで来たのか」

「いえ。今、この場で決めました」

「斬られてもよいのか。己の思慮が足りぬとは思わぬか」

「無論、死ぬ気はありません。ただ私なりに命を懸けるべき切所があるというだけで」

真市の言葉と表情は全く釣り合っていない。命懸けだと柔らかく笑む。

久高は見せつけるようにゆっくり刀を抜き、切っ先を真市の鼻先に突き付けた。

真市は久高から目を逸らさず、微笑みも絶やさない。

「命を懸けると申したな。身をもって証せ」

刀をわずかに下げ、切っ先で首元に触れる。ほんの少しずつ切っ先を前に押し出す。

真市は動じない。ふいに久高は懐かしい緊張を感じた。

「琉球人は、皆そうなのか」

久高が聞くと、真市は刀の切っ先を指差した。切っ先はすでに喉を動かすだけで皮を突き抜けるほど首に押し付けられている。

久高は苦く笑った。覚えたばつの悪さを払うように大きく刀を振って鞘に納める。

真市は大きく息を吐いた。

「こんな馬鹿な真似をするのは私くらいです。ですが皆、同じ気概を持っております」

す」

「〝マクトゥソーケー、ナンクルナイサ〟。誠を尽くせばなんとかなる、という意味で

「気概。どんな」

答えを聞いて、先ほど覚えた緊張を思い出す。かつて何度もやった一騎打ちにそっくりの感覚だった。

「お主、まるで士だな。琉球国の何がそこまでお前を勁くさせる」

つい問うた。問うてから、この商人紛いの密偵に、あの岩屋城の坊主に対してと同じ興味を抱いていると気付いた。

「まあ国では下っ端ながら士分でもあるのですが」

一言を置いて、真市は考える顔をした。やがて凪が抜けるように答えた。

「わかりませぬ。故郷が好きだからと思うのですが、好きになった理由は考えたことがありませぬゆえ」

思わず首を傾げた。「好き」というのは久高にとって、食物の味や風雅など、いわば些事に使う言葉だった。

「吾が琉球国は天下に冠たる南海の勝地、守礼之邦。私は生まれ育った地が好きで、そこが守礼之邦であると知り、なお好きになった。理由が要る事柄でしょうか」

紹運入道もしかり、命を懸ける奴の話はどうも久高には分かりにくい。

「今日は帰れ」

久高は言い放つ。

「頼みたい用は、次までに見つけておこう」

　真市は涼しく微笑んだまま、会った時と同じく深々と腰を折った。

「大野さまも、よければいつか琉球国に、『守礼之邦』にお越しください。良いところですよ」

　顔を上げた真市は、何の自信があってか帆の如く胸を張る。

　礼を守る邦。礼に近付けぬ禽獣の身には、眩しく感じる。

三

「せっかく関東まで出張って来たのに、詰まらぬものだ」

　貞昌が不満を口にした。

　三月、箱根山西麓にある北条方の山中城で、北条征伐の戦端は開かれた。

　たった十六騎の島津勢は、取次を務める「関白」の直臣、石田三成の兵と共に後方に配されて、山中城攻めをただ眺めている。

　久保と三成は二人きりで戦を眺め、やや離れたところに島津の十六騎は屯していた。

　おそらく、この戦で島津勢の出番はない。積る鬱憤を、近くに主がいないのを幸い貞昌は憚らず発散している。

　久高は貞昌を無視して戦況を眺めていた。

　溢れる大軍が山に拠る城を盛んに攻め立てている。懐かしい光景だった。

将がいれば島津勢の出番があるかもしれない。

　四年前、高橋紹運入道が守る岩屋城を抜くため寄せ手は総力を要した。山中城にも良
「ならば、会いにも行ける」

　つい口にすると、貞昌が苛立たし気な目を向けて来た。

「何か仰いましたか、大野どの」

「いや、独り言だ。気にしないでくれ」

　久高の弁明に、貞昌は荒い鼻息で応じ目を逸らす。

「大手門が破れた」

　十六騎のうち年嵩の梅北国兼が掠れた声を上げた。

　久高は目を凝らす。門扉が具に見える距離ではないが、寄せ手の無数の旗が堤を破った洪水の如く門へ流れ込む様子は分かる。

「ふがいない。これが世に聞く坂東の武者か。かくも容易く城を渡すか」

　貞昌は叫んだ。聞こえたらしく、離れた所にいた石田三成が振り返っていた。

　結局、山中城は半日で陥ちた。だが実際の戦いは激しく、豊臣方の重臣が戦死している。あとで貞昌は不用意な言を国兼に叱責された。

　翌月には北条家の本拠地、小田原城が包囲された。

　巨大な城郭を擁し難攻不落と目されていた小田原城の攻城戦は、久高には全く経験のないものだった。

　海陸を大軍で隙間なく塞ぐとすぐに、夥しい物資が至る所に山と積まれた。商人や芸

人、遊女が出入りし、士卒を慰める娯楽や嗜好品がふんだんに供給された。仮設ながら家屋すら立ち並び、毎日そこかしこで茶会や宴席が催される。

小田原城は突如として興り、すぐに爛熟に達した不思議な街に包囲された。戦とはとても思えぬ享楽の日々が過ぎるうち、付近の小山の頂に忽然と城郭が現れた。

北条方は街や城が湧き出ずる様子をただ眺めるしかなかった。

もう血刀を振り回すが如き戦はなくなる。

安堵と寂寥を覚えながら久高が歩く陣中は、弛緩した嬌声に満ちていた。

戦とも呼べぬ三か月の攻囲の末に小田原城は開城し、大名としての北条家は終わる。

「呆気ないものでしたな、北条も」

此度の戦で生まれた城の一室で、伊勢貞昌が声を掛けてきた。形式的な軍議に呼ばれた久保の供をし、久高と貞昌は城中の別室に控えていた。

「伊勢どのは戦いたかったのではなかったか」

何気なく聞くと、貞昌は照れ臭そうに笑った。

「勝敗が決してなお戦を求むるは匹夫の勇。大野どのが仰るとおりと悟りました」

貞昌はしおらしい。

「『関白』殿下のなさりようを拝見し気付いたのです。戦とは所詮、政の帰結。個人の勇の積み重ねに非ず。吾ら十六騎は島津を継がれる又一郎さまの股肱に選ばれ、いずれは政を動かす身。区々たる功に逸るのではなく、政を拙者は知らねばなりませぬ」

「ご立派だ。伊勢どのは俺などより出頭するだろう」

新しい時代に貞昌は器用に順応していく。俺は、どうか。久高は自問する。

「私なら島津を――」

貞昌が披露し始めた付け焼刃の政見が、耳をすり抜けていった。

四

四百五十名から一人も欠けることがなかった島津勢は、帰路に就く。

道々の宿は、途上にある寺や有徳人(うとくじん)(富裕者)の宅を借りた。

京に間近い近江の禅寺の宿坊に泊まった日、老役が久高に告げに来た。

「又一郎さまが夜話の相手に大野どのをお呼びです」

久保が帰路、十六騎を夜ごとに一人ずつ呼んで話し込んでいることは知っていた。呼ばれた用件は久高に見当もつかなかったが、十六騎いずれも武辺(ぶへん)の者だったから、御曹司は武功話でも楽しんでいるのだろうか。

出向くと、久保の部屋の障子は暖かく光っていた。

「大野七郎でございます」

膝を突き、障子に向かって久高は名乗った。

「入ってくれ」

朗らかな声が返って来た。久高は障子を開け、一礼した。

顔を上げると、まず書見台が見えた。その向こうには、若者らしい引き締まった顔を和やかに作った久保の顔が、傍らの灯明皿の光に仄かに照らされている。

「遅い時刻に済まぬ」

言いながら久保は、書見台を脇に除ける。

「突然のお召し、いかなる御用でありましょうや」

「よしてくれ。こちらも堅くなる」

久保は笑った。

「四方山話がしたいだけさ。今までずっと忙しく、話せる機会がなかったゆえ呼んだ」

そういえば久保とはまだ、まともに話をしていない。ずっと饗応や挨拶、軍議に追われていた。時折、久高が供で同行しても、天気のことを話すくらいの暇しかなかった。

「昨日は、弥九郎と話した」

伊勢貞昌の負けん気そのものといった顔を思い返しながら、久高は静々と膝を進める。

「政に存念があったようで色々と教えてもらった。弥九郎は吾より歳上だが、童のごとく邪気がなかった」

貞昌は鼻っ柱こそ強いままだが、小田原にいたあたりからみるみる灰汁が抜け、持ち前の愛嬌が前に出てきた。そのことは久高も感じていた。

「伊勢どのはいずれ島津の柱石ともなられましょう。手前も今後が楽しみです」

嘘ではない。ただ貞昌の器用さが羨ましいと率直に思えた。

「ところで七郎は書は読むか」

「幼いころに、多少は。学が成るまでには程遠いものですが」

唐突な質問に答えてから、久高は忸怩たる思いに沈む。実際はのめり込んだ。やがて諦め、戦に明け暮れた。

「そうか、読むか」

又一郎久保は身を乗り出した。

「島津の士はただ尚武のみを心懸ける者が多い。七郎は少し違うようだな」

「変わりませぬ」

自嘲を混ぜて答えると、灯明皿の火が僅かに翳った。

「目の前の敵が一人もいなくなるまで戦う。行く先の一城も残らず陥とす。死ぬまで、ただ戦場を駆け回る。諸々の島津の士と手前は何ら変わりませぬ」

久保はいちいち頷く。

「『関白』殿下の戦を見て七郎はどう思った」

「莫大な費えは要りましょうが、人死には出ませぬ。殿下にしかおできにならぬ、まさに――」

言葉を継ぐのに、久高は僅かに躊躇った。

「王の戦かと存じまする」

本音を吐いたつもりだが、強烈な違和感もまた拭えない。

威で戦意を挫き、人死にを出さない。立派だ。だが小田原の陣中で見た奢侈にふやけた景色の記憶が、人は何も変わっていないと久高に告げていた。

禽や獣の上に立つ者を、果たして王と呼ぶのだろうか。

「手前どもの如き者は、もう不要です。戦は、いずれ絶えましょう」

器用な者から、新しい世に順応していくのだろう。そして久高の如き戦に焦がれる手合いは、ただ寂寥と諦観を抱えて死ぬまでを生きる。

「戦は絶える」

久高の言を、久保は繰り返した。

「吾も同じ考えだ。それゆえ吾は、七郎のように先を見通せる臣が欲しい」

「手前を、ですか」

戦しかできぬと言った者を、戦のない世でどう使うのか。久高は内心で首を傾げた。

「手前に如何なるご用が務まりましょうや」

「島津は尚武のままではならぬ。吾は新たな世に適う、新たな島津を造りたい」

「どのような」

何気なく問うと、久保は目を輝かせて話し始めた。

「島津の封土のうち大隅、薩摩の過半は水源がなく水も溜まらぬ地で、米が作れぬ。島津の尚武は気質だけの話ではない。戦で他国から奪わねば食っていけなかったのだ」

若い癖によく知っている。その点は久高も認めた。

「ゆえ、陸での農だけでは島津は立ち行かぬ。ただし吾らには海がある」

「海、でございますか」

思わず見返すと、久保は強く頷いた。

「海を隔てて西には大明がある。南には琉球があり、そしてその先には豊かな南の国々がある。東は瀬戸内から畿内へ通ずる。さらに海は坂東、陸奥、蝦夷ヶ島まで続く。いま山川の港がそうであるように、島津の地は日本の各地と外つ国を海で繋ぐことができる。吾が領に八幡（海賊）が多いのが、何よりの証だ」

大明、朝鮮を荒らす八幡のほとんどは、もともと海商だった。私貿易を禁じる大明国の取り締まりを逃れるうちに気の強い者が賊に代わり、一気に広まった。「関白」の停止令のため、島津も領内での取締に躍起になっている。

「常に世のどこかでは何かが足りぬ。命懸けの賊が出るほど、島津が戦に明け暮れたほど、足りぬ物への需めは強いのだ。だが小田原で見たように、世にはすでに余るほど物がある。余りと需めを繋げば、両者は共に栄えよう。海での交易にこそ、戦の絶えた世に拓くべき吾らの道がある」

いつの間にか久高は聞き入っている。久保は明晰な口調で続ける。

「だが、それだけではならぬ。戦に荒れたままの者に利殖や富貴を説いても八幡の惨禍を繰り返すのみ。ゆえに吾が目指すのは『偃武修文』の世だ」

武ヲ偃セ文ヲ修ム。儒学の経典にある句だ。武具を伏せて用いず、文教の仁政を布く世を謂う。

「武を競わず、文で結ばれ合う。仁を修めた人が、礼を以て睦み合う。そうであってこそ交易は貪利に堕ちず、足ると足らざるを補い合う営みに、人の倫になる。吾らも天下も栄える。難しかろうが、吾はきっとできると信じている。なぜならば」

久保は、一つ息を吸った。

「人は皆、至善であり、天地と参なる存在だからだ。少なくとも、吾はそう信じておる」

言われた途端、久高の躰がびくりと震えた。

「どう思う。七郎は」

胸が疼く。目を伏せたまま、久高は努めて静かに口を開いた。

「万物を統べる理が人にかくあれと命じ授けた『性』（本性）により、人は生来、至善。誠を尽くせば性が、本来の善が曇りなく現れる聖人となる。身から溢れる聖人の徳は周囲の万物の性の発現を賛け、天地すら支える。そうでしたな」

そういえば、「誠を尽くせば、なんとかなる」と信じていた奴がいた。思い返しかけて意識から追い出し、続ける。

「そして学び磨けば、人は誰でも聖人に至り得る。万物で唯一その可能性を持つがゆえに、人は天地ト参ナルベシ、天地と三つ巴に並ぶ偉大な存在である」

「その通りだ」

強い声に、久高は思わず目を上げる。

「ゆえに吾は、人を信じる」

「なぜ、お信じになるのですか」

「信じればこそ、王は人に王たり得るからだ」

王。仁徳を以て立ち天下の万民を治める者。四民が喜んで集い、服する者。

「吾は、島津で王になりたいのだ。天地と参なる人が集うにふさわしい王に。人を信じねば、誰かに喰われるまで誰かを喰らい続ける覇にしか道がなくなる。とても王にはなれぬ」

いつのまにか久高は、食い入るように久保を見詰めていた。

「吾が王者たらんと身を修めれば島津という家が斉い、日本という国が治まり、外つ国も含めた天下まで平らかとなるであろう。あるいは他家や他国に吾より優れた王が現れれば、なお話は早い。吾は、さような世を志している」

天下という語はそもそも天の下に広がる世界全体を指す。その意味の天下を久保は考え、己から始まる豁然貫通を論じている。久保が王になれるかは知らぬが、日本の一国のみを天下と称して武威のみで諸侯を従わせる者如きは、少なくとも王とは呼べまいと久高は思った。

「かく、吾は思っている。大言壮語とは自覚している。嗤うかね」

久保は屈託なく久高の目を覗き込む。眩しさを感じ、久高はつい目を細める。

「――嗤いませぬ」

答えると、久保は無邪気に眉を開いた。

「ならば七郎、吾を佐けてもらえぬか。口では何とでも言えるが、成すとなると吾一人にはやはり荷が重い」

王を志す者が、かつて憧れた世界へ、久高を誘っている。

一度諦めたものを、今からやり直せるだろうか。

覚えた疑問はすぐに淡い期待に、そして灼けるような渇望に変わり、久高の背を押す。

身を任せようとした刹那、不快な生温さが久高を抱き込み、鼻腔の奥を撫でた。

戦場で浴びた返り血の感触が蘇り、次いで声が聞こえた。半生で斃した数多の骸たちが暗く冷たい戦場に寝ころんだまま久高を嘲り、騒ぎ立てている。

久高は強く目を瞑り、唇を噛んだ。

「無理です」

言った時、胸が裂けるかと思った。

「人の如きには無理なのです。至善であるなど。天地と参なるなど」

痛みに耐えながら目をこじ開ける。久保はまるで久高を労わるような柔らかい顔をしていた。

「無理かどうかは、やってみねば分かるまい」

瞬時に、怒りが沸騰する。

久高はこれまでの生の実感から無理だと言っている。ただ若さに任せて世を知らぬままに、久高の諦めたものを無邪気に頭から信じ込んでいる御曹司を、心の底から疎ましく感じた。

「今日はこれまでにしよう。また、吾と話してくれるか」

「はい、いつでもお召しくださいませ」

二度と呼んでくれるなと念じながら、臣として久高は答える。

退出して障子を閉める時、再び明かりが翳った。

五

庭の紫陽花が濡れて光っている。

雲の半ばは早めの夕立を降らせてすぐ立ち去った。雨に拭われた明るい空が、削り取ったような雲間から紫陽花が纏う滴を照らしていた。

小田原出陣の翌年、天正十九年(一五九一年)の四月。久高は自邸の庭をぼんやりと眺めている。

帰国の後は細々した領主の仕事に精を出した。家臣に任せてもよかったが、無為の日々はなお辛く、自らこなした。

ただ今日は、揉め事の裁定や出納の記帳に早々に飽いてしまった。昼餉のあとは筆を取らず縁に座り込み、雨や花をただ見詰めて過ごしている。

気配に気付く。妻の妙が、傍らに立っていた。

「どうした、退屈したか」

気晴らしができると喜んで見上げると、普段は朗らかで柔らかい妙が思い詰めた顔をしていた。

久高は、島津家から分かれた、樺山家の次男に生まれた。

樺山家は島津の武勇を体現するが如き勇猛な当主が続いたが、風流を好む風もある。久高の祖父は京の公家に伝授を受けるほど和歌と蹴鞠に熱を上げ、父も和歌を好んだ。

学問の家柄ではなかったが、風流の助けになるからか蔵書だけは豊富だった。

久高の父は、字と人倫、通り一遍の武芸の他、子らには何も教えなかった。

「儂は、儂の思い込みしか知らぬゆえ教えられるものがない」

父は幼い久高に言った。

「お主は、お主が思い込めるものを己で探せ。ために学び、探す基（もとい）や明かりとせよ。何を学んでもよい。学びたいものも己で探せ」

聞けば兄も、同じく好きなものを学んでいるという。

久高は書庫で恐る恐る一冊を取り、読み出した。後は止まらなかった。様々な書が説く幾つもの理想郷を巡る日々が始まった。

読みや解釈の難しい箇所は、学びの進んでいた兄や父の連歌仲間が歌会ついでに教えてくれた。

聖人にも禽獣（けだもの）にもなり得る身に己は生まれたと、書は幼い久高に告げた。ならば聖人を目指したい。至れずとも生を賭して近付きたいと思った。

十七歳で元服してすぐ久高は、樺山家と同じく島津家から分かれた大野家に婿養子に入った。妙との婚儀の翌日、山と持ち込んだ書物は全て義父に燃やされた。

「文弱は大野に要らぬ。武で立身せよ」

義父は冷厳に言い放った。

それでも久高は諦めず、禅寺に通って儒学を学び続けた。初陣（ういじん）は手ぶらで帰って義父に叱責されたが、耐えた。

学問を諦めたのは、何度目かの戦の時だ。
必死で走り回っているうちに味方とはぐれた。敵の士に見つかり、あっけなく組み敷かれた。顔を殴られ、折れた歯が口の中に転がった。首に刃が近付いてきた時、無心で折れた歯を飛ばした。敵が目を庇って手を放した瞬間、久高の躰が勝手に動いた。素早く体勢を入れ替え、顔を目掛けて兜ごと頭突きを食らわせる。何度も兜を打ち付けるうちに敵は動かなくなった。顔が滅茶苦茶の肉塊に変わった首を、血の臭いを厭いながら四苦八苦して落とした。

家に戻ると、首取りの功を伝え聞いていた義父が残酷な笑みで出迎えた。自室で体を拭って衣服を改めると、首を斬り落とした感触を思い出し、体が震えた。妻とはいえまだ幼い妙がやって来て、震える久高の手を握った。やがて震えは止まった。

以来、久高は武に志して生きた。長い、あるいは酷い戦から帰った時は、妙の手を握って久高は過ごした。合間にぽつぽつと妙と話しながら張り詰めた気を解し、血の臭いを忘れる。妙はいつも根気よく久高に付き合ってくれた。

久高が大野家へ婿養子に来た時に十二歳だった妙も、今は二十七歳になっている。

「お話がありまして。よろしいですか」

妙が、堅い顔で久高に言う。

「うん」

とだけ久高は答えた。妻への気の利いた言葉が思いつかない己が、歯痒い。

傍らに座るとすぐ、妙は切り出した。

「側室を置かれませぬか」

二人の間には二女があるが、男子はまだない。大野の義父はあからさまに詰り、妙も気にしていた。

「それでは大野の血が繋がらぬ」

妙の気持ちを汲んだ答えになったか、自信がなかった。

「大野の家は続きます。父には私から申します」

「四十を過ぎて懐妊する女子もおる。お主はまだ二十七だ。今、気に病むことではない」

己一人が早く安心したいという身勝手な望みでまだ何の心配もない妙を責める義父に、久高は怒りを覚えた。

「七郎さまの肩の荷も一つ降ろせます」

「俺のことはいい」

つい声が強くなった。妙が驚いたように目を見開く。「済まぬ」と慌てて詫びる。

気が重いが、義父と話さねばなるまいと思った。

「焦らずともよい。お主はまだ子を成せる。俺も死なぬ」

今までも死ぬつもりはなかった。これからは死にようがない。戦が絶えたのだ。時は、いくらでもある。手を伸ばして妙の手を握った時、忙しい足音が聞こえた。

「一大事でございます」

庭に転がり込んで来た家臣が、震える早口で告げた。

「大野のお義父上が、討たれましてございます」

思わず妙を見た。妙は顔を硬直させたまま、手を強く握り返して来た。

六

ぬかるんだ道を馬で半刻ほど駆けて、久高は義父の大野駿河守忠宗の邸宅に飛び込んだ。

急いで馬を降りる。夏の日は長く、まだ明るい。出迎えた忠宗の若い家臣に手綱を渡す。

「義父上は、どうした」

性急に問う。

「ご領内を歩いていると、突如、抜刀した数人が躍り出でまして」

走り切ったばかりで気が立つ馬にしがみつきながら、家臣がたどたどしく説明した。

「あっというまに斬られ申した。ご遺骸は先ほどこちらに運ばれてきました」

「わかった」

短く言い、足早に歩き出す。

庭では、敷かれた戸板の上で盛り上がる蓆を数人が囲んでいた。

見知った忠宗の一族と家僕に加え、見知らぬ士が二人いた。

暑気にも煽られ、血の臭いが凄まじい。即死ではなく、血を失って死んだ者の臭いだ。

腐臭はまだ久高には感じられないが、気の早い蠅はすでに集まり出している。

人を掻き分け無言で歩み寄る。摑んだ蓆を、その湿り気に不快を感じながら剝いだ。

大きめの肉片を骨で通して繋いだ上に刻んだ血染めの衣服を巻き付けたような、壮絶な様相の死体があった。遺骸を乗せた戸板には分厚く血が固まっている。大口を開けて白目を剝いた顔だけ、なぜか傷一つない。泥は付いておらず、血も洗われていない。

斬られたのは夕立の前か。誰が、なぜ斬ったのか。

不可解さに戸惑いながら、生きていたころの義父を久高は思い返していた。

養子に入った日から手柄と立身のみを求められ、親子らしい会話は何一つなかった。実子の妙を責めてまで、執拗に後継ぎの男子を求めた。

死んで良かった、という思いが胸を過り、すぐに打ち消す。妙にとっては実の父だ。

黙ったまま蓆を直すと、見知らぬ士の一人が、陰気な顔でぞんざいに言った。

「大野七郎久高であるか。吾ら、太守さま（龍伯）の上使である」

もう一人の士は黙したまま、長身の上に表情のない顔を載せている。

「ご上使が、いかなるご用向きで」

久高は諱で呼ばれた無礼を訝りつつ問うた。

「大野駿河守忠宗、上意により誅せられたり。この旨、達する」

陰気な顔の士が朗々と宣言した。

「また七郎久高には、義父の罪により寺領を申し付ける」

寺領とは寺の預かりで蟄居する刑を謂う。

「馬鹿な」

突然の上意を理解できず、久高は声を荒げた。

「義父も手前もいなくなっては、大野家は」

「断絶」上使の声は冷たかった。「これも、上意である。謹んで奉じよ」

謹めるものか。久高は食って掛かった。

「賜死でなく路上で斬り捨てられ、家も潰されるとは、いかなる咎あってのご上意か。当家の忠勤に失態も懈怠もないはず。子細、お聞かせ願いたい」

「言えぬ」

尊大に陰気な上使は告げた。

「お主を蟄居先へ連れて行く。身支度致せ」

久高は拳を握った。妙の手の感触がまだ残っていた。

七

久高は、薩摩の南の加世田の地にある古びた陋屋に閉じ込められた。

僅かな食い扶持と下僕一人を島津家より与えられた。下僕は監視役を兼ねている。

外の様子は一切分からない。大野の者達は、妻は、子はどうなったか。手がかりがないまま不穏な想像だけが胸を過る日々を過ごすうち、来客があった。心の弾力は、すでになくなっていたから、来客を告げた下僕にただ「通せ」とだけ呟いた。

やって来たのは伊勢貞昌と有馬重純だった。着座しながら、まず重純が口を開いた。

「髭。あと月代。ちゃんと剃ったほうが良いですよ」

軽い口調はいつも通りだったが、飄々たる風はさすがに今日は凪いでいた。

「故がなくては七郎どのにお会いできませぬゆえ、お役目を帯びた伊勢どのに頼んで同行させてもらいました」

「有馬どのの図々しさには、拙者もほとほと参りました」

歳上の重純を呼び方だけで敬って貞昌も座る。

「又一郎（島津久保）さまは大野どのを心配しておられます。様子を見て参れと拙者をお遣わしあられました」

まだ戦の外の任に慣れぬのか、貞昌の口上はどこかぎこちない。

「ご覧の通りだ。よろしくお伝え願いたい」

僅かに顔を歪めて久高は答えた。気紛れな憐憫を見せつける御曹司に苛立ちを覚えた。

「又一郎さまは大野どののご赦免を掛け合っておられます」

貞昌が身を乗り出す。

「よいのか、伊勢どの」

重純は、部屋の隅に座る下僕を堂々と指差した。

「構いませぬ。彼者が告げ口する先でも存知のはず」

さらりと貞昌は答えて、続けた。

「お義父上の罪は、未だ又一郎さまを含め家中には明らかではありませぬ。ですが、お義父上がいかなる罪でも大野どのに連座すべき咎がなきことは、皆、存じております」

しきりに、重純が頷く。

「妙は、どうなったかご存じか」

久高は問うた。別の話をされた貞昌は、それでも不快な色を見せずに答えた。

「変わらず大野どののお屋敷に住まわれております。外出(そとで)は叶いませぬが、宅地の召し上げは又一郎さまの願いでまだです」

久高は、そこで初めて久保に意外さを感じた。

「諦めないでくれ、との又一郎さまのお言葉です」

貞昌と重純が立つと、見送りで下僕も共に陋屋を出た。外から鍵を閉める音が聞こえた後、久高一人が、薄暗い室内に残された。

「諦めないでくれ、か」

ぽつりと、久高は呟いた。

八

九月。久高は寺領を解かれた。

使者に伴われ陋屋を出てそのまま、久高を預かっていた寺の書院へ出向く。

赤く色付いた寺の木々が、何の彩りもない日々を送った久高に赦免を実感させた。

「久しぶりだな、七郎。元気そうでよかった」

書院には御曹司がいた。寺領を解いてくれるほど高位の者の知遇を得ていた幸運に感謝して、久高は平伏した。赦免を働きかけ自ら出迎えに来た久保その人には、しつこさに辟易する外に何の感慨も持たない。

久高が頭を上げると久保は人を払った。一刻も早く妙が待つ家に帰りたかった久高は、長い話を予感して失望した。

「お礼の言葉もございませぬ。ですがなぜお許しを賜ったので」

素っ気なく礼を言うと無作法に訳を問うた。このまま久保が久高に興味を失ってくれればありがたい。帰れとでも言ってくれれば、なお助かる。

「いつでも召し出せ、と申していたであろう」

久保は笑ったが、声も顔もどこか硬い。

「先に一つ伝える。赦免にあたり七郎に加増を申し付ける」

「手前、何の手柄もございませぬが」

久高は不審を隠さなかった。久保はすぐには答えず、床に目を伏せた。ややあってから話し始めた。

「駿河守の罪と大野家の断絶は覆せなかった。実父が罪せられた以上、七郎の室（妻）は島津の領内に住めぬ。七郎は室と離縁し、樺山に戻れ。二人の子は七郎が連れて行って良い」

考えるより先に、久高は叫んでいた。

「承りかねます。なんたる理不尽。俺も――」

つい、ぞんざいな言葉になった。

「俺も妙も、何もしておりませぬ」

「吾の力が足りなかった。まことにあい済まぬ」

久保は、怒る久高の目を真っ直ぐ見据えて詫びた。

済まぬで済むか。激情が久高の胸を渦巻く。

「義父は何をしたのです。俺、いや手前はともかく、手前の妻にまで咎が及ぶ罪とは何なのです」

「いかなる罪か、吾にも確とは知らされておらぬ」

久保の声は苦い。

「ただ駿河守は、密かに『関白』殿下に通じていたらしい。義父上（龍伯）はそれをお咎めになったようだ」

乱れる胸の隅で、久高は義父の為人を思い返した。龍伯には重用されていたが、身内の婿や娘を詰る以上の肝はない。大それた謀略はとてもできない。

「吾の推測だが、駿河守のことを義父上に知らせたのは他ならぬ殿下の手の者だ」

久保は大胆な予想を口にした。

「本気で密議を成すなら、露見するが如き下手は打つまい。つまり、わざと洩らした。近臣との仲を裂き、殿下は義父上と島津を揺さぶろうとした。吾はそう見ている」

「馬鹿らしい。心底、馬鹿らしい」

久高は、自棄になっていた。

「『関白』殿下とご当家のことなど、吾らには全く関わりがない。義父の罪も明かされぬ上に吾らには離縁せよと仰る。女一人で放り出せと仰る」

覚えた怒りのまま、無礼と知りながら久保に噛み付く。

「なぜ、手前を許したのです」

「七郎の室を助けられるのは、七郎しかおらぬからだ」

予想の外にあった答えに、久高は言葉を失った。

「加増は七郎のためではない。室のためだ。吾からは渡せぬゆえ、樺山に戻った七郎から密かに渡し、室の新しい暮らしの足しにして欲しい。今の吾にはそれしかできぬ」

「妻のため、でございますか」

久高は短く問い、久保は頷く。

「七郎の言う通りだ。室には何の咎もない。此度のご裁断は義父上なりに島津の家と臣を守るお考えあってのこと。だが、そうせざるを得ぬ島津こそ、この世こそ、吾は疎ましい。己が生き延びるために罪も活計もない者を放り出すなど、吾は好まぬ。断じて好まぬ」

突然、久保は頭を下げた。

「済まぬ。吾にもっと力があれば」

臣に頭を下げる主君など、聞いたことがない。久高は虚を衝かれたが、おかげで激情も忘れた。

引いていく興奮を感じながら、久高は考えた。

たしかに久保は、力が足りない。咎(とが)なき女一人を領内に置いておくことすらできない。久高が儒学の説く世界を諦めたのも、今の久保くらいの歳だった。己の力の足らざるを知り、臣を誅せねば生きられぬ世を知った久保も、これから諦めるのだろうか。

「又一郎さま、よろしいですか」

静かに言うと、久保は頭を上げた。その若々しい顔は悔悟のためか蒼い。だが頽廃(たいはい)の色はなかった。歯を食い縛っているのか、頬が筋張っている。

「なぜ手前にかくもご厚情を賜るのですか」

「小田原の帰りの折だ」

久保は話し出した。

「吾は皆に同じことを話した。人を信じ、吾は王になりたいと。七郎だけが嗤わなかった。ゆえに七郎にこそ吾を佐(たす)けて欲しいと望んだ。だが、もうよい。主命で室を失う七郎に、主筋の吾が望んでよいことではない」

「人を信じる。今もお変わりありませぬか」

「変わらぬ」

久保の声に、張りが出た。

「信じねば、吾は王になれぬ。天地と参なる人の高みも虚構(うつろ)を出でぬ」

「島津を変えるため」

「島津だけではない。人を、その高みへ上げるためだ」

一人も救えぬ無力を知った今なお、一家や一国を越えた所に久保は志を置き、諦めていなかった。

久高は、ゆっくり両手を床に置いた。

「どうか、王にお成りください。又一郎さま」

——王に仕えよ。

かつて言われた言葉が、胸の内に木霊(こだま)している。

人を信じ王を目指す久保は、久高にはすでに王だった。

「その日まで、この久高がきっと、又一郎さまをお護(まも)り致します」

命を預けるつもりで諱(いみな)を口にした。

人を信じたい王が、己の無力に喘(あえ)いでいる。人になりたい禽獣が一匹くらい佐けて差し上げてもよいではないか。

やっと出会えた王に、久高は深々と平伏した。

「ありがとう。よろしく頼む」

王佐の日々の始まりを、久保の声が厳(おごそ)かに宣(の)る。

九

微笑んだ妙の白い頭巾の端が、枯れた原野を吹く秋風に僅(わず)かに揺れる。

落髪(らくはつ)したばかりだ。頭巾越しでもやはり寒いだろうと、久高は思う。

二人の女児が、妙の衣の裾を摑んで父母を代わる代わる眺めている。数歩下がって老僕が、妙の杖を持って跪いている。長く大野家に仕えてくれた、信頼できる老人だ。

妙は、京へ行く。子は連れていくと言って聞かなかった。

「本当に良いのか」

「何がです」

躊躇いながら久高が聞くと、妙は柔らかく首を傾げた。

「子らだ。俺の元にいてよいとの又一郎さまのお許しもある」

どうして俺はこう、段取り事しか考えられないのだろう。己に久高は腹が立った。

「あれだけ賄(まかない)(生活費)をいただければ、充分です。あと十人くらいは立派に育てます」

「本当か」

「戦に出ずっぱりの七郎さまよりは、確かです」

「そうだな。それはそうだ」

あと十人を育てられると妙は言った。だがもう夫とは離縁し、当人も俗世を離れた。

「手紙(ふみ)を出す」

「だめです。せっかく赦された七郎さまが、また疑われます」

「お主はなにもしておるまい」

「私は誅せられた者の子。恨みが謀叛の種となるやも知れませぬ。疑わしきこそ罪である世であるとは、女子の私にもわかります」

しばし、沈黙があった。

「手を、貸してくれぬか」

妙は黙って右腕を差し出し、左手で袖を少し引いた。久高は確かめるように両の掌で妙の手を摑む。

「俺は、その世を変える。義父上を誅し、妙を逐った世を。ゆえに又一郎さまに尽くす」

「まあ」とだけ言って、妙は微笑んだ。

「春と睦は、いずれどこかへ嫁がせたく存じます」

妙は、子のことを言った。

「そのためにも、実の父である七郎さまには立派になってもらわねばなりませぬ」

「わかっている。かならず出頭する」

「わかっていません」

妙は穏やかな顔のまま、声だけで久高を叱った。

「七郎さまには悔いなく生きて欲しいのです。ただし、死なずに」

意を解せず、久高はただ妙を見詰めた。

「生き易くはない世を、これから春と睦は生きます。だからこそ、世がどうであれ身が何であれ、己の生は己次第であると、教えてやってほしいのです。七郎さまの生をもって」

言い終わると合図のように妙は頷く。久高は手を放す。

「では、参ります。お達者で」

妙は子らを促しながら、背を向けた。春と睦が、何度も忙しく父と母に目を移しながら、原野を割って伸びる道とも言えぬ細い隙間を歩き始める。何が起こったかは、時機を見て妙が話してくれるだろう。

――己の生は己次第。

妙の言葉を思い返しながら、久高は去っていく四人の背をただ見詰めていた。

ややあって、足音に振り返ると、重純と貞昌が立っていた。

「お待たせした。見届けのお役目、ご苦労でござる」

久高が詫びると、貞昌が目礼した。重純は泣き腫らした顔をくしゃくしゃにしている。

「ただ別れの言葉以外は何もなかったと報告しておきまする」

「聞いておったのか、伊勢どの」

気恥ずかしさに久高が戸惑うと、貞昌は「まさか」と手を振った。

「有馬どのを宥めるので手一杯でしたよ。遠くで立っておるだけの楽な役目と思うておりましたが、大きな赤子をあやすようで、困りました」

「士を捉まえて、赤子とはなんだ」

重純が口を尖らせる。

「又一郎さまより、明日登城せよとのことでした」

手慣れたように重純の非難を往なしながら、貞昌は伝えて来た。

翌日。久高は直垂姿で登城した。拝謁した久保の顔は、なぜか険しかった。

「樺山権左衛門尉よ」

久高の新しい名を、久保は呼んだ。脇にいた小姓が膝行し、久高に書を示した。

「吾の陣中家老を申し付ける。励め」

平伏しながら、思わず身が熱くなる。ただ一つ気になった。

「いかなる戦でございましょうや」

戦国の世であったためほぼ常設だったが、陣中家老とはその名の通り、そもそもは戦に際して置かれる臨時の職だ。

北条の他にも豊臣に歯向かう大名がいただろうか、と内心で首を傾げる。

「話す。面を上げよ」

久保の言葉が硬いのは、正式な拝謁であるからだ。だがその声にも、久高には聞き覚えのない硬さがあった。

「先日、京におわす武庫さま（久保の実父、兵庫頭義弘）に石田どのより内示があった。いずれ正式に『関白』殿下より陣触のお沙汰がある」

小姓は後ろに侍している。久高にしか見えない顔を、久保はみるみる歪めた。

「『唐入り』の第四陣を、当家は仰せつかった」

久高は、息を呑んだ。

天下と四海

一

「あの天守っての、なんの意味があるんです。『関白』の癖（趣向）ですか」

肥前の名護屋で雑踏を歩きながら、真市は樽金に尋ねた。

真市の視線の先、街を見下ろす垣添山の頂には分厚い足場が高々と組まれている。

大坂や京の如き壮麗な天守を、この名護屋にも「関白」は掲げるつもりらしい。

もともと、この名護屋の地には海を眺める垣添山の他、ほとんど何もなかった。夥しい数の人と資材が日本中から名護屋に集まり、無人の荒野が瞬く間に拓かれたのは、去年のことだ。やや遅れて諸侯の軍兵が続々と名護屋に着陣し、忽然と現れ膨み続ける大人口を支える物資や娯楽を提供するため、さらに人が集まった。

そして今、名護屋は港湾を備えた一大軍都と化していた。

「今は、『太閤』殿下だ。『唐入り』に専念するため、ご一門に関白職を譲られた」

　真市と同じく商人の偽装（なり）をした樽金は、日本の真っ只中に居るためか敬称を付けた。釜山で剃っていた月代（さかやき）が伸びきっておらず、頭巾を被（かぶ）っている。

「地味な軍略で個々の戦に勝つより、威を以て敵の心を砕くやり方を殿下はお好みだ。天守を掲げるのも威を示すためだろうな」

　樽金の抑揚のない説明は、知らぬ者が聞けば冷たさを感じるかもしれない。だが真市は、説明に必要な情報を足で集めた樽金の情熱を思った。

「戦、本当に始まるのですね」

「だからお前を呼んだ。俺一人では手が回らぬ」

　この一月、日本の諸侯へ二つの軍令が発せられた。

　一つは「今度大明国へ御動座（ごどうざ）に付いて」の書き出しで、名護屋へ集結する軍勢が道中の治安を乱さぬよう厳に戒（いまし）めた。「御動座」は貴人の移動を指し、以前には北条征伐が「関東御動座」とも呼ばれた。移動に軍令を要する物騒な貴人は日本に一人しかいない。

　もう一つの軍令は「禁制（きんぜい）　高麗国」と題され、朝鮮国での狼藉（ろうぜき）、放火、民への虐待を禁じた。

　かくて「唐入り」は朝鮮国の通行を既定の方針として、実施の段階に入った。釜山にいた樽金は探る先を変える決心をして今日、名護屋で真市と落ち合った。

「朝鮮国は、もう良いのですか」

「後で話す。どこか、宿屋に入ろう。何軒かあるらしい」

「名護屋には、もう宿屋があるのですか」

真市は驚いた。大明ではありふれた商売だが、物流がさほど盛んでない朝鮮にはほとんどない。長い戦乱で暢気(のんき)な往来が絶えて久しい日本でも少ないはずだった。無論、琉球にもない。

「日本(ヤマトゥ)はみるみる変わっておる」

樽金の言葉を聞きながら、真市は改めて日本に恐れを抱(いだ)いた。

二

宿屋では二階の個室を借りた。入って座るや否や、樽金は切り出した。

「しばらくはこの名護屋が日本の政庁となる。国内の動向のほとんどが集まるし、戦が始まれば戦況もまずこの地に届くだろう。お前と俺で、できる限り探るぞ」

前置きもなく樽金は役目の話を始めた。真市はうんざりしつつも、それでこそ樽金さんだ、と嬉しくもなる。

「こんな日本の端っこより、京か大坂のほうが仕事はしやすいのでは」

樽金は首を振った。

「大明国まで版図(はんと)に含める者の夢の中では、中心はしばらく名護屋だ。ところで琉球(くに)はどうだ」

「厳しい状況です。率直に言って金の苦労ですが」

真市は事実は事実として答えた。

「御主加那志（ウシュガナシ）の請封（せいほう）は進んでいるのか」

使船の建造から始まる数年掛かりの冊封の儀式は、受ける側が大明皇帝に冊封を請う「請封」によって始まる。先年の借財で請封は可能になったはずだった。

「今、琉球国は島津の寄騎（よりき）（指揮下）の扱いをされています。樽金さんが言った通り、先年の京への遣使が日本への服属と見做（みな）されたためです」

真市は、さぞ苦々しい顔になっているのだろう、と己の顔を想像した。

「島津に課せられた『唐入り』の軍役も一部について琉球国に負担を求められました」

樽金が骨を折るほどの音を立てて舌打ちした。

「負担はいかほどだ」

「七千人の兵糧、十か月分。土の痩せた孤島で成る吾が国にはあまりにも過大な負担です。応じるには外（と）つ国（くに）から購（あがな）わねばなりません。軍役をどうするか王府はまだ決めかねていますが、請封の準備はいったん取り止めになりました」

「『太閤』から借りた金で、『太閤』の軍役に応じるのか」

「万策尽きれば」

真市の声が小さくなる。

しばらく沈黙があった。樽金は不穏な気配を漂わせている。もう一度舌打ちが鳴り、真市は思わず身を硬くした。

「状況は分かった。軍役の件は、もはや王府次第だな」

樽金なりに気を静めてくれたらしい。真市はほっとした。同時にこの人は心が折れないのだろうか、と哀れな健気さも感じた。

「朝鮮国はどう動くのです。日本に従うとも思えませんが、備えはあるのですか」

気を取り直すと、さっき聞きそびれた問いを投げかけた。

樽金は記憶を整理するように目を床に落とした。

「一昨年、朝鮮が日本に通信使を派遣した。覚えておるか」

「京で、聚楽へ向かう行列を見ました。たくさんの旗を掲げてて壮観でしたよ」

真市が島津家の大野七郎の知遇を得た数か月後に、通信使は日本にやって来た。大徳寺に宿泊し、北条征伐から帰還した「太閤」と聚楽で対面していた。

「通信使に手渡された日本の国書には、わざわざ『大明を攻める』と書いてあった。だが朝鮮の朝廷は、日本は攻めてこないと決めつけている」

「なぜです」

樽金が言い間違ったのではないかと真市は疑った。話の辻褄が合わない。

「朝鮮の使者二人のうち正使は朝廷に、必ずや兵禍あらんと報告した。正使と党派が異なる副使は、戦争はあり得ぬと逆の報告をした。朝議は割れたが副使の党派が優勢なため、戦争はないと結論付けた」

「意味が分かりません。正副の使二人とも日本で同じものを見たのでしょう。それに貰った国書にも戦争になると書いてあったのに」

「彼国では、ことほど左様に党争が根深い。事実すら容易に枉がる」

樽金は淡々としている。私情を挟むと見立てが狂う。樽金の持論だ。

「では朝鮮国は何もしないと。備えもせず、考えもせず」

「そうだ。もっとも、征明を先導するか滅ぼされるか選べという『太閤』の意は、仲介する対馬の宗家が故意に歪めた。朝鮮国には、大明に入る途を仮（借）りるという要請に掏り替わって伝わっている。宗家は穏便に事を運びたかったのだろうが、朝鮮国の警戒心も必要以上に和らげてしまった」

「では日本の軍はほとんど不意打ちの体で朝鮮国を襲える。難なく押し通りますね」

「真市は歴史を学ぶか」

唐突に樽金は話を変えた。

「いえ。とてもそんな暇は。ですが、なぜです」

「現在と過去はいわば二つの点だ。線で結んで伸ばした先のどこかに未来の点が打たれる。過去を知らねば、現在とは孤立した点に過ぎず、未来の見当も付かぬ。学問や愉しみのためだけではなく、俺たちの仕事にも歴史は役立つ」

真市は、樽金の生真面目さに感心した。

「朝鮮国のある地には、かつて様々な国が興って滅びた。だが、冊封を越えて外つ国より支配を受けたことは太古を除き、ない。また朝鮮国の前代の高麗国は北辺から遼国、蒙古国の侵略を何度も受けた。国力の差があり高麗国は最後には服属したが、ついぞ併呑はされなかった。士民の苛烈な抵抗が併呑を断念させたのだ」

真市は、ずっと以前に釜山の港で会った少年の目を思い出した。これから殺到する兵乱の惨禍に、あの少年はどう抗するのだろう。

「まず朝鮮国で激しい戦となろう。眠る者はいても変事に目覚めぬ者はおらぬ。国も同じだ」

樽金は立ち上がった。顔は曇りを拭ったように清々しい。

「吾らは吾らの務めを果たそう。誠を尽くせば（マクトゥソーケー）、なんとかなる（ナンクルナイサ）、だな」

樽金の顔が歪んだ。おそらく笑った。

「まず、名護屋一帯の絵図を造る。歩くぞ」

「書き付けの字、綺麗に書いてくださいね」

わざと軽口を叩いて、真市も立ち上がった。

「いつもの悪筆だと、樽金さんにしか読めないですから」

進もう、と真市は念じる。いかなる向きでも、風がある限り。もし凪（な）ぎであれば、漕げばいい。

三

街には、あらゆる種類の人が集まる。

より奇矯な者や怪しい手合い、雑多な喧騒に紛（まぎ）れて、見物を装ったり道に迷う顔をひけらかしながら、真市は日暮れまで歩き回った。

宿に帰ると、樽金とお互いの書き付けを丹念に突き合わせ、齟齬（そご）を正し、次に調べるべき事項を確認しあう。

やはり樽金の悪筆は相当なもので、読み上げてもらうこともしばしばだった。

「そんなに汚いか。俺の字」

寂しげに樽金が呟いたが、あえて真市は無視した。

一通り終わると樽金は亭主に夕餉を頼んだ。疲れもあり、二人とも黙って平らげる。

「明日は早くに動き出したい」と樽金が先に寝てしまうと、真市はそっと部屋を出た。

廊下は明り取りから差す月光が薄く照らしている。

懐から一枚の書状を取り出した。

「日本国関白秀吉、琉球国王閣下ニ書ヲ奉ル」という書き出しが淡い光に浮かぶ。

先年の琉球の使者に渡された書の写しだ。我那覇たちと京に滞在していた時に見せてもらい、適当な理由と相当な無理を言って筆写させてもらった。

本来は「殿下」と呼ぶべき琉球国王を格下の「閣下」と呼ぶ国書を、琉球の使は受領してしまった。服属国扱いされる端緒とも言えるが、過ぎたことは仕方ない。

仕方がないのだ、と何度も念じてから、何度も読んだ文章の続きを目で追う。

書は、琉球国の使を迎えて喜ぶ旨をつらつらと述べた後、「四海一家之情ヲ作ス者也」と続く。一家の主は、日本だ。

日本が唱える「四海一家」の渦に、琉球国は捕まろうとしていた。渦は朝鮮国、大明国、さらには天竺まで飲み込む気概を、書で示している。

かたや大明国は、己を父とする「以天下為一家」の秩序を主宰する。「天下一家」の海に浮かぶ琉球国は守礼之邦と称えられ、栄えた。

「四海一家」と「天下一家」に、琉球の島々は引き裂かれている。

ふと真市は見上げた。明り取りが繰り抜いた夜空の隅に月の一片が覗いている。

あの月は明日、四海と天下どちらの空を巡るのか。

空いている掌を胸に乗せる。衣の下の手巾(ティサジ)に加護を祈った。

四

大明の暦より一日早い日本の日付で三月十三日、名護屋在陣の諸大名に新たな軍令が発せられた。

都合十五万八千七百の兵は九つの軍に編制された。順風を待って順次渡海し、服属しているはずの朝鮮国の出迎えを受けて上陸する。もし朝鮮国が「異議(いぎ)ニ及(およ)ブ」場合は強引に着岸して陣を敷く手筈(てはず)となった。

名護屋の軍兵は続々と乗船し、慌ただしく出帆してゆく。

第一軍の大将格の小西行長(こにしゆきなが)は先行して対馬に入り、朝鮮国との最後の交渉に当たっていた。だが大明国の冊封を受ける朝鮮国が諾(うべな)う余地はなかった。

四月七日、朝鮮国へ派遣した使僧が対馬に帰還し、交渉の申し出が黙殺されたと復命する。

四月十二日、第一軍一万八千余は対馬を出帆した。

釜山まで、一日足らずの航海となる。

壬辰倭乱

一

明鍾は、書堂の門を見上げた。

門はほとんど朽ちている。屋根は傾き、ずり落ちる寸前で必死にしがみ付いている。初めて来た日から門の姿は変わらない。明日には落ちそうな体勢のまま、五年くらい踏ん張っている。だがいつの間にか、垂れ下がる屋根の端が明鍾の頭に触れそうになっている。

明鍾は十八歳になっていた。相応より拳一つ分くらい背も伸びた。

「あんたらも頑張ってるけど、後生、畏ルベシ、だぞ」

長年の努力に敬意を表しつつ、抱く自負も隠さず、明鍾は門と屋根に話し掛けた。

学問はかなり進んだ。以前に科挙の小科（一次試験）の問題を見たが、難しいとは感じなかった。小科に及第すれば王都の漢城にある最高学府の成均館へ進める。さらに学べば大科（二次試験）にも及第し、王さまを佐ける大官になれるかもしれない。

だが、その辺の両班さまなら考え得る未来が、白丁の明鍾には閉ざされている。

出自としての白丁は誇りであり続けている。今後もきっと変わらない。だが身分としての白丁は、学び得た知識を全く無為なものとする。

今さら倦みはしない。だが己の力量にふさわしい未来を、明鍾は渇望していた。

屋根を避けて書堂の門を潜る。堂内ではいつも通り道学先生が一人で座っている。

「先生、おはようございます。今日も――」

言い掛けるとやにわに先生が飛び付いてきた。

「明鍾、助けてくれ」

先生の声は震え、顔は怯えに歪んでいる。

「落ち着いて。何があったんです」

宥めながら、「またか」と内心で溜め息をついた。

何人もの子弟を科挙に及第させた先生も、人としてはほとんど落第だった。人を避けて建つ書堂に暮らしているのに、なぜか人と諍いが絶えない。

先生はすこぶる狷介で尊大だ。そのため周囲は敬して遠ざける態度を堅持していて、諍いは全て、敬して偶さかやって来る相手を先生がわざわざ怒らせて起こる。また遠ざけられているから仲裁を買って出る者はいない。いつのまにか、揉め事のたいていは明鍾が仲裁するようになっていた。

「とりあえず座りましょう。何が起こったか、順序立てて教えてください」

まず明鍾がゆっくり、続いて先生が震えながら、座る。

「酒屋の崔が儂を訴えるなどと申す。儂はどうすればよい」

「落ち着いて。順序立てて。最初から教えてください」

明鍾は繰り返した。

ところが先生はいつまでも落ち着かず、話す内容も要領を得ない。先生が縷々述べる話から将来への身勝手な不安、国政への詮ない悲憤、悲恋と称するただの擦れ違いの話などなどを注意深く取り除き、なんとか明鍾は事態を把握した。

事件は昨日起こった。

酒屋の店主の崔が溜まった付けの集金で書堂を訪れた。折悪しく先生は泥酔していた。払えるものは何もないと厳かに宣言したあと、先生は余計なことを言った。

「お主の酒は味に比べて値が高い。払って欲しくばまず美味い酒を醸せ」

崔は激昂し、未払いを役所へ訴えると言い捨てて帰った。

酔いが醒めた先生は役所からの問責に怯えながら、今までただ震えていたという。

「全くもって先生が悪い」

明鍾は遠慮なく評した。

「儂、役人に捕まってしまうのであろうか。これだけ学問を修め、科挙も本当には状元であったのに。官であったころは、あれだけ将来を望まれておったのに」

儒学は修己治人の学ではなかったか。出かけた疑問を明鍾は飲み込む。

「謝りに行きましょう。崔の旦那さまは温厚な方です。許してくれるかもしれません」

崔の丸い顔を思い返しながら、明鍾は提案した。

「お詫びも兼ねて少しでも酒代を返せれば話も早い。何かありますか。布か米か」

「ない」

まるで清貧を矜るが如き態度で、先生は堂々と答えた。

「毎月、学徒の親から講義の謝礼が貰えるでしょう。何に使ったんです」

「もう一軒、酒を売る店があっての。もう崔は酒を売ってくれぬから」

「俺だって先生に酒を差し上げてるんですよ。それでも足りなかったんですか」

こくりと先生は頷いた。

そろそろ明鍾は呆れるという感情を使い果たしそうだった。だが怒りや軽侮は、覚えた端から驚嘆交じりの疑問に変わる。この老人はなぜ、かくも常軌も逸し続けてなお生きていられるのか。

「分かりました。酒代は俺の授業料で少しずつ返しましょう。話は俺が付けますから、先生はとにかくちゃんと謝ってください」

「なぜ儂が謝らねばならんのだ」

道学先生は諸事や人情には疎いくせに、頭を下げることにはとかく敏感だった。

「なんで先生が謝らずに済むと思えるんですか。ほら行きましょう」

明鍾は立ち上がった。先生は床に蹲ったままだ。

「立ってください。ぼやぼやしてるとほんとに役所に訴えられるかもしれませんよ」

「嫌だ」

先生は頑(かたく)なだった。

「立て、じじい」思わず明鍾は怒鳴る。「餓鬼(がき)みたいに我儘(わがまま)ばっか言いやがって」

弾(はじ)かれるように先生は立ち上がった。

衣を開(はだ)けた明鍾の胸の前に現れた先生の白い頭を見て、明鍾は急に切なくなった。

「先生、小さくなりましたね」

「儂は、変わらん。お主が大きくなったのだ」

見上げる道学先生は、怯えと慈(いつく)しみが入り混じった奇妙な顔をしていた。

二

酒屋の店先で崔を前にした道学先生は、まず不貞腐(ふてくさ)れた。

明鍾が低く一つ咳(せき)をすると、先生は吊り糸を切られた木偶(でく)のように急に地に伏した。

続いて人語らしき、ぶつくさとした音が聞こえた。すかさず明鍾が咳をすると、先生は目覚めたような明晰(めいせき)さで話し始めた。

詫(わ)び言(ごと)は美しく難解な漢語が駆使され、忠臣の血書(けっしょ)の如く悲壮なものだった。

「なんて仰(おっしゃ)ってるんだい」

眉を顰(ひそ)めながら、小声で崔が聞いてきた。

「まことにあい済まぬ、と」

大胆に要約した明鍾は話を引き取った。

「旦那さま、もうお役所には行かれましたか」

「いや、まだだよ」

照れくさそうに崔は首を振った。

「ほんとは穏便に済ませたかったんだ。うちのも含めて先生のお世話になった子は多いし、素面の先生が立派なお人なのは知ってるし」

先生が顔を上げた。表情に尊大さが息を吹き返す気配を見て取った明鍾がもう一度咳をすると、先生は慌てて顔を伏せた。

「自慢の酒を貶されて引っ込みがつかなくなってしまったんだ。それに取りっ逸れは他の客にも舐められるから困るし。どうしたもんかと悩んでた」

「先生の付けは俺が少しずつ払います」

明鍾の提案に、崔の顔がぱっと明るくなった。

「ああ、それでいいよ。明鍾が払ってくれるんなら確かだ。いつも買いに来てくれてる間隔と量だと三か月くらいで返し終わるよ」

「わかりました。返し終わるまでは先生には酒を売らないでくださいね」

「しないしない。また踏み倒されたんじゃ敵わない」

崔は人懐こく笑った。明鍾は、ほっとした。

先生はぞんざいに立ち上がろうとする。見咎めた明鍾が咳をすると、先生は五体を地に投ぐ勢いで何度も礼を言った。

「いや、よかったよ。ありがとう」

崔も安堵したのか、いわば踏み倒そうとした側の明鍾に礼を言った。

「今は客も減っててね。その上、取りっ逸れにも遭うなんて、ついてないと弱ってたんだ」

「お客さん、減ったのですか」

世間話の接ぎ穂のつもりで明鍾は聞いた。

「日本人が急に倭館を引き払ったんだ。単純に釜山で酒を欲しがる人が減ったのさ」

興味や見解のある話ではなかったから明鍾は曖昧に相槌を打った。

潮風が涼しい帰りの道すがら、先生は口を尖らせた。

「お主は儂をなんだと思っとるのか」

反省を促したい明鍾は少し嫌味を混ぜて答えた。

「先生と思ってますよ。学問を授けてくれる時は」

先生が急に振り向いた。怒られるのかと思ったが、違った。先生の目は明鍾の背後を遠く見詰めている。明鍾も首を巡らせた。

左右に家屋を並べて真っ直ぐ伸びる道の先、往来する人々の向こうに城郭が黒っぽく盛り上がっている。

釜山城だ。濃灰色の石を積んだ城壁の上に色とりどりの大きな旗を整然と並べている。

港と街を守護する堂々たる威容と明鍾は思うのだが、先生の考えは違っていた。

「城の備えがまるでなっとらん。日本の来寇があるやも知れぬのに、あれでは木っ端の海賊の相手が精々であろう」

吐き捨てるように先生は呟いた。

「日本が攻めてくるのですか」

先生は仰々しく頷いた。

「今、熒惑（火星）が南斗（南斗六星）に重なっておる。これは古来より兵乱の兆し。また星を見ずとも戦の気配は明らかである」

先生は声を荒げた。

「武班（武官）に進んだ弟子の報せでは、軍の退廃はやはり目に余るものらしい。今、この状況で日本に攻められれば、まず漢城までは通ってゆくだろうの」

武班は、文班（文官）と並んで両班と呼ばれる支配層を形成する。ただ崇文軽武の風潮のため、武科（武班の科挙）は学問の落伍者が応試するものと見られていた。実際、当時の武班は人材を得ぬこと甚だしかった。女真族に備える北辺の騎兵、海賊を警戒する水軍の一部などの精鋭を除き、長い平和に慣れた朝鮮国の官軍は弛緩を極めていた。

「王都まで攻め込まれたら、国が滅茶苦茶になりますね」

他人事のように明鍾は応じた。国がある限り、明鍾の将来は閉ざされている。滅茶苦茶になるのなら、いっそせいせいする。

「国家とて変化窮みない万物の一つに過ぎぬ」

先生は容易ならぬ論を唱えた。

「失せても作り直せばよい。国王殿下、いや王さまがあらせられる限り国は滅びぬ。明鍾、王と覇の違いはなんだ」

突然、先生は問う。明鍾は戸惑った。

「力ヲ以テ仁ヲ仮ル者ハ覇タリ、覇ハ必ズ大国ヲ有ツ。徳ヲ以テ仁ヲ行フ者ハ王タリ、王ハ大ヲ待タズ、でしょうか」

咄嗟に明鍾は経典の句を引いた。

先生の意に適う答えだったか心配だったが、先生は傲岸な表情のまま頷いた。合っていたらしいが、先生の意図はまだ分からない。

「吾ら朝鮮の民は他国の王を戴かぬ、と仰るのですか」

恐る恐る付け加えると、先生は鼻を鳴らした。

「近い将来ではお主の言う通りになろう。日本が吾が国に覇をなさんとしても、王さまを戴く朝鮮国は決して屈せぬ」

先生の声は確信を思わせる力強さがあった。

「だが、もう少し考えよ。今、おぬしが引いた『孟子』曰く、天が民から王を立て師となし給うたのは、天帝を輔け、何より民を安んぜんがため。つまり、民があっての国であり王である。ならば王とは、王を王たらしめる徳とは何ぞや」

先生は立ち止まり明鍾に向きなおった。

「吾らには来し方があり行く末がある。言葉、祭り、山の形、飯の味、風の薫り、家族、故郷。様々な物を集めて吾らは己を作り、保つ。王とは、吾らの来し方と行く末の形象である。ゆえに民は王を欲し、王の下に集う。民は、己を己たらしめるものを、慕うのだ」

「では、人としての王がいない国もあるのですか」

「ようした」

何気なく問うと、先生はにやりと笑った。

「王より能(よ)く来し方往く末を形象する何かを戴く民も考えられような。今も天下の外かどこかにあるかもしれぬ。あるいは、遠い未来のことかもしれぬ」

「ただ一人のみの来し方往く末の形象を己の内に戴く者もいるのですか」

「おるかは知らぬ。だが無論、ありえる」

先生は強く頷いた。

「学べ。明鍾よ。お主の王に出会うまで」

三

翌朝早く、明鍾は仕事場で靴を並べていた。今日は納品の日だ。

まず自分が作った靴を手に取る。

「上手くなったもんだ、俺も」

細部を確かめて満足を覚えると、背負子(しょいこ)に積んだ。

次に手に取った小父さんの靴に、打ちのめされた。

明鍾が知るより遥かに素晴らしい出来栄えだった。形から縫い目の一つ一つにまで、触れ難いほどの気品がある。

靴作りを始めて長い小父さんすら、まだ高みに向かって腕を磨く。人の往ける先は底も天もないと知った。感心しつつ靴を背負子に積んでいく。

怠らず日々を生きよう。待つ時を無為にせぬよう。望みを忘れぬよう。

念じながら背負子を背負い、釜山の街への道を歩く。早朝の冷気が、身に帯びた余計な火照りを静めてくれるようで心地良い。

納品の時刻まで少し余裕がある。明鍾は遠回りして小高い丘を登った。

釜山の街と城、海が一望できる場所だ。見上げれば天が、見下ろせば地がある。いつもは些事を些事だと実感するために登る。今日は己の行く末が果てないと確かめに行く。

丘を登るうち、朝の清気は吹く潮風に代わった。海は今日も穏やかで、広いのだろう。

だが登り切った明鍾が見た光景は、全く想像の外にあるものだった。

船が、海の半ばをびっしりと蔽っている。

全て舳先を釜山城に向けている。水平線から次々と湧き出し、尽きない。海が船に侵食されているように見える。

――日本の来寇があるやも知れぬのに。

昨日の先生の言葉が過った。

「戦だ」

明鍾は、直感した。

戦争の始まり、隣国の日本が不倶戴天の仇敵「倭」となった瞬間を、明鍾は目撃した。

釜山城の砲が次々と火を噴く。砲声が明鍾の耳に届くと同時に、船団の遥か手前でいくつかの水柱が疎らに上がった。素人の明鍾が見ても砲撃の効果は薄い。

縦に細長い旗を掲げた倭の船団は、水柱に構わず城に迫る。

装塡に手間取っているのか、次の砲撃はなかなか始まらない。明鍾が焦れる間に船団はさらに距離を詰める。

群狼のように海を突っ切った小船が次々に砂浜に乗り上げ、倭の兵が次々と飛び降りる。城壁から矢が注がれ、怒号や叫び声が入り混じって聞こえてきた。

上陸した倭兵たちは、姿こそ定かではないが遠目には皆、黒っぽく見える。すぐに城壁に取りつかず、盾らしき板や何かの束で矢を避けながら浜辺で列を組み始めた。

やっと城から次の砲撃があった。やや沖合の大船が屯し始めた辺りに、また疎らな水柱が上がる。やはり命中はない。

突如、浜の倭兵の列が煙に包まれた。少し遅れて小さな爆発音の塊が聞こえた。

何度か倭兵の列が煙に包まれると、向き合う城壁の一角からの矢の応射が止んだ。すぐに梯子が掲げられ、城壁に掛けられる。

城壁の上がきらきらと光った。釜山城の兵たちが抜刀したのだろうか。直後に倭兵たちが城壁の上にも広がり出した。

朝鮮国の軍衣は青と白を基調にしたもので、遠目にもわかりやすい。黒っぽい倭軍に瞬く間に押されて城兵たちが減っていく様子もまた、よく見える。

黒雲にも似た倭軍は手慣れたような鮮やかさで釜山城を飲み込み、遅滞なく後背の市街地に進む。城に掲げられていた朝鮮の旗はすべて倒され、倭の細長い旗の、赤く一際大きいものに替えられていく。すぐに街の其処彼処から黒煙も上がりだした。

あっというまに城を屠り、街を焼く軍勢。

「あれが、倭か」

明鍾の声は震えた。

街の人々の運命が、崔や靴屋の運命が、気に懸かる。それは間違いない。

だが、様々な想いが去来した最後に明鍾の胸を占めたのは、別の感情だった。

倭は天災の如く、朝鮮国の全てを吹き飛ばし、薙ぎ倒し、押し流すだろう。財も塵芥も、宮殿も牢獄も、伝統も秩序も、自由も桎梏も、分け隔てなく。

世をかくあらしめた全てが、なくなる。後には真に涯ない世界が、顕れるはずだ。

眺める釜山の街では、きっと膨大な死と破壊が生まれている。

それでも湧き上がる感情は、止められない。

快哉。紛れもなく明鍾は感じていた。

丘を駆け下りながら、明鍾は叫ぶ。心の震えるままに喉を震わせ、放つ。

俺を遮るものは、もう、なくなる。

四

明鍾は村へ駆け込むと、小父さんに急を報じた。

小父さんは明鍾を疑わず、すぐに村の大人たちを集めた。

村の開けた一帯に大人たちが車座に座る。明鍾は中心に立ち、改めて状況を伝えた。

「釜山はもう陥ちてると思います。俺が見て来たのはそこまでです」

誰かが「賊と違うのか」と問うた。

倭寇と総称される海賊行為は苛烈を極めた一時ほどではないが、今も絶えてはいない。

「違います」

明鍾は言い切った。

「倭の数は、釜山やそこらの財物で満足できそうなものではありませんでした。それに」

明鍾は言葉を切った。間近に見たわけではない。だが、見えた街の姿から想像できる光景は、すんなり語れるものではなかった。

「倭は街を焼いていました。あいつらは物を盗りに来たんじゃありません。この国を獲りに来たんです。きっと長い戦になります」

続いて発言する者は、出なかった。重い沈黙が座を包む。

誰も知らない事態が到来した。緩慢に身を押し潰して来る差別とは全く別の急激な破壊は、居並ぶ全員の想像の埒外にあった。

「生まれて初めて、貧しい身に感謝できるな」

静寂を破ったのは、村の長老格の一人の甲高い声だった。

「なくして惜しい物がないゆえ、身軽に逃げられる」

軽口めいた示唆が合図となって、喧しい議論が始まった。

日頃から村では、世の理不尽に抗して団結する機会が多かった。大人たちは話し合いに慣れていて、ほどなく衆議は纏まった。

まず、足の速い者や目端の利く者が選ばれ、釜山の様子を探りに出た。残る者は今すぐ持てるだけの食糧と財貨だけ持って再び集合し、一塊になって山へ逃げる。

決するとすぐに皆、慌ただしく散った。喧騒が村に満ちる。

「小父さん、いいですか」

荷造りの最中、二人きりになった時に明鍾は意を決した。

「どうした。今しかできない話か」

荷造りの手を止めずに、小父さんが応じた。その横顔には、さすがに焦燥めいた色が浮かんでいる。

「すみません、今、お話ししたいんです」

小父さんは手を動かし続け、目だけで促してきた。明鍾は大きく息を吸ってから、一気に話した。

「今日で、お別れです。今までお世話になりました」

小父さんの手が止まった。

「なんのつもりだ、明鍾」

立ち上がった小父さんの声は、低い。

「大変な時に、乗っかって何かしようって、下らねえこと考えてんのか」

獣に遭ったような恐怖を明鍾は感じた。

「言え、何をする気だ」

　気圧されながら、明鍾は答える。

「俺たちの帳籍(ちょうせき)（戸籍簿）を焼きに行きます」

　言うや否や、小父さんの拳が頬に減(め)り込んだ。明鍾は吹っ飛び、転がる。殴られて当然だ。国法を犯すと明鍾は告白した。

「帳籍を焼いてどうする。身元を隠して盗みでも働くのか」

　違う。明鍾は激しく首を振った。

　白丁として、決して人倫に外れるわけにはいかない。白丁は人なのだから。

　立ち上がりながら、明鍾は叫んだ。

「帳籍さえなければ、俺たち白丁は自由になれる。だから焼きに行くんです」

　朝鮮国では戸籍制度が厳格に運用されていた。帳籍には名前や性別、生年などと並んで身分も明記され、人を縛る。

　だが見方を変えれば、白丁たちを賤民に置く元凶はただ戸籍のみだ。戸籍さえ消えれば白丁は自由になれる。明鍾の将来を塞ぐものもなくなる。

　いつか思い付き、途端に捨てた着想を、今なら可能だと教えてくれたのは倭だった。倭が起こした戦争が、白丁に理不尽を強いる秩序を潰してくれる。

「焼いた後、俺はどこかで仕官します。官となり、俺たち白丁を人でないとするものを、毀(こわ)しに行きます」

　小父さんが、険しい顔を崩さず一歩踏み出した。

「俺が今、お前の行く手に立ち塞がってる。どうする」

小父さんの目は、刻々と圧力を増す。だが、退けない。

「押し通ります」

決意を言葉にした瞬間、再び頬に痛みが弾けた。倒れそうになり、必死で踏ん張る。往くと決めた。途中で倒れるわけにはいかない。

「俺は、もう止まりません。往きます」

小父さんの目を見据える。しばらく睨み合う。

やがて、小父さんが口を開いた。

「戦がどうなるか分からねえ。俺も、村の皆も苦労するかもしれねえ」

前途の辛苦を述べる言葉と裏腹に、小父さんの声には険がなくなっていた。

「村は、俺たちで必ず守る。だからお前は、必ず帰ってこい」

俺は孤ではなかったと、明鍾は改めて知った。

五

村の皆と別れた明鍾は、道学先生にも別れを告げようと書堂へ向かった。

「おはようございます、先生。明鍾です。入りますよ」

いつもの朽ちかけた門を潜りながら呼ばわる。

持っていた手拭で足を拭って堂に上がると、まず酒臭さが鼻を突いた。道学先生は酒瓶と碗を傍らに置き、寝っ転がって読書をしていた。

「おう、どうした」

書から目を離さず、先生は暢気に応じた。

昨日の今日でどうやって酒を入手したのか。問い質したい気持ちを抑えて明鍾は先生の前に座る。

「戦が始まりました。釜山はもう、倭軍の手に陥ちました」

先生は動かなかった。

「街は、どうなった」

ぽつりと聞いてきた。

「火を付けられていました」

明鍾がおそるおそる答えると、先生はゆっくり上体を起こし、碗を手に取った。飲むのかと思いきや、碗は床に叩き付けられた。破片と酒の滴が舞う。

「戦に勝敗あるは常なり。だが、民を守れず何のための官か。何のための国家か」

先生の叫び声は、ところどころ掠れた。老いのためではなく激情ゆえだろう。しばらく肩を震わせた後、先生は明鍾を見据えた。酩酊の色は消えていた。

「だが、今言うても仕方ない。お主、戦を見たのか」

「遠くからですが。船で押し寄せた大軍が、あっという間に城を飲み込みました」

「吾が軍は逃げなかったか」

「戦っていました」

先生は悼むような沈痛な表情で頷いた。

「備えさえあれば、兵たちももっとまともに戦えたものを」

ごり、と歯軋りの音が続いた。肉のない先生の頬は硬く筋張っていた。

「倭軍について教えてくれ。どうであった」

「強かったです」見たままを明鍾は答えた。

「ただ釜山が陥ちた理由は、倭軍の強さよりも兵の数に尽きるように思います。戦慣れを思わせる鮮やかな攻め方でしたが、いわば不意討ちですし守る側の兵も少ない。どんな下手くそな攻め方でも城は陥とされていたでしょう」

「それが戦慣れしておるということだ」

先生の声は苦々しかった。

「戦はほぼ、兵の多寡で決まる。といって無尽蔵に兵があるわけではない。肝要なのは一時に、そして一点に兵を集める算段だ。ゆえに戦は、始まる前に大勢が決する。日本、いや倭はそれを知り、吾がほうの情勢を事前に調べ上げておったのだろう。勝ちが動かぬ兵の数を見極め、限りある兵を無駄なく動かしておるのだ」

そこまで言って、先生は口の端を苦く歪めた。

「となると、しばらく吾がほうは負けっぱなしであろうな」

「なぜです。せめて同数の兵があれば」

「その兵を集めるのに、時が要るのだ。倭はすでに軍を編み、吾が国に送っている。対して吾が国は全てをこれから始めねばならぬ。触れを出し壮丁（成年の男子）を集め、兵として鍛える。武器、糧食を集める。一朝一夕には成らぬ。それまで倭軍は無人の野を進むに等しい」

「じゃあ、わが国は滅びるので」

「いや」

先生の目が光った。

「倭は大軍であろう。ならば要する糧食も膨大な量になろうが、運ぶ道は海陸とも勝手知ったる吾が国の中。吾がほうが倭の糧道を断つは難からず」

先生の顔は、すでに静かな自信に満ちていた。

「また天兵（大明の軍）も来るはず。吾らは海陸で倭の糧道を絶ち、その進撃を鈍らせながら兵を集める。腹を空かせた孤軍を吾が兵と天兵が合して討てば、勝てる」

この人は、なぜ官を逐われたのだろう。先生の軍略を聞きながら明鍾は思った。あるいは、この正しさや鋭さゆえに逐われたのだろうか。

「今は時を稼がねばならん。倭が飢え、吾が兵が集まり、天兵が来るまでの時を」

先生は立ち上がった。

「儂は勤王の兵を募り、戦う。明鍾、手伝ってくれるか」

先生の目は決然としていた。明鍾は迷わなかった。先生に向き直り背筋を伸ばす。

「すいません、お供できません」

「えっ」

答えた途端、先生は面食らったような顔をした。

「聞いてたろ、今の儂の話。これなら勝てると思っただろ」

「聞きました。さすがは先生、と感動すらしました」

「ではさ。手伝ってやろうとか、恩師に尽くそうとか、思わぬのか」

「先生が成すべきことを決めたように、俺も俺の行く道が見つかりました」

少しばかりの虚勢にも手伝わせて明鍾は胸を張った。

「どんな道だ」

かつて官だった先生は国法を犯す明鍾の計画を是としないだろう。だが、言わないわけにはいかない。恩師に嘘や隠し事はしたくなかった。

「帳籍を焼き、俺の村の白丁たちを自由にします。その後、俺は仕官して白丁を苦しめる国制を変えます」

言い切ると意外にも先生は大笑した。

ひとしきり笑った後、先生は明鍾に向き直った。

「理に適わぬものは焼いて来い。力があるなら限りまで登って来い。天地の間は万物生生、変化窮ミ無シ。天理に適うための変化ならば世にも国家にもあって然るべし」

先生の目は既に優しかった。

「いつかまた、お目にかかります。その日まで、どうかお元気で」

先生に学んだ日々の一つ一つを思い返しながら、明鍾は深々と頭を下げた。

六

白丁の帳籍は三部が作成され、邑(朝鮮国の行政単位)、道(邑の上の行政単位)、王都の刑曹(司法と刑罰を所轄する中央官庁)の庁舎それぞれに、一部が保管される。慶尚道の東萊都護府という邑に住む明鍾の帳籍は、釜山からほど近い東萊と、慶尚道の監営(行政府)がある尚州、王都漢城の刑曹の庁舎にある。

東萊、尚州とも、釜山から北へ王都まで向かう街道上にある。必ず倭が通り、戦になる。釜山での戦いぶりを見る限り、王都はともかく東萊と尚州は、まず陥ちる。

戦の混乱に紛れて帳籍を焼く。あるいは倭が勢い余って焼いてくれればなおよい。

先生と別れた後、明鍾は既に無人になっていた村に帰った。東萊の陥落を待つため、小父さんに残してもらった食糧を煮炊きしながら、一人で時を潰す。

軍の移動や戦闘、間に要する休息にどれほどの時が掛かるか、全く勘が働かない。あてずっぽうで二日ほど期待に時めき、あるいは無為の焦燥に悩み、過ごした。

二日目の午正(正午)を過ぎてから村を出る。日暮れ前に東萊の地を望む所まで来た。

「うまくやってくれてるな、倭の奴ら」

一目見て口の端が歪む。釜山で覚えたものと同種の快感が湧いた。

東萊は、城も街も高々と黒煙を上げている。無数の倭の旗が熱風に翻っていた。炎に煽られるように明鍾は北へ向かった。行く先は尚州。

特に隠れる必要はなく、また情勢を知りたいためもあり、街道を使った。

思惑通り、南から避難の民や車が続々と街道をやってきて明鍾を追い越してゆく。追い越されながら聞いた切れ切れの話から、明鍾は大体の情勢を摑んだ。

明鍾が倭軍を見た四月十三日の内に、やはり釜山は陥ちていた。

翌十四日に倭軍は東萊城を襲い、十五日に陥とした。東萊府使（知事）は全滅するまで勇敢に戦い、倭はその勇戦を称えて厚く葬ったという。

府使の献身に反して、周囲にいた朝鮮の軍は恐れをなした。将兵は勝手に武器を捨て、船を沈めて逃げ出した。戦意を保っていた者たちも混乱して同士討ちを起こすなど、まともに戦える状況にはなかった。

西生浦、金海など、海に面する一帯の地も陥ちた。倭軍は続々と上陸し、文字通り破竹の勢いで北へ進んでいる。

事態は、明鍾の予想を超える速さで進んでいた。

明鍾の将来を塞いでいた朝鮮国が崩れる音を聞いて、喜ばしかった。ただ釜山で落城に伴って凄惨な虐殺があったと聞いた時は、胸が疼いた。

「俺のせいじゃない」

止まない疼きを無視したくて、明鍾は己に言い聞かせた。

四月二十五日の朝方、明鍾は尚州に着く。すでに蒸し暑く、明鍾は胸の汗を掌で拭う。夏だけは便利な白丁の身なりに、明鍾は複雑な気持ちを抱いた。

尚州は新羅、高句麗、百済の三国が鼎立していた時代から続く古都だ。往時の賑やかさを今も遺していると、かつて聞いていた。だが明鍾が見た街は連なる古びた甍だけが、夏も人も知らぬように朝の光を冷え冷えと照り返していた。

住む者は皆、倭を恐れて逃げ出してしまったらしい。凍り付いたように人気がない街を、軍兵だけが疎らにうろついている。擦れ違う兵たちが訝し気な目を向ける。

「ああ、靴屋の旦那さまに呼ばれて来てみればこの有様。旦那さまはどうなってしまったのか」

他人の目を感じるたび、わざとらしく喚く。面倒を避けるように、皆、目を逸らす。髪を振り乱しながら明鍾は街の様子を見て回った。

町の中央にある城だけが騒がしい。聞けば、王都から派遣された将軍が、倭軍の迎撃のため出陣するところだった。

旗を翻し、煌びやかな甲冑を纏って騎行する将軍は堂々たる風格だった。まさか倭に勝ってしまうのでは、と恐れたが、続く兵は明鍾の見たところ千にも満たなかった。

明鍾は安堵しながら頼りない軍勢を見送り、周辺を一望できる小山に分け入る。時折、街の様子を確かめながら寝っ転がって時を潰した。

夕方、尚州の街に火が上がる。やはり将軍は倭に敗れてくれたらしい。

燃える街を眺めながら、右の腰を探った。下げていた革の小袋の口は紐で固く締まっている。右手で、ゆっくりと口を解して指を差し入れる。火口、燧石、打ち金を手触りで確かめると、明鍾は歩き出した。

七

熱風の向くまま、炎は夜を焦がし、尚州の街を貪っている。昼より明るい禍々しい光の中を明鍾は進む。

時折、略奪の倭兵の群が通る時にはそっと身を屈めてやり過ごす。

街の中心にある城の辺りからは業火はすでに去っていて、周囲の建物は残らず巨大な燃え殻に変わっていた。石積みの城壁だけが姿を留めて蹲っていた。

半円形の城門はぽっかりと空いている。周囲に散らばる木と鉄の瓦礫が今日の昼までは門扉だったのだろう。

明鍾は足元に注意しながら、そっと城門を潜る。脇の細い階段を登り、城壁の上に出た。

身を屈めながら見渡した城内には篝火が点々と置かれている。庁舎や蔵の類は幾らかが焼けていたが、まだ姿を留めているものもあった。

城域の中央、庭のように拓けた一帯が一際明るい。三方に幕と篝火を巡らせ、異装ながら立派な格好の者達が座って向き合っている、倭の軍官（将校）だと明鍾は想像した。

居並ぶ倭の軍官たちを左右に従える位置に、一際豪奢な装束の者が小さな椅子に腰かけている。おそらく将軍だ。脇で、朝鮮国の衣装の者が俯いて立っている。

将軍に向き合って、後ろ手に縛られた朝鮮の軍官が両膝を突いていた。

倭の将が体を動かすと、脇に立った朝鮮の者がぼそぼそと口を動かす。声は聞こえないが通訳を強いられているのだろうか。

「降(くだ)らぬ」

今度は明鍾にも聞こえた。朝鮮の軍官の毅然とした声だった。

「朝鮮の士は賊には降らぬ。疾(と)く斬れ」

勇を尊する風でもあるのか、倭人たちから感嘆の声が上がる。通訳は己の境遇と選択を呪うように顔を背けた。

倭将が手を振った。一人の倭人が立ち上り、朝鮮の軍官の脇で刀を抜いた。瞬後、軍官は前に倒れた。別の倭人が駆け寄って何かを両手で拾い上げ、恭(うやうや)しく掲げて倭将に示す。軍官の首だった。

明鍾は胸が悪くなった。

殺された軍官は、いわば明鍾を抑え付けて来た国家そのものだ。だが今、こともなく首を落とされるさまを見て憤りと戸惑いが湧いた。

気にするな。己に何度も言い聞かせてから、そっと、城壁を降りる。倭人たちは油断しているのか、見回りはほとんどいない。

忍び足で進み、城壁の上から見定めた一つの建物に近づく。

戸は引き剝がされていた。そっと中に入り、窓から漏れる篝火の光を頼りに見渡す。すでに荒らされていたが、割れ砕けた器が散らばるのみで明鍾の探し物はなさそうだった。

戸から顔を出し、隣の建物へ息を殺して移動する。

中には書棚が並んでいた。棚に歩み寄り、書の一つを手に取った。ぱらぱらと中身を捲る。罪人に刑を執行した記録で、この棟が尚州の刑曹の書庫と知れた。

探し物もあると直感し胸が高鳴る。逸る気持ちを抑えて、書を一冊ずつ丁寧に読み込む。

「あった」

明鍾は、つい声を上げた。

白丁の帳籍だ。この棟の書棚のどこかに明鍾について記した帳籍もあるはずだ。刑罰を所轄する刑曹が罪人の如く白丁の帳籍を管理する理不尽を、今は忘れる。

音を立てないように注意しながら明鍾は棚から書を次々と引っ張り出し、床に山と積む。適当な書の中身を破って柔らかく丸めた紙屑を作り、山の上に盛った。

持ってきた火口を一抓み載せた燧石を左手に、打ち金を右手に持つ。

耳を澄ませる。しばらく待つと表でぞろぞろと足音がした。

打ち金を燧石に打ち下ろす。火花が爆ぜる。さらに打つ。また火花が散るが火は着かない。足音が止まった。三度打ち下ろそうとした手を、ぴたりと止める。

何かの物音がした時だけ石を打つ。何度も繰り返した。火口が湿気っていたのか、なかなか火が着かない。焦る心を抑え付け、根気よく繰り返す。

やがて火口の一点が赤く灯った。息を吹き掛けながら丸めた紙屑を一つ拾い上げ、そっと押し当てる。そして熾った小さな火を書の山に置く。

あとは早い。焚き付けに盛った紙屑はすぐ燃え上がり、書の山に火が移る。勢いはますます盛んになる。明鍾は立ち上がって棚に駆け寄り、手当たり次第に書を摑んで火に投げ込む。

火は、ますます強くなる。明鍾が白丁である証拠が今、灰になろうとしている。

――苟ニ日ニ新タニ、日日ニ新タニ、又日ニ新タナレ。

新鮮な活気を尊ぶ儒学の経典の句を明鍾は思い返した。新しい己の姿に思いを馳せる。

脱出を忘れて、明鍾はしばらく炎に見惚れる。

八

「寒い」

明鍾は、白い息を吐いた。

北辺の冷気が身を締め付ける。雪こそないが、吹く風はぶん撲るような衝撃がある。

幾重にも着込んだ衣の襟をまとめて摑み、首元に引き寄せた。

衣の前は、合わせてある。草履を履き、適当に髪を結い、拾った笠を被っている。貧相だが良人の身なりだ。衣と草履は、道中で拾ったり空き家からもらって来た。

ここ数日、何も食べていない。さらに寒さが明鍾の体力を奪う。良人になって何が変わるでもなかった。

身なりこそ白丁ではなくなったが、飢えと寒さが堪える。良人になって何が変わるでもなかった。

辛い。だが歩みは止めない。やっと道が拓けた。辿り着くまで、止まっていられない。

目指すは国の北端、鴨緑江の南岸にある義州の街。そこには今、遥か漢城から逃げ延びた朝鮮国の朝廷がある。

尚州を経て明鍾が漢城に着いた四月二十九日、すでに王城は帳籍ごと燃えていた。

倭軍はまだ来ていなかったにも関わらず、王さまと朝廷は王都も兵も民も捨てて逃げ出していた。明鍾と同じく帳籍を憎む賤人たちにより、漢城ではすでに略奪と放火が始まっていて、国の栄華を支えた諸々が明鍾の目の前で奪われるか灰となった。

倭はあっさりと漢城を占領してさらに北へ進み、開城、平壌と要地を次々に陥とした。朝廷は押されるように北へ北へと遁れた。

早くも六月には朝廷は義州に移っていた。鴨緑江を挟んだ北は大明国の版図となる。二百年の長きに亘り続いた朝鮮国は、たった二か月で版図がぺたんこになるまで追い詰められた。

逃げる朝廷に全ての官がしおらしく従うとは思えない。身軽な卑官から、つまり政の実務を担う者からいなくなるはずだ。

これは官途に就く好機ではないか。薄い根拠をむりやり信じ込んだ明鍾は、戦火を避け、衣服と食を探し、何度も諦めそうになりながら、北へ向かった。

ようやっと義州の街に入ったのは、たぶん十二月。日はもう分からない。

亡国までの時を震えて待っていると思いきや、街は勇ましい活気に満ちていた。至る所に兵器や物資が積まれ、数多の兵馬が行き交う。

官庁街と思しき道を、明鍾はよろめきながら歩く。建物は皆、南の戦乱を知らぬように堂々と甍を並べていて、幾つもの門の前に幾つもの行列ができていた。

両班の身なりの者が並ぶ列を見つけた。

「旦那さま」

最後尾でそわそわする者に声を掛ける。もう明鍾は白丁の身なりを捨てていたが、両班に対しての呼び方は変わらない。

「こちらは、なんの行列でしょうか」

振り向いた両班は、明鍾を身なりで見下げたか、ぞんざいに答えた。

「ここで毎日、臨時で官吏を募集しておるのだ。人手が足りぬゆえ、通常の科挙ではなく簡単な試験だけでよいそうだ」

聞いた途端、明鍾は疲れが吹き飛んだ。

願望が、現実になろうとしている。衝動を押し殺して明鍾は列に並んだ。

「お前も応試するのか。お前が」

絹の衣服をてらてらと光らせた両班は、貧相な顔にあからさまな嘲りの色を浮かべた。

そういえばこの両班も、応試する他の者もどれほどの力量なのだろう。

「玉、琢カザレバ器ト成ラズ。続きは」

試しに聞いてみると、両班の動きがぴたりと止まった。

「人、学バザレバ道ヲ知ラズ。『礼記』だよ。知らねえのか」

引いた経典の名を明鍾が教えてやると、両班は蒼褪めながら要領を得ない言葉を垂れ流した。たまたま忘れた、と弁解したいらしい。明鍾は嗤った。

「お前も応試するのか。お前が」

言われたままに返すと、青かった両班の顔が赤くなった。国が滅びても愚物は滅びないものなのか、と明鍾は妙な感慨に耽った。

「並んでんだろ。前を向いとけよ」

言い捨ててあとは空を見上げた。でないと目が腐ると思えた。

九

建物の中は広く、人と声でごった返していた。

ずらりと並んだ几案の一つ一つで、係官と応試者が向き合って問答をしている。試験は口頭で行われるようだった。すらすらと答える者、しどろもどろになる者、あるいは係官に食って掛かる者。様々な出来事がいっぺんに明鍾の目と耳に入った。

促され、空いた席に座る。泥鰌髭の中年男が向かいに座っている。

「姓名を述べよ」

泥鰌髭は、可笑しいくらい生真面目な顔をしていた。

「明鍾と申します」

「姓は」

聞かれた明鍾は心中で舌打ちする。白丁の明鍾は姓を持たない。

「洪です」

とっさに、思い浮かんだ適当な字を答えた。

「洪明鍾。東萊の産、本貫は南陽。甲戌（西暦一五七四年）の生まれ、生年十九です」

泥鰌髭は疑う素振りも見せず、手元の帳面に「洪明鍾」と記した。

今、明鍾は姓を持った。

「これまで、どうしておった」

「両親を先に亡くし、東萊にて一人で暮らしておりました。父は東萊府の官として府使（東萊府の長官）さまの元で国家に尽くしておりましたが、流行病で母と共に亡くなりました」

泥鰌髭は沈痛な面持ちになった。

「父は卑官でしたが好学の人で、生前は私に学問を教えてくれました。死後は荒ら屋と多少の田畑、沢山の書を、私に遺してくれました」

すらすらと嘘が口を衝き、「洪明鍾」なる新しい人物がみるみると出来上がって行く。

「喪が明けた後も父母を失った悲しみは癒えませんでした。私は官への望みは持たず、ただ晴耕雨読の暮らしを送っておりました。そこへ此度の倭の来寇に遭いました」

泥鰌髭は目を逸らさず話を熱心に聞く。鼻下から垂れる泥鰌が時折、震える。

「身は野に置けど、国難に際しては国家に報いたいと念願しておりました。住まう東萊は口惜しくも倭の手に陥ちたため尚州へ赴き、官軍に志願しました」

戦に参加したとなれば箔がつくと思い、嘘を重ねた。実際には戦どころか帳籍を焼いただけだが、案の定、泥鰌髭の目の色が変わる。明鍾はさらに声を張る。

「尚州では無念にも敗れ、おめおめと生き延びてしまいました。ですが勤王の志は絶ち難く、一度捨てた命も惜しからず」

言いながら、そっと掌を胸元に置いた。拾って着込んだ衣の前は合わせてある。

今、明鍾は殊勝な志が奇異に見られる白丁の姿ではない。愚鈍な、あるいは愚鈍たるを望まれる身分には見えない。大丈夫だ。怪しまれはしない。安堵が、声に力を与えた。

「再び国王殿下にお仕えできる機会を求め彷徨い、気付けば当地に参っておりました」

言い切った。嘘を。泥鰌髭は感極まった顔で膝を打った。

「ご苦労であった、洪明鍾。そなたのような士と出会え、儂は矜りに思う」

朗々と泥鰌髭は述べた。続いて儒学の経書について幾つか問われた。難なく答える。

問答が終わると泥鰌髭は、几案の上に紐を通して束ねた小さな金属の円盤を置いた。じゃらり、と音がした。

「支度金だ。衣服を整え、明日また参れ」

明鍾は銭について、名と存在しか知らなかった。大明と境を接する義州では商いが盛んで、銭が布や米の如く物の購いに使えるという。

恭しく頭を下げて、「洪明鍾」は銭を受け取った。陰で明鍾の顔は笑みに歪む。

十

明鍾は街の市で衣服と笠、靴を購った。笠は両班らしい黒のものを選んだ。靴も両班にのみ許される革の物を選んだ。

「俺が作ったほうが物はいいな」

靴を確かめながら、明鍾は往来を歩く。

時折見る赤い軍衣は天兵の先遣隊らしい。倭への反攻は、おそらく近い。

銭の流通と同じ理由で、義州には宿屋があった。余った銭で部屋を借りる。

食事を貪り喰った後、衣を捨てるように脱ぎ散らす。頼んで運ばせた盥の水の冷たさに震えながら髪を洗い、体を拭いた。

新しい衣に袖を通して前を合わせる。帯を結び、髪を結い、笠を被り、靴を履く。

さっき使った盥を覗き込むと、いかにも両班らしい人影がぼんやりと揺れていた。

「こんにちは、旦那さま。やっとお会いできましたね」

水面に映る「洪明鍾」に挨拶すると、明鍾は弾けるように笑い出した。

翌朝、早くに明鍾は出仕した。

昨日の試験場は向き合う形に几案が置き直され、官吏たちの執務室になっていた。質は違えど、喧騒の度合いは変わらない。

奥から泥鰌髭が手招きした。逸る気持ちを抑え、明鍾はゆっくりと歩み寄った。

「お早う。見違えたな、洪明鍾」

前に立つ明鍾を見て、泥鰌髭は嬉し気に評した。

泥鰌髭の几案には紙が積まれている。示されるまま明鍾は一枚を摘み上げた。見たところ官職の任命書らしい。末尾には四角い官印が押してある。ただし字は走り去るような草書で書かれ、官印も向きがやや曲がっていた。さらには辞令を受ける者の名が空欄だった。

辞令を見た経験がない明鍾にも、積まれた任命書が奇異であるとは分かった。

「空名帖である。これを使って軍糧を集めて参れ」

泥鰌髭は厳かに言った。

「空名帖とは何でしょうか」

「もうすぐ天兵が来る。知っておるな」

「全く存じておりませんでした。そうなのですか」

賢しらに振る舞って憎まれたら面倒だ。明鍾は、街を見ての直感を隠した。

回り諄く泥鰌髭は説明を始めた。

「七月にも天兵が来たが、たった五千だった上に倭を侮り、平壌を攻めて敗れた。此度、鴨緑江の向こうには四万を超える精兵が集結しつつある。もうすぐ川を渡る手筈だ」

「そうなのだ」

泥鰌髭はまるで自分が天兵を呼んだかのように胸を張った。

今度は心底から明鍾は驚いた。それほどの大軍とは思わなかった。

「吾が国でも募兵が進んでいる。天兵と併せた大軍で、年明けには倭を大いに攻める」

泥鰌髭は、合いの手のように膝を打った。癖なのだろうか。

「かかる大反攻にあたり、大軍を養う軍糧の確保が必要となる。お主はまだ戦禍の及ばぬ地を巡り、国家に金品や物資を拠出する者を募れ。応じた者には、その者の姓名を書き足した空名帖を渡してやるのだ」

「官職を売ると」

つい言ってから、もっと言葉を選ぶべきだったと明鍾は後悔した。

「空名帖で就けるのは名だけの職だ。救国の志への顕彰と思え」

泥鰌髭は怒りこそしなかったが、急に声から抑揚が消えた。命じた当人も納得していないのだろう。

官吏となった「洪明鍾」の最初の仕事は、売官だった。

心が躍る性質の仕事ではないが、まずは着実に熟そうと思った。拓けた道はまだ歩き出したばかりだ。

「承知いたしました」

明鍾は、深々と一礼した。

頭を上げると、泥鰌髭は片手で握り込めるくらいの大きさの木片を差し出した。

「洪明鍾」の姓名、生年の干支、官職名が記されている。

朝鮮国の身分証で「号牌」という。朝鮮国の成人男子は携帯を義務付けられていた。

「失くしたと申しておったろう。新しく支給するゆえ、以後しっかり身につけよ」

恭しく受け取って、くるりと裏を返す。号牌の発給年を記すところに「壬辰」とある。今年の干支だ。のちに、この戦争も壬辰倭乱と呼ばれる。

十一

大明軍四万三千人が凍結した鴨緑江を渡り、義州へ入った。率いる防海禦倭総兵官の李如松提督が自ら育てた私兵を中心とする精鋭だ。

年が明けた一月、合流した大明・朝鮮軍は満を持して平壌を攻める。平壌には倭将の平行長（小西行長）が一万五千の兵で籠っていたが、兵力差と不慣れな厳寒のため翌日に城を捨てて遁げた。

余勢を駆って大明・朝鮮軍はさらに南進し、開城を奪還した。開城はかつて高麗国の王都だった古都で、漢城までは指呼の距離だ。

明鍾は、空名帖で集めた糧食を雇った人夫たちに運ばせ、開城へ向かった。戦勝に沸いていると思っていた道中は、沸くどころか酸鼻を極めていた。倭が一帯を荒らした上に、去年にやって来た大明軍も軍紀が弛緩しており、平壌で破れるまで盛んに略奪を繰り広げていた。

今回の再戦では、同様の惨禍はまだ聞いていない。だがすでに義州と平壌の間には、奪える何物もない。ただ奪われた者だけが流民となって彷徨い、明鍾が往く道々の至る所で、白い息を吐いて寒さに震えている。

湧き上がる様々な感情を押し殺して、明鍾は開城に入った。

翻る旌旗と軍兵の鮮やかな装束は、彩りの薄い冬の景色に不釣り合いに見えた。

軍に随伴する戸曹（戸籍と財政を所轄する中央官庁）の天幕に出頭する。

「従九品戸曹会士、洪明鍾。命により空名帖にて集めた糧食を運んで参りました」

従九品は最下級の品階（位階）だ。舐められまいとせめて声を張って申告する。

「ご苦労である。量は」

一人の官が机を離れて寄って来た。

「稗と米がほぼ五十石ずつ。干魚が二百斤」

聞いた官は、後ろの席に座る同僚に大声で何事か確認した後、明鍾へ向き直った。

「この天幕の裏に軍の糧食を積んでおる。米と干魚はそちらへ運べ。稗は城の西側にお
る義兵（義勇兵）らへ支給せよ」

明鍾は素直に了承できなかった。

「義兵へは、米と魚は渡さないので」

「天兵の兵站は吾が国が賄うことになっておる」

苛立ちを隠さず尋ねると、官はあからさまに嫌な顔つきをして、答えにならぬ理由を
口にした。

「義兵たちも天兵と同じく倭と戦います。差はないのでは」

見て来た理不尽な景色が明鍾に問いを重ねさせた。自制が利かなくなっていた。

「兵数に応じて量を加減するなら分かります。物に差をつけるのはなぜですか」

官は明鍾の目を見据えて顔を近づけた。吐息が、明鍾の鼻を撫でる。

「また天兵に、吾が国土を荒らさせるわけにはいかんのだ」

囁く官の声は怒りに震えていた。

倭か大明が、国土を荒らす。朝鮮の官軍も糧が尽きれば略奪するしかなくなる。

救国、勤王、事大（宗主国へ尽くすこと）の誠。言葉だけ美しく飾っても、明鍾がいる現実はただ、酸鼻と矛盾のみで作られていた。

明鍾は唇を噛みながら一礼し、退出した。言われた通りに米と干魚を集積場へ運び、人夫たちと城へ向かう。青い顔の市民が向けてくる虚ろな視線から、明鍾は目を逸らす。

城門の脇には義兵たちが屯していた。

蓆の旗をいくつか立て、棒切れに刃物を括り付けただけの間に合わせの武器を帯びている。身なりは概ね貧しい。皆、黙って無秩序に座っている。静かな殺気があった。

「従九品戸曹会士、洪明鍾。官命により軍糧を支給しに参った。将にお会いしたい」

気圧されつつ呼ばわると数人がぞんざいに立ち上がった。残りは明鍾に見向きもしない。

官の明鍾に対して、敬意がまるでない。むしろ敵視に近い。国のために自ら起った者たちにとって官は怠惰の象徴だ。当然だと思いながら、またも明鍾は戸惑う。

俺は、なんの立場でここにいるのだろう。俺は誰になったのだろう。

刺々しい態度で誘われながら、「洪明鍾」への違和感が、明鍾の胸を侵食する。

「先生、お役人です」と誰かが呼んだ先、地べたに置かれた椅子に老人が座っている。椅子には二本の棒が前後に渡されて即席の輿になっていた。老人が将らしい。

「従九品戸曹会士、洪明鍾」

将に近付き、また名乗った。だんだん馬鹿らしくなってくる。「洪明鍾」とは誰だ。起ち上がった民に偉そうに雑穀を恵んでやる者か。

ぐるりと首を巡らせた老人と目が合う。思わず明鍾は、「あっ」と声を上げた。老人は、じろじろと明鍾の笠や衣服、靴を眺めたあと、得心した顔で頷いた。

「ようした、明鍾」

道学先生は、懐かしい笑顔を見せた。

十二

明鍾が道学先生の旧知の者だと知れた途端、義兵たちの態度が変わった。わらわらと集まり、次々と名乗り、笑顔で一礼する。

「さて皆、聞いておくれ」

騒がしさを制止しないまま、先生は話し出した。義兵たちはすぐに地べたに座り込み、しんと静まった。義兵たちに聞かせるには、話すと宣言するだけで済むらしい。

「王都は目前だ。倭との決戦は近い。皆、今までよく戦ってくれた」

黙って聞く義兵たちから戦意が沸き立つように、明鍾は感じた。

「だが、ここで驕(おご)ってはならぬ。王都奪還まであと少し。皆々どうかよろしく頼む」

おう、と勇ましい声が次々と上がる。統制を思わせる秩序はない。だが感じられる意志の方向は変わらない。見栄えや所作がばらばらでも心は一つに揃っている。

「此度(こたび)、洪どのが国庫より糧食を齎(もたら)してくれた。国家も、ひいては王さま(イムグムニム)も吾らを見そなわしある証(あかし)である」

明鍾は気恥ずかしくなる。頼み込んでも無断でも、どうにかして米くらい貰って来ればよかったと後悔する。

「吾らは流民に非(あら)ず。また私兵に非ず」

先生の声が高くなった。

「義に由(よ)って起つ、勤王救国の兵である」

どこかで泣くような叫び声が上がった。皆も次々と立ち上がり、叫ぶ。喧騒の中、先生は一人、静かに座っている。やはり制止しない。

やがて先生は両手を上げた。再び場は静まり返る。

「漢城へ物見(ものみ)を出したい。二人一組で五組。危ない仕事だが誰か行ってくれるかね」

すぐに十を遥かに超える手が上がった。先生は名を呼んで十人を選び、手で近くに招いた。木の枝で足元の地面に地図を描き、五組それぞれの物見の範囲を指示する。

「生きて帰ってこそ物見。命を持ち帰る役目と心得よ」

五組が強く頷いて出発すると、先生は一同を見渡した。

「残った皆は、日暮れまで修練に励もうか」

先生の指示が明鍾には奇妙に聞こえる。将というより仲間だった。

「皆、良く纏まってますね」

二人きりになると明鍾は素直な感想を口にした。

遠くで義兵たちが修練に励んでいる。倭が多用する鳥銃（火縄銃）を避けるため、前面に大きな木の盾を並べて陣を組み、号令に合わせて前後左右に進退する。

「どうやって義兵たちを集めたのですか」

先生は、ふふん、と鼻を鳴らした。

「人は皆、仁義礼智の心を持つ。儂はその発現を扶けただけだ」

道学先生に儒学を学んだ、そう遠くないはずの日々を明鍾は無性に懐かしく感じた。

「あの義兵たちのほとんどは、此度の戦乱で故郷や家族を失っておる」

先生の表情は、いつのまにか硬くなっていた。

「国に守られず、己が守るべきものすら失った彼者たちは、真に流民であった。己を世に繋ぎ止める何物もなく、どうして四徳が顕れようか。仁義礼智とも他人に対するにあたっての道理。生きる望みがなければ無用だ。そんな当て所なき者の一人一人に生を説き、仲間にしながら、ここまで来た」

「生きたくない者を、どうして生かすのです。なお苦しむだけです」

酷い問いとは分かっていたが、明鍾は聞かずにおれなかった。矛盾と理不尽は、明鍾の喉元まで水位を上げている。このままでは溺れる。かくも無残にある世を是としてしまう。

「儂は儒者ゆえ、生を説く」

先生の声は決然としていた。

「儒学は生きる者のための学だ。万物生生の天地で人が人と睦み合う道を窮めんとする学。ゆえに儒学は人の心の内に、人と共に生きるための徳、仁義礼智の端を見つけ得た。儒学は人を死へ駆り立ててよしとはせぬ。失った望みはまた作らねばならぬ」

「どんな望みを与えたのです。いや、どんな虚構を見せたのです」

なお明鍾は問う。苦しむ者を戦に駆り立てる。善なる行いとはとても思えない。

「酔狂を除けば、死にたい者などおらぬ。世と己を結ぶ綱が切れただけだ。ならばまた繋ぎ直せばよい」

「綱とは」

「王」

「分かんねえよ、先生」

つい、地が出た。仏僧の如き難解な問答は明鍾を不快にさせた。

「お主、分かりやすく言ってくれよ」

「前にも言うたな。白丁の聖人になりたかったのだろう」

先生は穏やかに目を細めた。

「前にも言うたな。来し方往く末を形象するものが、王。儂が義兵たちに見せたのは、同じ来し方を辿った仲間と、共に生きる往く末。王が在れば人は生きられる」

「誰が言ったんです。孔子ですか、孟子ですか、それとも晦庵先生（朱子）ですか」

「儂だ。道学先生が宣うた」

先生が胸を張る。図々しさに明鍾は面食らった。

「お主も見たであろう。国に守られず、ただ彷徨う民たちを。万一、国敗れた時、あるいはいつか国なる境が失せた時、人は、何を縁に生きるのだ。来し方を抱いた己は、どの行く末へ歩むのだ。王さまがおわす国家は民を守るが、己も己の王を戴く必要がある

のだ」

明鍾の胸に、しばらく忘れていた熱がともった。

「いずれ、生き難い時がお主にも来るであろう。なれど死ぬな。聖人となり、白丁たちの元へ帰るまで。生きよ。お主がお主の王となる日まで。辛くとも。見苦しくとも」

――お前は、必ず帰ってこい。

村で小父さんに言われた言葉が胸を過った。

「先生、また俺に学問を授けてください」

明鍾は懇願した。俺は学びが足りない。己一人の身すら処し方が分からない。白丁たちの聖人には、まだ程遠い。

「官を辞めるのかね。また官途が拓けるとは、限らぬぞ」

「構やしません。もう愛想が尽きました。こんな仕事」

「待て待て。短慮はいかん」

初めて会った日と同じように、先生は白い顎髭を捏ね繰る。

「さっき物見を出したように、儂らには戦況が今一つ伝わっておらぬ。官軍との連絡役

が欲しかった。お主、やってくれるか。儂からも嘆願の書を書く」

官のまま明鍾が義兵の陣に入り浸(びた)る名目を作るという。悪くないと思い、頷く。

「あとの。官軍か天兵の軍糧の内にはあると思うのだが、たまに拝借してきてくれぬか」

「なんでしょう。やはり稗では不足でしたか」

不安げな明鍾に「いやいや」と先生は手を振った。

「近頃、酒が足らんでの」

老人は、厳(おごそ)かに無心した。

碧蹄

一

「寒いな」

樺山権左衛門尉久高は呟き、異国の冬空を見上げる。わずかな晴れ間は、膨らむ灰色の雲に塗りつぶされようとしていた。

久高は今、島津の陣中家老として朝鮮国の金化城にいる。

九か月ほど前、天正二十年（西暦一五九二年）の四月十三日。小西行長率いる第一軍が釜山を陥として「唐入り」は始まった。

日本軍は自らも予想しなかった速度で進撃し、五月には帝都（王都の日本側の称）漢城を、六月には平壌を陥とした。七月には、現れた大明の援軍をこれも平壌で破り、咸鏡道で朝鮮国の王子二人を捕えた。

大明国への侵攻は間近と思われた時、朝鮮国の各地で民衆による義兵が沸き立つように起こった。海でも朝鮮水軍が活発となり、急な進撃で兵站が脆弱なままだった日本軍は、たちまち危機を迎えた。

年が明けると大明軍も再来し、平壌が奪還された。日本軍は漢城の固守に方針を転換し、朝鮮国に広く散っていた諸家の軍勢へ集結を命じた。

島津勢は、当主の龍伯入道の長弟、島津兵庫頭義弘を総大将とする一万の軍勢で渡海している。ただし軍役の期日に遅れる「遅陣」の失態を犯してのことだった。

華々しい戦勝の報を続々と受け取りながら、島津は後方を転々として軍政に励み、今は交通の要衝にある金化城に在番している。

金化城には数日前から、漢城へ向かう軍勢が次々と到着していた。皆、一様に埃っぽく、朝鮮国の厳しい一月の寒さの中で汗すら掻いていた。

城内では大釜が幾つも焚かれている。どこぞの大名家の士卒たちが銘々に釜を囲んで座り込み、飯を掻き込む。馬が水桶に顔を突っ込み、忙しく喉を動かす。短い休息を終えた軍勢から慌ただしく出発していく。

久高は喧騒の中、甲冑だけ脱いだ戦装束で炊き出しの様子を見回っていた。細々と指示を飛ばしながら苦しい将来を予感していると、同じ装束の士が手を振りながら歩み寄って来た。

伊勢貞昌だ。島津の御曹司、又一郎久保の馬廻（側近）として共に渡海し、実直な勤め振りで重んじられている。

「琉球の商人が参っております。樺山どのお言い付けの品を持って参ったとか」

騒がしく行き交う人を器用に避けながら辿り着いた貞昌は、白い息を吐きながら快活に告げた。

かつての灰汁はすっかり抜け、下僕がするような言伝も厭わない。貞昌の変わりようが久高には好ましくもあり、羨ましくもある。

「わざわざ済まぬな、伊勢どの。ところで又一郎さまのお加減は、どうか」

毎日のように久高は貞昌に聞いていた。水が合わないのか、久保は朝鮮国へ渡ってからずっと、体調がすぐれない。

「少しお寒く感じられているご様子ですが、いつもよりはお元気です。商人のご用はいつもの如く、又一郎さまのお薬ですか」

久高は頷く。

「それこそ、吾らお側の者にお任せ下さればよいものを」

言う貞昌の声に、咎める色はない。

「俺にもやらせてほしいのだ。伊勢どのらの役とは思うが」

「ご家老のお心尽くし、止めるつもりはありませぬよ。又一郎さまも、喜んでおられます」

屈託なく、貞昌は笑う。

「少し、飯と水の差配を代わってもらえるか。薬を受け取り、又一郎さまにお渡ししたい」

「今は非番ですゆえ、日暮れまで一刻ほどなら構いませんよ。代わりに後程、手伝ってもらえませぬか」

「何をだ」

「当地の検地を記録した絵図や帳面を全て焼いておけと、お達しがありまして」

これまで島津は周辺の統治のため、纏わる面倒な諸々を根気強く続けていた。とくに統治の基となる検地が一苦労だった。戦火を逃げた民を連れ戻し、心を開かせ、例年の収穫を聴取し、年貢の割合を決め、合意を取る。侵掠した側にとって楽な仕事ではなかった。

だが、全軍の移動に続いて島津も金化城を放棄する手筈となり、全て無駄になった。

「量が多いのですが、万が一、逸したり盗まれたりして敵の手に渡ると不味い」

実直になった貞昌らしい考えだが、久高は辛辣さを感じた。もともと当地は、貞昌の言う「敵」のものだった。奪還された後を考えての嫌がらせも、侵掠するほうは入念にやっておかねばならない。

「ですので下僕や下士に任せられるものでもなく、手が足りずに困っておったのです」

「もちろん手伝おう。では、しばらく頼む」

歩き出してから、ふと久高は見上げた。降り出しそうな色の分厚い雪雲が、空を隙間なく塞いでいた。

二

一室に入って座るなり、久高は待たせていた真市の表情に気付いた。

「何やら嬉しそうだな。何かあったか」

「わかりますか。さすが樺山さまは鋭い」

真市のいつもの微笑みに、今日は満足げな色が差していた。

「日本では、島津さまが色々と厳しい立場におなりのようで」

真市の指摘の通りだった。

まず遅陣の件がある。次に、かつて久高と共に久保の供として小田原へ行った梅北国兼が肥後で謀反を起こした。主家たる島津にも責めが及び、龍伯入道の次弟の晴蓑入道（島津歳久）の首で、なんとか許された。

島津家は、日本の中で追い詰められていた。

「まさか、当家の苦境が嬉しいのか。お前」

「正直に申して良ければ、とても」

抜け抜けと真市は言い放った。

「島津さまには吾が国もたいそう虐められておりますから」

「相変わらず口さがないな。長生きできぬぞ」

「申す場や相手は弁えているつもりですよ」

久高は苦笑し、それ以上は咎めなかった。真市の言は、不思議と涼し気で心地よく、いつも言いたいように言わせていた。

「それよりご城内が騒がしい。戦が起こるのですか」

真市が話を変えた。城中の兵馬の騒めきは、この部屋にも届いている。

「俺からは何も言えぬ。城の外で探るのは止めぬから、好きに調べろ」

「では遠慮なく。ですが私のような密偵がうろついてよろしいのですか」

「密偵はお前だけでないさ。だが城内は探るな。斬るしかなくなる」

「私も死にたくありません。慎（つつし）みます」

真市は脇に置いた盆を滑らせて、前に押しやった。盆には干した様々な木の根や皮が堆（うずたか）く積まれている。

「ご注文の薬です。少し多いですが負けておきます」

「元の値で吹っ掛ける気か」

慣れない冗談を久高は口にした。

人の懐に飛び込む才のある真市は確かに密偵に向いている。好まぬ冗談を久高に言わせるくらいなのだから。

「遠いこの地まで運んだ手間賃以上は乗せませんよ。お売りした薬で御曹司がご快癒になられれば、私も嬉しく思います」

久保の体調は日に日に悪くなっている。だが荒れ果てた戦地では薬の手配が難しい。久保が服する薬の半ばは、久高が真市に頼んでいた。

「島津が嫌いではなかったのか」

「ご当家のやりようが嫌いなのです。御曹司をお恨み申しているのでは、ありません」

「そうか。毒を盛られても不思議ではないと思ったが」

心配はないと知るため、つい下手な冗談を重ねた。久保に出す薬は必ず久高が事前に鬼（おに）（毒見）しているし、そもそも真市を信用するから薬の注文も鬼もできる。

だが真市の顔色が変わった。しまった、と久高は思った。

「お渡しした薬、適当に千切って、私に下さいませんか」

真市の口調は穏やかなままだが、顔から微笑みは消えていた。

「戯(たわむ)れだ。疑っておらぬ。忘れろ」

「駄目です」

仕方なく、木の根と変わらぬ薬の一片を千切って真市に放る。受け取った真市はそのまま口に放り込んだ。

久高を見詰めながら、長い時を掛けて真市はただの木の根を咀嚼(そしゃく)する。ごくりと嚥下(えんか)の音がした時、久高は縛(いまし)めを解かれたように感じた。

「なぜ、こんな真似をする」

「琉球は商いで立つ国。つまりお約束は必ず果たすという信義で立つ国です。一人でも一度でも戯れでも、疑われては国が滅びます。私と樺山さまだけの話ではないのです」

「お前は商人ではなく、密偵であろう」

「装ってではありますが、商人として参っています。現にご注文の品も間違いなくお持ちしました」

勁(つよ)い。真市と話すたびに思う。

「詫びよう。済まなかった」

素直に久高は頭を下げた。なぜか、清々しく感じる。

「お分かりいただければ結構です」

真市は、いつもの微笑みに戻った。

「それにしても当地は寒いですな。早く琉球に帰りたい」

久高は少し考えてから、「冬だからな」と相槌を打った。

三

真市が去った後、久高は薬を積んだ盆を抱えて久保の部屋を訪うた。久保は羽織一枚以上に厚着を許され、木を瀟洒に組み合わせた朝鮮式の引き戸を引く。久保は羽織一枚以上に厚着もせず、書見台に向かって座っていた。

「何か召されませ。寒気はお体に毒です」

久高は慌てて入室し、戸を閉じる。近習を怒鳴り付けてやりたくなった。

「吾が自ら脱いだのだ。あまりに着込むと動きにくい」

久保の声は変わらず柔和だが、掠れている。

島津の尚武の気風が、久高には恨めしい。もう少し惰弱な家なら久保ももっと楽ができたろうに、と思う。総大将の風格を持つ龍伯、戦陣の勇者たる義弘は、家中で武神の如く崇められている。義弘の実子にして龍伯の養子となり、いずれ島津を継ぐ久保は、病人の身で神に近付かねばならない。

気を取り直し、久高は久保の前に座った。盆を置いて少し前に押し出す。

「薬でございます。いつもの琉球の商人から購いましてございます」

「ありがとう。助かる」

久保の言葉の尻は咳《しわぶき》となった。久保は病を得て長い。果たして快癒するだろうか。久高は不安になる。

「有馬次右衛門《ありまじえもん》でございます」

野卑《やひ》そのものと言った声が引き戸の向こうから聞こえ、久高の不安を吹き飛ばした。勢いよく戸が引かれる。鎧姿の有馬重純が太々しい顔で直立していた。

「準備万端、整いましてございます。行って参ります」

重純なりに、態度だけはしおらしい。

「戦でございますか」

久高が尋ねると久保は頷いた。

「武庫さま（島津義弘）と縁《えにし》の深い立花左近《さこん》どのの御陣へ遣わす。帝都（漢城）に大明と朝鮮の軍が迫っておるゆえの加勢だ」

咳交じりの答えを聞いた途端、久高の肌が粟立った。

立花左近将監統虎《さこんのしょうげんむねとら》（のち宗茂《むねしげ》）は、高橋紹運入道の子だ。久高たちが岩屋城を攻めていた時、同じ筑前の立花山城を固守していた。

島津勢が退いた時、統虎は果敢に追撃して岩屋城を含む三城を奪還した。続く「太閤」の九州征伐でも赫々《かっかく》たる武勲を挙げて豊臣の直臣に取り立てられ、戦後に島津義弘と親交を結んだ。

紹運入道に聞けなかったことがある。久高は岩屋城の問答を思い返した。

「手前も同行してよろしいですか」

おそるおそる聞くと久保は片頬で微笑んだ。

「七郎と紹運入道の縁は次右衛門から聞いておる。許す、行って参れ」

「要りませぬ」

重純が勇ましい声で拒んできた。

「何人で行く」

久高は、重純に短く問うた。

「徒士(かち)で百、いただきました」

金化城を空けられぬ島津にだせる精一杯なのだろうが、百はさすがに少ない。

「俺を入れて百一だ。邪魔か」

久高が問うと、重純は真剣な顔で考え込んでから、唸るように言った。

「将は俺です。それだけは、忘れないでくださいね」

家老を務める久高のほうが格上だから重純は念を押したのだろう。

当然、久高に異存はない。

四

一月二十五日。重純率いる百と他一人の島津勢が到着した時、立花勢は忙しく出陣の準備を整えていた。

統虎への挨拶のため重純と連れ立って、久高は立花の陣に入る。

武具が軋み、馬が嘶く。行き交う人馬の動きには無駄も焦燥もない。出陣間際の喧騒は妙な静けさを感じさせた。

「強いな、これは。歴戦の軍とは、かようなものか」

歩きながら久高は感嘆した。

立花勢は第六軍の一手として朝鮮に上陸して以後、各地を転戦している。士気の昂りと自制という相反する要素を高い水準で維持していた。

馬標の下、騎士が集まる一帯では統虎が下馬して待っていた。

「ご加勢、真に畏れ入り候」

他家の臣にすぎない重純に向かって統虎は深々と頭を下げつつ、加勢は丁寧に断った。

「戦を目前にして虚しく帰るのは士の面目が立ちませぬ」

重純は傲然と言い放って参陣を押し通した。続いて久高が口を開いた。

「島津の臣、樺山権左衛門尉です。出立のご準備とお見受けするが、敵は近いのですか」

「大明・朝鮮軍が開城を出ました」

統虎は、久高にも腰が低かった。鉄塊の如き重みと威厳があった父の紹運入道と、顔も背格好も似ていない。その細面と長身は、狼のような孤高の鋭さを感じさせた。

「先ほど碧蹄の南で小競り合いがあり、吾がほうが敗退し申した」

碧蹄は北から漢城の市街を望む地で、朝鮮国の宿駅がある。統虎はさらに続けた。

「吾がほう糧食に不安あり。また帝都は戦を旨とせぬ縄張りゆえ守り難し。軍議は野戦に決し、吾が立花が先鋒を仰せつかりました」

統虎の口調は質実そのものだった。

「吾ら、岩屋城にてご尊父と戦いました」

思わず、久高は口にした。統虎は表情を変えず、ただ目にだけ、微妙な光が差した。

「無礼を承知でお尋ねしたい。あの時ご尊父は手前に、王を見つけ仕えよと仰いました。かく仰るご尊父はあの時、誰に仕えておられたのですか」

重純の非難の目を無視する。並ぶ立花の馬廻りはよほど豪気なのか、何も言わない。

少しの、だが長く感じる沈黙の後、統虎は口を開いた。

「父は、我儘(わがまま)でした。そのことを大袈裟に申したのかもしれませぬ」

「つまり」久高は再び聞いた。「ご自身の心に仕えておられたと」

統虎は答えず騎乗してから、にやりと久高へ笑いかけた。

造作は似ずとも、その表情は父にそっくりだった。

五

立花勢三千は、全軍に先立って漢城を発ち、先に小競り合いがあった。碧蹄の南に布陣した。さらに統虎は麾下から五百人の別動隊を二十町（約二・二キロ）ほど離して配置し、敵軍の誘引を企図した。

翌二十六日早朝、予想通り別動隊が襲撃を受けた。報を受けた統虎は漢城へ会敵の伝令を出し、自らは騎乗した。太鼓が打ち鳴らされ、立花勢本隊は戦場へ急行する。島津勢も続く。

「よい日和ですな。雲一つない」

澄んで張り詰めた冷気の中、重純は暢気に言う。戦に慣れたゆえの余裕ではなく、雨を気にせず存分に銃を使えるという意味だ。

薄い青色の空の下には、ところどころに白く雪を纏った濃灰色の小山が連なっている。一帯は山地への入り口で、うねる小山に区切られた隘路が入り組む。

「戦場では、俺は好きにしていいか」

「どうぞ。骨を拾えなかったらすいません」

久高と重純は小走りに駆けながら短い会話を交わす。

しばらく進むと、戦の喧騒が聞こえて来た。

無数の馬蹄が地を叩いている。日本では騎乗は身分によるため、騎兵は少ない。これほどの数の騎兵とは、久高は戦ったことがない。

「敵は多そうだな。彼者たちは大丈夫だろうか」

久高は呟いた。別動隊はたった五百人だ。

「見えた」

重純が鋭く叫んだ。

縦に細長い日本の旗がいくつか立ち、幅広で極彩色の大明の旌旗に圧倒されていた。俯瞰できる位置でなく全容は摑めないが、大軍にかなり押し込まれている様子だった。

朝鮮の旗は見えない。大明の騎兵だけで先行してきたらしい。

「右へ、右へ」

立花勢から声がした。立花の士卒は口々に「右へ」と叫んで伝達する。速度を落とさぬまま方向を変えた立花勢は、大明軍の左側面に回り込み、停止し、素早く静かに、隊列を整頓する。

「立花さまがお味方で良かったですな」

立花勢の動きに見惚れたのか、重純が呟いた。

陣中から雄叫びが一つ上がった。統虎の声だった。

二千五百の声が続いた。生々しい殺気を、鉦の連打が彩る。

手槍を持った騎士が何人か飛び出し、すぐ後に徒歩の士卒が続く。大明軍を三町（約三百三十メートル）ほど先に睨んで、立花勢の吶喊が始まった。

まだ少し遠い。久高は思った。島津のやり方なら吶喊にはもう少し距離を詰めたい。

重純も同感だったようで、手を振りながら駆け出した。島津の士卒も続き、大明軍のさらに後方に回り込み、接近する。重純は抜刀して振り返った。

「ここからやる。『繰抜』で行くぞ」

島津の士たちは二列に並び、弾を込めた銃を構える。次々に火蓋を切る音が鳴る。

重純は軍配代わりに刀を振った。

「放て」

轟音。瞬時に前列が硝煙に包まれる。煙を割って後列が前列を越えて躍進し、数歩前に並ぶ。こうして敵陣を射竦めながら前進する射法を、島津では「繰抜」と呼ぶ。

「構え。――放て」

重純が刀を振る。また轟音と硝煙が上がる。

久高は従卒から銃を受け取り、銃列から離れる。

大明の陣から数騎が飛び出してきた。久高はすぐさま銃を構えて、撃つ。一騎が馬から転げ落ちた。他の騎兵たちは近づきながら久高に向かって矢を放つ。

騎射は狙いが付けにくく、ぽつんと孤立する的にはなかなか当てられない。落ち着いて次の弾を込め、狙い、撃つ。

首を撃たれた馬が棹立ちになる。騎射のため手綱を放していた騎兵が振り落とされた。首を巡らせる。立花勢に脇から嚙みつかれた大明軍は、明らかに動揺していた。重純たちも大明の陣まであと三射くらいの距離まで詰め寄っていた。急いで戻る。

「楽しそうですな、七郎どの。こっちも手伝ってもらえますか」

軽口を叩いてすぐ、重純は斉射の号令を下した。

「無論。ただ太刀始めだけは譲りたい。それでよいか」

吶喊には一瞬遅れると断りたかった。だが重純は「当然です」と返してきた。

「放て。次で行くぞ」

重純の号令に合わせて、久高はゆっくり刀を抜いた。目の前では何頭もの馬が斃れている。騎兵たちの大きな図体は外れっこない的になっていた。まだ立っている騎兵もただ撃たれ続けている。逃げようにも、密集しており隙間がない。

「構え」

躍進した前列が銃を構える。居残った後列は一斉に抜刀する。

「放て」

轟音。瞬後に島津の吶喊の奇声が続く。すぐに太刀始めの者の名が呼ばれる。

久高も叫び、敵陣に飛び込む。

六

大明の騎兵たちは皆、柄の短い長刀（なぎなた）のような得物を持っていた。

振り下ろされる一撃は強力だが、往（い）なせば難なく懐に飛び込める。馬を傷つければ乗る兵は振り落とされるから、そこへ飛び掛かれば容易に斃せる。

密集した騎兵の襲撃は凄まじい衝力（しょうりょく）を持つだろう。だが動きが止まればただの的だ。騎兵の脆（もろ）さを久高は実感した。大きな図体は銃には格好の的になるし、乱戦では立ちんぼの樹（き）と大差ない。突っ込んだ島津勢は森を切り拓くが如く、進む。

立花の別動隊を一撃で粉砕できなかった時点で、騎兵たちは襲撃再興のため離れるべきだった。もしくは散開して絶えず動きながら押し包むか。久高は刀を振るいながら、騎兵の用法についてひとしきり考えを巡らせ、それから戦を求めてやまない己にやはり呆れた。

何度目かに馬の横腹を突き上げた時、違和感があった。落ちた騎兵を屠（ほふ）ってから確かめると、刀身が少し曲がっている。馬を斬るためには造られておらず、当然ではあった。

「野太刀を持ってくればよかった」

呟き、脇差を左手で持つ。

両刀使いは慣れていないが、左手は適当に振り回して馬のどこかに傷を負わせればよい。臆せず懐に飛び込めば、やってやれないことはない。右手の刀は、刃のついた棒と割り切って使い潰す。長刀をまともに受けさえしなければ、今日一日は保つはずだ。

久高は次の敵に向かいながら、思案を決戦に向けて進める。

この地は大軍が展開しにくい隘路になっている。また四方の小山が視界を遮るため、迂回や奇襲もやりやすい。地の利は迎え撃つ側にある。

軍の先鋒は、本隊同士の決戦の場を決める役目を持つ。統虎は決戦を見越す大局観を持って、囮の別動隊を置いた。周到というべきだった。

片や大明軍の動きは、久高には浅慮に思えた。快足の騎兵なら戦場は自由に設定できた。わざわざ統虎の誘いに乗り、無視してよい小勢に拘う。結果、不利な地での決戦を強いられる。昨日の小競り合いの勝利もあり、日本軍を侮ったのだろう。

考えながら敵を求めて続けていると、新鮮な喊声が聞こえた。

本隊かは定かでないが大明の援軍が到着したらしい。立花勢三千と、あるかなきかの島津勢だけの日本軍の先鋒は、兵力差で一気に不利となった。

「さて、立花さまはどうするか。俺ならば――」

獣を厭う久高の、その思考は戦の中でますます澄んでいく。

七

三千の立花勢は、いつのまにか一万の敵と戦っていた。

継戦が限界に近づいた巳刻（午前十時）ごろ、漢城より小早川隆景が本隊の一万七千の兵を率いて到着する。粟屋景雄、井上景貞の両勢が前進して立花勢と交代し、前衛となった。

大明軍も本隊が来着、両軍ほぼ同数となった決戦は統虎の企図通りに碧蹄で、そしてまたも大明の先手で始まった。

騎兵が馬蹄を轟かせて躍進し、幾つかの梯団に分かれて粟屋勢に襲いかかった。粟屋勢は堪らず後退する。共に前衛を務めていた井上勢はあえて動かず、粟屋勢に追い縋って大明騎兵が背を向けた時を待って吶喊した。粟屋勢も決死の覚悟で反転し、挟撃の形となった。

日本軍の総大将格だった小早川隆景は、機を逃さず、全軍を左右より迂回させて大明騎兵を押し包み、敗走させた。日本軍は追いながら再び半包囲の形勢を取り、後方の隘路の中にいた大明軍本隊とぶつかった。

激しい乱戦の末に大明軍は潰走、隆景は日本の全軍に追撃を命じた。

追撃に加わった島津勢の前に、垢じみた衣の一群が現れた。見慣れた朝鮮の庶民の格好だ。

「邪魔だ。退け。退けったら」

小走りで駆けながら、重純が声と手振りで伝えようとする。

「あれは義兵だな。戦るかね」

久高は、試すように重純に尋ねた。

「義兵なら元は民でしょう」声を加減できない重純が怒鳴り返す。「嫌ですな」

「俺も同感だ。だが退いてくれねば、吾らが進めぬ。どうする」

重純は、瞬きの間だけ逡巡の苦みを顔に浮かべた。

「止まる時が勿体ない。鉄砲は使わず突っ切ります。逃げてくれれば助かるんですが」

決めれば重純も躊躇がない。遅滞なく続く士たちに指示した。

「前の敵は斬っても手柄に入れぬ。咎めもせぬがなるべく避けよ。ひたすら突っ切れ」

重純が吠え、皆、和する。

義兵たちに怯えは見えない。前面に木の盾をびっしり並べて待ち構えている。

重純は体ごと盾の壁にぶつかり、盾を保持していた義兵たちを押し倒しながら地面に転がった。

久高は足で盾を蹴倒し、起き上がろうとする重純を守りながら刀を振り回す。生まれた盾の壁の間隙に島津の士卒が飛び込み、進む。

「突っ切れ、突っ切れ」

重純は声を嗄らしながら盾を持つ者たちを追い散らし、久高は、そっと後ろに下がる。

義兵の戦い方はまるでなっていない。間違いなく突破できる。

「だが、時は掛かりそうだ」

士気は高く、数も島津勢を上回る義兵たちを見て、久高はそう感じた。義兵は、島津の士に引っ掻き回されれば散るが、また盾を並べ直して立ち塞がる。蛮勇に走らず島津勢の足止めに専念している。

率いる将が戦意の源のはずだ。目を凝らすと遠くに、頭一つ飛び出した、やけに背の高い老人が見えた。

――違う。輿のような乗り物を使っている。あれがおそらく義兵の将だ。

久高は従者から銃を受け取る。老人から目を離さず手の感触で火蓋を切り、銃を構える。

小さい頭は狙わない。義兵の群れが割れ躰が露出した時、撃つ。

視界の隅で、重純が久高に振り返った。筒先を見た重純は、久高の意を了解した合図で手を振り、義兵を追い散らす。

やがて、射線が拓けた。老人は薄い体を輿に乗せ、毅然と胸を張っていた。傍らに背の高い若者が見える。

引き金を引く。反動があり、硝煙で視界が真っ白になる。銃を持ったまま硝煙を掻き分けて前に出る。再び通った視界の先で、老人は胸から血を噴いている。

老人の脇に侍していた若者と、目が合った。

何人にも侵されざるような勁い目が、怒りに満ちている。

久高は、王佐に志して朝鮮国へ渡った。だが、行いは誓う前と変わらない。目の前の敵を、いなくなるまで撃ち貫き、斬り倒す。立ち塞がらんとする敵の意志を命ごと砕く。

自嘲が、胸を侵し始める。幕のように義兵や島津の士が現れ、久高の視界を閉ざす。

八

明鍾は振り返る。

道学先生の躰がぐらりと傾くのが見えた。

無心に駆け寄り、両手を伸ばす。輿から落ちた先生の薄く軽い躰を受け取め、肩を支えながら地面に横たえた。

鳥銃（火縄銃）の鉛玉に胸を撃たれれば、まず助からない。戦の喧騒（けんそう）が、明鍾の意識から遠のく。

「済まぬの」

奇妙な静寂の中、先生の声は既に掠（かす）れて聞き取りにくい。

「どうして戦ったのです」

明鍾は叫ぶ。

「戦うべきだったからだ」先生の声は毅然としていた。「逐（お）う倭軍の足を止めれば、その分、助かる天兵も増える。再戦の時も早まる」

先生の声に合わせて、胸の穴が血を噴く。明鍾の衣は濡れ、先生の躰は軽くなってゆく。

「人の命に軽重があるのですか。守られるべき民が義兵となって死ぬ。戦うべきだった兵が代わりに生き延びる。そんな道理があるのですか」

身を挺しても先生を止めればよかった。身を焼くような明鍾の後悔は、先生を責めるような絶叫になった。

「お主は、儂に聞いてばかりだの。学びの態度としては、至極宜しい」

痛みが走るのか、時折顔を顰めながら、先生の顔はあくまで穏やかだった。

当初、先生の義兵は手柄から遠ざけられるように後方に配されていた。代わりに手柄を挙げに行ったはずの大明軍は、やがて無様に逃げ帰って来た。

先生は迷わず義兵たちと前進し、十字の旗を掲げて追撃する倭の一隊に立ちはだかった。そして戦いの中、撃たれた。

文明輝く国の天兵を屠った禽獣の群れ。士気のみ盛んな義兵が抗える敵ではなかった。

「吾らが死してなお戦は続く。吾らの命に意味あらしめんために、今、戦うべきだった。訓練された兵が減るほど再戦の時は遠のく」

「死んで何の意味があるのですか。生きてこその命のはずです。儒学とは、人に生を説く学ではなかったのですか」

明鍾はこの前に聞いたばかりの先生の言を引いた。先生は苦く笑って答えた。

「儂は士。民を導く任を帯び、ために民に養われる者だ。皆の生を全からしむるために儂は皆を死地に立たせた。皆の死には申し訳もないが、儂が今ここで死ぬのは士の必然」

「人は、自ら(みずか)を生きるのです」

明鍾は怒鳴った。

「導かれて生きるのではありません。導かれるとしても、自ら選んで導かれるのです。義兵たちは、自ら死地に立ちました。俺は、自ら先生を選び、聖人を目指しました。だから先生も、生を選んでください」

今さら何かを論じたかったのではない。死を是とする先生の論を非とすれば先生の死も引っ繰り返ると、明鍾は錯覚していた。ただ先生に生きて欲しかった。

先生は目を大きく見開き、明鍾を見詰めた。

「学ビテ時ニ之(これ)ヲ習フ。亦説(またよろこ)バシカラズヤ」

先生の声に、力が宿る。

『論語』の冒頭。明鍾が最初に学んだ句だ。

「お主の論を確かめ、習う説(よろこ)びを、儂はもう得られぬ。だが死にゆく今なお新しきを知る機会に恵まれ、これ以上の説びはない。人は自らを生きる。万物生生の天地で修己(しゅうこ)を目指す儒者なればこその論である」

先生の胸から噴く血の勢いは徐々に弱まり、対して声は力強さを増していく。

「お主の論の是非は、お主が窮(きわ)めよ。それが是であり天理であるならば、お主は聖人となろう」

そこで、先生は笑った。

「ようした。白丁の明鍾よ。吾が最後の弟子よ」

それきり、もう血は噴かなかった。

九

碧蹄の会戦は、大明・朝鮮軍の大敗に終わった。命からがら開城へ逃げ帰った大明の李如松提督は怯え、その後、朝鮮国が何度となく要請しても軍を動かさなかった。病を理由に帰国を図りさえした。

代わって朝鮮軍の動きが活発になる。

倭の猛攻に耐えて全羅道(ぜんら)を守り抜いた朝鮮軍は大明軍の南下に合わせて北上し、京畿道に入った。碧蹄の敗北にも怯まず、官軍と義兵併せて兵二千余で漢城に程近い幸州山城(こうしゅうさんじょう)に籠り、迎撃に来た倭軍を敗った。独力での勝利に朝鮮軍の士気は高揚し、続々と兵が集まった。漢城周辺には官軍や義兵の小部隊が多数進出して倭軍の兵站(へいたん)を痛め付けた。

三月に入ると、朝鮮国にも食糧問題が浮上する。

開城に居座る大明軍、日々増強される朝鮮軍とも膨大な糧(かて)を要する。さらには、倭から奪還した地域は飢えた民で溢れていた。

農耕の機会も蓄えも奪われた民が飢えるのは当然だった。朝鮮国の朝廷は、苦しい中をやりくりし救民事業に乗り出した。監賑使(かんしんし)(凶作時に救荒事業を監督する職)が立てられ、明鍾はその下僚としてほとんど不眠不休で実務に携わった。

「洪さま。お体に障ります。今日はお休みください」

ある時、秘書役の奴婢が、深刻な顔で心配して来た。

「死ぬと思ったら、寝るよ」

書き物を続けながら、明鍾は答えた。

「私が生きて働けば、その分、生き延びる民も増える」

明鍾が思うに、「洪明鍾」とは、白丁に生まれた己と、もう死んでしまった先生と、明鍾が関わった諸々の全てによって、作られた。「洪明鍾」が何かを生み続ける限り、先生も諸々も生きている。命を超えて、生き続ける。

他人に説明し難い理由を確信して、未だ打ち解けない「洪明鍾」と共に明鍾は激務を望んだ。

四月二十日、大明・朝鮮軍は漢城を奪還した。

ただし、戦によるものではない。

先立って大明軍は、本国に無断で倭軍に和平を持ち掛けていた。継戦を求める朝鮮国の嘆願を無視して交渉は進み、倭は漢城を放棄した。大明・朝鮮軍は入れ替わるように入城しただけだった。

朝鮮国二百年の王都は、無残な姿に変わっていた。民は激減し、生き残った者は飢餓に喘ぐ。季節の熱気に煽られた死臭が立ち込め、壮麗を極めた建築は瓦礫となっていた。

朝鮮の諸臣は王都の惨状に慟哭し、大明軍に倭軍を追撃するよう求めた。戦意が失せて久しい大明の将たちは、あれこれと理由を付けて漢城を動かなかった。のみならず朝鮮軍が独自に追撃の動きを見せると、和平交渉の頓挫を恐れて阻んだ。

明鍾は、奪還に数日遅れて漢城に入った。市街の酸鼻を見ても、大明軍の態度を聞いても動じず、それまで通り身を粉にして救民に取り組んだ。

戦局は変わった。王都は奪還され、朝鮮国が望まぬ形だが和平に向け進み始めた。

長く大きな戦の中で、起ち上がった老儒者や流民たちの死がどれだけ意味を持つか、明鍾には分からない。だが死者が遺した志や世を、生者は生きる。連綿と、繋がってゆく。

「えらい時代に生まれたもんだな、『洪明鍾』よ。せいぜい生き延びようぜ」

漢城の街を見て回りながら、あえて軽く、明鍾は呟く。

万物生生（ばんぶつせいせい）

一

日暮れごろ、天候が崩れた。

強い雨風の音は低いさざめきとなって、晩秋の冷気とともに部屋に忍び込んでくる。

手元に置いた灯明皿の明かりを頼りに、久高は独り、自室で手紙（ふみ）を認（したた）めていた。

漢城周辺から日本軍が撤退して半年近く経った今、島津勢は、釜山（ふさんかい）の東南の海に浮かぶ唐島（からしま）（巨済島）の北端に城塞を築き、在番（駐留）していた。

先立って大明国の勅使（ちょくし）が和平の談判のため名護屋へ入っていた。大きな戦も、「太閤」の厳命で〝もくそ〟城（晋州城（しんしゅう））を攻略してから三月ほど途絶えている。

計五万余りの兵が日本へ帰り、残りの軍勢は越冬と補給が容易な朝鮮国の南岸に退いた。

島津勢の帰国も近いと思われていたが、唐島の島津陣中には楽観とは程遠い重苦しさが漂っていた。

不慣れな異国で病に斃れる者が已まない。略式の葬儀が続き、安全となった海路を荼毘に付された骨が渡って行く。

久高の兄で樺山家を継いでいた兵部大輔規久も、ここ唐島で病没した。樺山家は規久の子の忠征が継いだが、慌てて元服したばかりの十二歳の少年だった。

今、久高が認める手紙も、樺山の家政についてだ。大抵のことは国元で老父や嫂が決めるが、島津家から求められる諸役など表向きのことは久高に意見を求められることが多かった。

自室で筆を滑らせながら、久高は落ち着かない。兄に続くもう一つの死の予感が、久高の胸を乱していた。

「樺山どの」

障子の向こうから伊勢貞昌の声がした。まさか、と胸が高鳴った。

「又一郎さまがお呼びです」

久高はまず安堵し、次に不安を覚えた。

又一郎久保の病は、いよいよ篤くなっていた。もう食事も立つことも能わず、最期は近いと思われていた。

放り出すように筆を置いて立ち上がり、障子を開ける。暗い中、片膝を突いた貞昌が、脇に置いた小さな行灯の光に弱々しく浮いていた。屈み込み、貞昌の肩を掴む。

「又一郎さまのお加減はどうだ。何か召し上がったか。薬は、残さず飲まれたか」

「先刻から、順に人を呼んでお話しされています」

貞昌は、久高の問いに直接答えなかった。

「お急ぎを。ご容体が変わる前にお目通りください」

行灯を持って立ち上がった貞昌と連れだって、暗く長い廊下を早足で渡る。

やがて闇に浮かぶように、暖かく光る障子が見えた。久保の部屋だ。三年前、小田原へ行った帰りに同じ明かりを、同じく呼ばれて久高は見た。

貞昌が障子の前に跪き、「樺山どの、参られました」と囁く。

「入ってくれ」

か細い声が内から聞こえた。貞昌は久高を見上げて頷く。久高はそっと片膝を突き、貞昌が障子を引く。

三間四方の部屋の中心に、掻巻を掛けた久保が横たわっていた。

「七郎か。近う」

音を立てぬよう注意して久高は膝行する。貞昌が障子をぴたりと閉じる音が聞こえた。

近づいて、久高は絶句した。久保の顔はすでに生者の色を失っていた。久高へ向けた目にだけ、弱々しい光がまだ宿っている。

「寝ている他にすることがない。閑でならぬゆえ、ずっと色々考えていた」

か細い久保の声に曇りはない。咳すら許さぬ久保の躰の衰えを久高は感じる。

「七郎とは話したいことがたくさんある。教えてほしいことも、教えてやりたいことも」

「いつでもお伺いいたします。今はお話しにならず、どうかお休みください」

本当は、ある限りの話を聞きたい。だが、今は養生に専念してほしかった。

「七郎に頼みがある。吾が死んだ後は」

「死にませぬ」

咄嗟に遮った。主君に使えぬ言葉を使ってしまう。

「もしもの話だ」久保の頬が笑うように歪んだ。「武士が死ぬ話をしてはならぬか」

「承ります」

久高は、やっとそれだけ答えて口を強く結んだ。

久保は苦し気に息を吸い、吐いた。話すだけでも久保の躰には大きな負担だ。しかし頼みと言われた以上は久高も最後まで聞かねばならない。

耐えるように久高は歯を食い縛っていると、久保の呼吸が落ち着いた。

「吾が死んだ後は、七郎が見届けてほしい。人は真に天地と参となり得る存在だったのか。あるいは、やはり人は禽や獣と同類に過ぎなかったのか。吾が目指したものが確かに世にあったのか。そして次に会った時に教えてほしい」

「次、でございますか」

つい問うと、久保の首が僅かに動いた。頷いたらしい。

「今生で、君臣ほどの縁があったのだ。きっとまたいつか、どこかの他生で七郎に会えるやもしれぬ。その時に教えてくれ。七郎が見たもの、知ったことを」

「今生では、叶いませぬか」

久高は、躰が千切れるような痛みを覚えた。

「もしも、だ」久保の声はか細い。「吾も、今生で見たい」

再び久保の呼吸が乱れ、久高の胸を掻き乱す。

「今生のため、養生に励む。今日の話はここまでにしよう。話せてよかった」

途端に久保の呼吸が穏やかになる。久高はじっと見詰めた。胸の上下を百ほど数えてから、明かりを吹き消して下がった。

島津又一郎久保が世を去ったのは七日後、文禄二年（西暦一五九三年）九月八日のことだった。

久高は、王を失った。

二

久保の遺骸と近臣たちを乗せた船が、薩摩に向かうため纜を解いた。

舳先が海の面を割る波音を聞きながら、久高は船端に佇んでいる。

「いつかは吾らも、又一郎さまと同じく戦陣で病に倒れるやも知れませぬ」

横に並ぶ貞昌が、久高に憂鬱な顔を見せた。お互い落髪している。

貞昌は剃り上がった己の頭を撫でながら、続けた。

「あるいは、成らざる和議の後の戦で討ち死にですかな」

和議で、「太閤」は大明国との対等な国交と朝鮮国の南四道の割譲を求めたらしい。

だが朝鮮国での戦を知る誰にも、そんな要求が容れられるとは思えなかった。そもそも大明国は対等な他国を認めない。朝鮮国は士民を挙げて寸土も渡さぬ戦いを続けている。呑めない条件では、和議にならない。

また談判は、国土を侵されている当の朝鮮国を交えず、日本国と大明国の二者で進められている。当事者を外して和が成っても、恒久的な平和は望むべくもない。

「若輩なれども」貞昌は続ける。「拙者とて島津の士の端くれ。戦を厭いはしませぬ。ただ、何ゆえに刀を振るうのか、時々分からなくなります」

才と意欲で早くに出頭したとはいえ、貞昌は若い。絶えぬ戦を所与（しょよ）と思えるほど戦国乱世に長く生きていたわけではない。至善が戦ではないと知るくらいには学もある。才走った皮の下には、初心（うぶ）な感覚が多分に残っていた。

「俺は、死なぬ」

久高は、呟くように答えた。

「俺は、見るのだ。見るまで死ねぬ。たとえ禽獣に堕しても、俺は生きねばならぬ」

貞昌は安堵と不安の入り混じった顔で一礼し、去って行った。

「王命だからな」

一人残された船上で、久高は呟いた。

翌文禄三年、久保の弟の又八郎忠恒（またはちろうただつね）が島津の後継に立てられた。久高は陣中家老役のまま忠恒に付けられ、再び朝鮮に渡る。

慶長二年（一五九七年）一月、数年を掛けた和平交渉は大方の予想通り決裂した。

動員された都合十四万余の日本軍は瞬く間に忠清道、全羅道を掃討した。その後は南の沿岸部へ退き、越冬の準備を進めながら次の軍令を待った。

また再戦とともに鼻削ぎと人の略取が始まり、すぐに猖獗を極めた。

文禄のころ、征明の根拠地となる朝鮮国での濫妨狼藉は禁じられ、ある程度は実態を抑制していた。だが今回は「関白」のほうから鼻での軍功証明と技能を持った人の献上を指示した。日本軍は熱心に鼻と人を狩り、財貨の略奪、人身売買も横行した。

島津勢は、釜山と全羅道を結ぶ海路を扼する要地、慶尚道の泗川へ配された。平和の長かった朝鮮国では鄙びた漁村に留まっており、小ぶりで古びた朝鮮国の城が離れた山間にぽつんとあった。

防備に心もとないため、島津は三方を海に囲まれた丘に新たな城を築いた。元の城は《古城》、新しい城は《新塞》と通称された。

普請は現地の民衆を酷使して突貫で進められ、三層の天守を掲げた新塞が二か月余りでほぼ完成した。

削いだ鼻や捕えた朝鮮人の数の報告が行き交う軍議の後、聳える天守を久高は見上げた。海鳥の群れが羽音と鳴き声を撒き散らしながら、騒がしく天守の背後を掠めていく。

「やはり天地には、禽獣の他に何者もおらぬか」

耐えるように久高は唇を噛んだ。

三

明鍾は、山間の熱気を掻き分けて、人里離れた小さな村を目指していた。

山道は下界に比べて涼しい。それでもそもそもが暑く、蒸籠に放り込まれたようにも感じる。

「理よ。ちょっと万物に厳しすぎるぞ、お前」

愚痴を零しながら、掌で額の汗を拭う。寒暖がもう少し穏やかなだけで、天地は今よりずっと快適になる。宇宙万物の振る舞いを統べる理が、明鍾にはどうも厳しく感じられる。

戦況も、厳しい。

去年、万暦二十五年（西暦一五九七年）の末、必勝を期して蔚山を攻めた約六万の軍は、倭に敗れた。

当初、兵力差は五倍だった。駆け付けた倭の援軍を併せてもなお倭に倍したが、それでも敗れた。やはり戦となると倭は鬼神の如き強さだった。

だが、天地の秩序を主宰する大明国は敗戦を是としない。朝鮮国も王土に非ざる地は寸土もあってはならない。大明国は直ちに兵を増派し、朝鮮国は軍の再建を急いだ。王都漢城には再び大軍が集結しつつある。

明鍾は再戦のための募兵の任を帯び、今こうして山道を歩いている。

「次こそ勝つぞ、『洪明鍾』。お前を生んでくれた全てに、報いるんだ」

もう一人の己に語り掛けながら、明鍾は歩く。

やがて道の先に、出迎えの人の如く立つ丸太ん棒が二本、見えた。

二本とも中ほどが括(くび)れ、大人の丈よりやや高い。括れを境にした上部はざっくり切り削った凹凸と墨で細長い人面が作られている。胴にあたる下半分には、つらつらと漢字が縦に並んでいる。

朝鮮の集落の入り口に立てられる、「長栍(チャンスン)」と呼ばれる男女一対の神木だ。恐ろしげに作られているが、表情と括れ具合にどこか剽げた趣(おもむき)がある。

起源は定かではない。諸々(もろもろ)の外来の文物と溶け合いながら残った朝鮮の古俗だ。

二本の長栍の間を抜けて村に入る。散在する民家に人気(ひとけ)はない。遠くで群衆の笑い声と太鼓の演奏が聞こえた。そちらへ歩む。

広く拓けた一帯に、人が大きく車座になって座っていた。囲まれて二人の芸人が、それぞれ細長い棒を上に向けて振っている。棒の先では皿が揺れながら回る。

寺党(サダン)と総称される旅芸人たちの興行のようだった。

芸人二人は器用に皿を回しながら、口でも滑稽なやり取りを交わす。観衆は芸人の技に感嘆し、言葉に笑い、休む暇(いとま)がない。太鼓の律動が心を弾ませ、場を盛り上げる。

明鍾は車座から少し離れた、広場を見渡せる民家の壁に寄り掛かる。己の官吏の姿が場の興を冷ましてしまうと思い、終わるまで待つことにした。

踊り、軽業(かるわざ)、綱渡り。寺党は演者を替えながら次々と出し物を披露する。続く仮面劇は間抜けな両班が民にやり込められる筋で、車座には何度も笑い声が弾けた。

賑やかな様子を一人で眺めるうちに、ふと育った村を思い返した。

釜山は、壬辰の年からずっと倭の支配下にある。小父さんたちは無事でいるだろうか。

俺には、帰るところが残っているだろうか。

足の指を少し曲げた。靴底の感触に納得がいかない。たとえ世が乱れても職人の仕事に瑕疵（かし）があってはいけない。小父さんならそんな仕事はしない。

小父さんがいた村。皆がいた村。俺がいた村。顔こそ覚えていないが両親がいた村。生業。皮革。靴。和やかな挨拶。ふとした溜息。歓談と夕餉。教え。背中。開（はだ）けた胸。蓬髪。裸足。矜（ほこ）り。風の薫り。書堂。半（なか）ば朽ちた門。隙間なく書き込んだ反古。

記憶の底にあった様々な感触が、突然、胸に溢れた。慌てて両手で押さえた顔が歪み、涙が零（こぼ）れた。俺は、往きたい先を目指してきた。だが、帰る所はあるのだろうか。俺は今、どこにいるのだろうか。俺は誰だったんだろうか。皆、どこへ行ってしまったのか。

体の力の均衡が崩れる。肩が強張（こわば）る。胸が痛い。膝が折れる。崩れるように蹲（うずくま）り、手で顔を覆（おお）ったまま震える。

「旦那さま。どうされましたか」

声に導かれるように、顔を上げた。数人の村人がおそるおそる明鍾を見詰めていた。

明鍾は、両の掌で顔をごしごしと拭き、立ち上がった。

いつのまにか寺党の出し物は終わっていた。車座はやや疎らになりながら、まだ興じ足りない人々が呑み交わす宴に変わっていた。

再び周囲に目を向けた。村人に排除の意や警戒の色は感じられない。皆、心底から心配してくれている顔だった。

明鍾は、村を離れ、先生を失った。「洪明鍾」は、ほとんど一人で歩いて来た。

「すまない、なんでもないんだ」

やっと答えてから、明鍾はもう一度顔を拭いた。

「少し、歩き疲れただけなんだ」

四

夜になると、篝火が焚かれた。

昼から続く村の宴は終わる気配を見せず、酒と歓声が絶えない。汗を拭い着替えた寺党の芸人たちも、拍手で迎えられながら場に加わった。車座はいつの間にか崩れた。小さな人の輪が泡のようにできては弾け、溶け合いながら人々が交歓している。

家に帰る者もあれば、家事を済ませて再び場に加わる者もある。嘔吐する者が介抱され、大人たちの興奮に中てられた子らが駆け回る。肩を組んだ数人が歌い出しながら立ち上り、一人のよろめきで皆、転ぶ。夫が妻に頭を下げている。若い男女がそっと夜闇に消えようとして見つかって囃し立てられる。

篝火に誘われたのか、あるいは人の和気や酒の香気に惹かれたのか、大小さまざまな虫が飛び交う。暑気に煽られて伸びる草が揺れる。

「万物生生トシテ、変化窮ミ無シ、だな」

明鍾はうっとりしながら、中国の大儒の言を引いた。万物の混沌とした生命力が、酒を飲めぬ明鍾を酔わせていた。

「何か難しいことを仰いましたかい、旦那さま」

隣の男がたどたどしく話し掛けてくる。酒に熟れた息が臭う。嫌ではない。これぞ生生の理と明鍾は思う。

男は水の如く、ぐいぐいと酒を呑む。その若く引き締まった右頬には輪郭のくっきりした青い痣が浮いていた。生来のものだろう。

「旦那さま、今日はまた何でこの村へお越しになったので」

男は、酒に煮溶けたような顔をにこやかに作って、尋ねて来た。

「兵を募りに参った」

鹿爪らしく答えたのは、「洪明鍾」だった。

「興行の最中だったゆえ遠くで眺めていた」

「じゃあ、俺の芸も見てくれましたか。劇で両班の仮面をつけてたのが俺です」

男の声が弾んだ。寺党の芸人だったようだ。

「見た。私が言うのもなんだが、両班らしい可笑しさがあった」

率直に「洪明鍾」が答えると、気を許してきたのか、男は躙り寄ってきた。

「だんな、戦はいつ終わりますかね。俺たちの商売もやりにくくて仕方がない」

「長い戦で民は娯楽に飢えておる。豊かな所を巡ればよかろう」

当地のように、尽きないほど酒が醸せる集落が今の朝鮮国にもまだある。目敏く探して訪えば充分やっていけるはずだ。

男は苦笑しながら、手元の小皿を抓んで持ち上げた。

「この村はよく呼んでくれるから知ってるんですがね」

皿の上には煮しなびた山菜が飾り程度に細く横たわっている。

「酒の量を見て豊かだって仰るんだったら間違いです。宴なのに食い物はこんなものしかない。年に一度あるかないかの今日みたいな日のために、酒を醸す粟や稗を食わずに貯めてたんです。豊かなところなんざ朝鮮国の何処にもありませんよ」

男の声に力が籠っていた。

「まあ、もし戦が終わっても俺たちは変わりませんがね。商売が少し楽になるだけで、俺たち広大(芸人)は、広大のままです」

広大は、才人とも呼ばれる。白丁と起源を同じくし、朝鮮国では凄まじい賤視を受ける。

「こう言っちゃなんですが、国がなくなっても俺たちは一向に構わないんです。地に人がいる限り、俺たちは生業を続けられますから」

広大の男の目は、いつの間にか咎めるような強い光を帯びていた。

「だんなは何を守ってるんです。国ですか。民ですか。理由もなく俺たちに付けられた枷や重しですか」

明鍾は、ゆっくり周りを見渡した。陽気な賑やかさは、未だ尽きない。耳には歓声、虫の鳴き声や羽音、草の戦ぎが満ちている。

己も誰も彼も何も、ずっとかくあればよい。かくあらしめないものを憎んで来たと、明鍾は思い出した。

明鍾は広大をじっと見返した。

「守るんじゃない」

今度は明鍾が答えた。「洪明鍾」は、明鍾と溶け合い始めた。

「毀しに行くんだ。この村の糧を奪い、お前たちを蔑んだ理不尽の全てを。朝鮮も倭もない。その力が欲しくて俺は両班になったんだ」

広大は、珍しいものを見るような顔をした。

「毀すんですかい、旦那さま」

「そうだ。そのために俺は故郷を出た。必ず毀し、必ず帰る」

広大は笑った。嘲りの色はない。心底、愉快そうだった。

ひとしきり笑った後、広大は呟いた。

「帰るところがあって、羨ましい」

広大の頰の痣が寂しげに歪んだ。

「俺は、流れ者です。往くしかない。増えたり減ったりする仲間と。あるいは一人で」

「なら、一緒に往こう。道連れがいれば、『俺』も助かる」

「面白いお人だ。流れ者の芸人を、救国の兵に誘うなんて」

広大の声に、邪気はなかった。

「俺は、信石です」

明鍾に向き直り、広大は名乗った。

「生まれも本貫も知りませんから、名前以外に言えることは、何もありません」

「俺は明鍾。洪明鍾だ」

初めて他人に名乗ったように、明鍾は感じた。

信石が椀に酒を満たし、差し出す。明鍾は躊躇わず、一気に飲み干した。

五

明鍾は、募兵に応じた五十名ほどの壮丁を連れて、兵馬が溢れる軍都と化した漢城へ帰還した。

朝鮮軍では募兵が順調に進んだ反面、兵を率いる軍官（将校）に不足を来していて、明鍾は武班（武官）ではなかったが臨時に軍官に任ぜられた。併せて連れてきた兵たちの長を拝命した。

「兵を指揮した経験はなかろうが、お主ならばうまくできよう」

庁舎で明鍾の異動を告げたのは、泥鰌髭だった。卑官のままだが腐らず精勤していた。

「もう間もなく戦が始まる。此度は十万の兵で攻めるというぞ」

まるで己の策であるかのように、泥鰌髭は誇らしげに説明した。

「先の蔚山の戦いでは倭の援軍により敗れた。此度は軍を三分して要地を同時に攻め、相互の連携を断つ。目標は蔚山、順天、泗川。三軍それぞれ、倭軍の倍を超える兵で当たる」

大戦に、明鍾は緊張と高揚を感じた。

「お主は泗川へ征く軍に配される。敵将は沈安頓吾（島津義弘）。奮って務め」

「沈安頓吾、ですか」

知らぬ名に、明鍾は首を傾げた。文官として務めて来た明鍾は、倭の将に詳しくない。知っているのは、平壌にいた平行長（小西行長）、開戦の初年に二人の王子を捕えた清正（加藤清正）くらいだ。

「儂も詳らかには知らぬが、倭でも特に勇猛と聞く。十字の旗が目印だそうだ」

泥鰌髭の言葉に、明鍾は打たれたような衝撃を覚えた。

十字の旗の軍勢。名は知らずとも忘れられない。道学先生の命を奪った奴らだ。

明鍾は大きく息を吸い込むと、深く頭を下げた。

「身を砕いてでも、誓って倭を屠ってご覧に入れます」

泥鰌髭は深く頷いた。

「今度こそ戦は終わる。その後は国家の再建で忙しくなる」

楽観に過ぎると明鍾は感じた。だが泥鰌髭の結論は別にあった。

「吾が国は、今後にこそ人材が要る。必ず生きて帰れ。私もできれば楽をしたい」

最後の言葉は、泥鰌髭なりの諧謔らしかった。善い上司に恵まれたと明鍾は思った。

庁舎の門を出ると、明鍾の連れて来た兵たちが地べたに座って屯(たむろ)している。行儀のよい待ち方ではない。それでも己(おのれ)の兵だと思うと、明鍾は頼もしく感じる。頬に痣(あざ)のある男が立ち上がり、駆け寄って来た。信石だ。

「お帰りなさい。出陣はいつですか。どこですか」

信石なりに昂(たかぶ)っているらしい。ただ生業(なりわい)の感覚が抜けないのか、まるで巡業の予定を聞くような口ぶりで、明鍾には可笑(おか)しかった。

「おそらく数日内だな。俺たちは泗川へ征く。今度こそ、倭に勝てるぞ」

村の宴の時と同じ口調で、明鍾は答える。

信石は明鍾に正直だった。明鍾も信石に正直にあらねばならない。朋友信有(ほうゆうしんあ)りと儒学は説く。明鍾は偉ぶって率いるのではない。友として共に征くのだ。

信石はぐるぐると両肩を回した。

「腕が鳴ります。倭の奴らを薙ぎ倒してやりますよ」

「お前、武芸もできたのか」

意外に思って明鍾が聞くと、信石は笑って手を振った。

「武芸なんざ、これっぽっちも」

「できないのか」

「薙ぎ倒す演技は得意です。自慢ではないですが、一座では俺が一番上手(うま)かった」

「戦だ。実際に斬り合うんだぞ」

「演技のほうがより難しい。見られる演技になるには経験も才能も必要です。倭人が拍手喝采するほど見事な斬り合いを、やってご覧に入れますよ」

信石は徒手で大袈裟な立ち回りをした後、見栄えのよい姿勢でぴたりと止まった。

確かに見事な所作だったが、勇ましさよりも剽げた可笑しみがある。信石は滑稽さが売りの仮面劇の役者だったから、仕方がない。

「期待してるよ」身に湧く力を感じながら、明鍾は答えた。

六

泗川新塞で定例の軍議が持たれた。

久高は広間に入るなり、顔を顰めた。

海から吹く風も今日は凪いでいた。夏の熱は、居並ぶ諸将の汗の臭いをたっぷり含んで、障子を開け放しても居座り続けている。

軍議の冒頭で大明・朝鮮軍の来襲が告げられた。島津が受け持つ地域の北端にある望津城と川を挟む晋州城に、一万ほどの軍で入城したという。

だが現れた敵は各地に散らばる島津の全軍とほぼ同数で、一気に新塞を陥すには少ない。攻勢の意図は見えるが何処へ進むか判然としなかった。

不可解さと蒸し暑さで、場は粘っこい不快に包まれた。緊張を持て余した諸将が臆測を次々に喚き立てた後、各城の設備と備蓄の点検だけを決めて軍議は終わった。

「せっかく戦になるやも知れぬのに、悔しい限りです」

散会後、まだ騒めきが残る広間で有馬重純が近付いて来た。

「御兵具奉行など、さっさと返上したいものです。御曹司のお守りなど詰まらぬ」

さすがに周囲を憚ったのか、重純は囁き声になった。

本人の望み通りに冷や飯を食らってきた重純も今は、又一郎久保に代わり後継者に立てられた又八郎忠恒の御兵具奉行となっていた。大将に近侍してその武具を整える名誉ある役だが、前線には立てない。

忠恒は、兄である久保と異なり酷薄な性質と遊興好きのため家中の人望が薄い。御兵具奉行に任じられた時、ただでさえ出頭を避けていた重純は露骨に嫌がったが、補任(任命)を伝えに来た伊勢貞昌に「みな嫌がるのです。もう他に人がおりませぬ」と懇願され、渋々受けた。

「やっと、お前の力量に相応しい役目に就けたのだ。今後のためにも励め」

久高の返事に、重純は大袈裟にうんざりした顔を作った。

「さすがは陣中御家老さま。仰ることがいちいち説教臭い」

「薬臭いのと、どちらがよい」

言い返すと、重純は意外そうな顔になった。

「今日の七郎どのは、いつもより口数が多い。お元気そうで何よりです」

言われて、久高はつい目を背けた。戦の気配に昂る己を、責められたように感じた。

大明・朝鮮軍に相対する望津城は、島津家中でも小戦の名手として知られる寺山久兼が僅か二百余の兵で守っている。寺山は城に籠って嫌がらせの奇襲を繰り返しながら、動向を新塞の島津本陣に伝え続けた。

九月十八日、増援が到着し大明・朝鮮軍は三万に膨れ上がった。寺山は新塞に急報しつつ、慌てて撤退した。

同じころ新塞には別の報せも入っていた。蔚山、順天にも敵の大軍が現れたという。島津の諸将は戦慄した。望津対岸の三万の敵すら独力で抗い難い。だが蔚山、順天を同時に攻められれば相互に援軍は望めない。島津も日本の全軍も、手足を封じられたまま各個に撃破され海に突き落とされる。

さりとて撤退は、日本一統を成した知性と度量を失って久しい「太閤」が許さない。退けば改易が待っている。

降(くだ)っても、まず助からない。切り刻まれて木に吊るされた日本人の死体は皆、飽きるほど見ている。それほど日本人は恨まれている。

生きる可能性が断たれたと知り、新塞の軍議の場は重い沈黙に包まれた。

「敵の意図は分かった。これほどの大軍を興(おこ)したとあらば目標は新塞である」

又八郎忠恒が、分かり切ったことを上ずった声で述べる。又一郎久保の将器にはとても及ばぬと、久高は改めて思った。

「是非もなし」

総大将の兵庫頭義弘(ひょうごのかみよしひろ)が吠えた。久高以外の諸将は一斉に背を伸ばす。

「大敵に見え(まみえ)、武門の面目(めんぼく)これに過ぎたるはなし。高麗(こま)、唐国(からくに)に、島津の名を挙ぐるべし」

かくて軍議は戦に決した。各地に散らばる島津の全軍に、泗川新塞への集結が命ぜられる。

翌十九日、大明・朝鮮の大軍は一斉に渡河した。間一髪で撤退を終えていた望津、永春、昆陽の三城悉くに火を掛け、気勢を上げた。

二十七日には泗川古城が包囲される。そこには川上忠実が詰めていたが、逃げ遅れて捕捉された。川上は率いる兵三百のうち半数を討たれ、自身も三十六箇所の矢傷を負った。伊勢貞昌が救援に向かい、古城の兵たちはなんとか新塞に辿り着く。

義弘は力闘を賞して、傷だらけの川上に脇差を与えた。新塞の士卒はその壮絶な姿に、戦が近いと肌身で感じた。

二十九日、大明の騎兵一騎と歩卒十名ほどが鉦を叩きながら現れ、何事か大書された傍木を城外に立てて帰った。

――明日十月朔旦、新塞を攻む可し。預め其の故を塞将に諭す。徬徨すること勿れ。

（明日、攻める。決して逃げるな）

傍木の文意が知らされると、新塞の内は騒めく。夜を徹して防戦の準備が急がれた。

新塞に集結した島津勢は七千ほど。四倍を超える兵力差を、島津は戦う。

泗川（しせん）

一

十月一日、卯の下刻（午前六時）。

久高は、新塞の城壁沿いにある井楼（せいろう）の上に一人で佇んでいる。

城内は深夜までの喧騒が嘘のように静かだった。防備を整えた士卒たちは、鎧姿のまま持ち場で泥のように眠っている。

此度の戦は退けず、降れず、勝てない。九死一生とは言うが、十死の戦は、久高も初めてだった。

「だが、まだ死ねぬ」

思わず言葉が漏れる。

僅か二年で中断された王佐の日々。その最後に下された王命が、今も久高を動かしている。

――見届けてほしい。人は真に天地と参となり得る存在だったか。

それから見て来たものは異国の戦地で起こる酸鼻ばかりだった。人の高みはその片鱗や残照すら、まだ久高には見せていない。

ゆえに、死ねない。十死の戦でも久高は生き残らなければならない。

遠くで何かを見つけたらしい物見の声が霞んで聞こえた。声は木霊のように次々と伝えられていく。

結句、久高の生はずっと変わらなかった。射抜き、突き伏せ、斬り倒し、撃ち砕くだけだ。

「人になりたいなど所詮、俺には過ぎた願いだったのだ」

昇ったばかりの日が輝いている。濃紺だった空は刻々と薄い青色に染まり、星が霞んでいく。今日も天地は、人や人になりたい禽獣を無視して粛々と運行している。

「戦るか」

久高は、静かに意を決した。

木霊は突如、太鼓の乱打に変わった。寝ていた士卒たちが一斉に跳ね起きる。

静寂は破られた。怒号、足音、甲冑の軋みが交錯し、新塞の巨体に戦意が漲ってゆく。

久高は前方に目を凝らした。地と天を隔てる線が煙るように曖昧に蠢いている。

やがて蠢きは、無数の旌旗に変わった。無数の足音と馬蹄の轟きが、大地を震わせながら近付いて来る。銅鑼や太鼓、甲高い唐人笛の音が行軍の調子を整え、煽る。異国の軍隊のけたたましい行軍の音が風に乗って久高の耳に届く。

「七郎どの、次右衛門です。上がります」

返事を待たず井楼の梯子が軋む。

「失礼しますよ、陣中御家老。大手門の矢倉からは、まだ敵がよく見えなくて」

飄々と断りながら久高に並んですぐ、重純は「おお」と燥いだ。

「これほどの大軍との戦は、望んでも得られませぬな。死んでも悔いはない」

「次右衛門は勇敢だな。俺の如き軟弱な士は及びもつかぬ」

いつもの言葉を使うと、重純は当然だと言わんばかりに胸を張った。

「俺の大鉄砲、上手く使ってやってくださいね。七郎どのだから預けたのです」

重純が指差した先には大鉄砲を持った士が九人、銃列の後ろに控えている。

「彼者たちがおれば俺も助かる。預けてくれたこと、礼を言う」

久高は神妙に頭を下げた。重純は得意げに言い立てた。

「御曹司に侍らかしておくのは勿体ない。七郎どのに託せて俺も嬉しい」

「存分に使わせてもらう」

「よい日和ですな」

晴天を見上げて、重純は別の話をした。知らぬ者には暢気な世間話に聞こえるが、島津の士には別の意味がある。

今日は雨に悩まず、存分に銃を使える。

「では」

短い言葉を残して重純は去り、入れ替わるように久高の従者が二人、あたふたと井楼に上がってきた。従者たちは主の側にいなかった失態を必死に詫びた。居場所を告げていなかったのは久高のほうだったから、咎めない。

続いて上がってくる者がいた。

真市だった。数日前に用聞きに来たまま、戦の気配を感じて城に居座っている。

「琉球国は島津どのの寄騎（指揮下）です。寄親（指揮者）どのの軍法、とくと学ばせていただきたく存じます」

真市は涼しい顔をしている。身に寸鉄も帯びず、いつもの商人のなりだった。

「ほう、琉球国もついに日本の軍役に応じる気になったのか」

「応じませんよ。私の戦見物の言い訳です」

「見ていて構わぬが、流れ矢か何かで死ぬかもしれぬぞ」

「憎き島津さまの敗けを見ながら死ねれば本望ですよ」

言われた久高は笑ってから城壁の内を見下ろした。麾下の士たちが銃を持って並び、それぞれの士の脇には弾薬や替えの武具を抱えた従卒が控えている。

皆、大軍を前にしても騒がず静謐を保っている。死ぬまで良い戦ができそうだ。

「では、しかと見ておけ。島津の、俺の戦を」

吠えるように、久高は言った。

二

泗川新塞は、三方を海に囲まれた小高い丘陵に拠(よ)って造られている。

陸側はすでに大明・朝鮮軍で溢れている。城域内には船着き場もあるが城兵全てを乗せられる数の船はない。島津勢に逃げ場はなかった。

大明・朝鮮軍は各所で柵を薙ぎ倒し、堀を埋め、雄々しい喊声を上げながら丘陵の緩(ゆる)い傾斜を踏み越えてくる。翻る極彩色の軍旗が刻々と迫ってくる。

今のところ、島津勢は敵が成すままに任せている。

「よいのですか。もう天兵は目前ですが」

真市は、憚(はばか)らずに大明軍を天兵と呼ぶ。久高は黙って頷く。それ以上の説明はしないが、防戦の段取りは敵をぎりぎりまで引き付けた後に一撃と決められている。

低い砲声が続けざまに敵陣より上がった。砲弾が新塞の石垣や壁を叩き始める。

「構え」

久高は鋭く叫んだ。足元の士たちが一斉に火蓋を切り、城壁の銃眼に取り付く。

いつのまにか下界は大明の軍衣で真っ赤に染まっている。異国の音韻(おんいん)の号令が飛び交う。次々と梯子が掛けられ、大明兵たちが攀(よ)じ登って来る。

久高が手を伸ばすと、従卒が銃を差し出した。指の感触で火蓋を切りながら、目は下界から離さない。井楼の右手の間近に掛けられた梯子の先頭を登る大明兵に、銃を構える。

戦を始める時、いつも感じる逡巡。それを今日の久高は感じない。喧騒の中で、静かに引き金を引く。火挟みが振り下ろされ、火薬が爆ぜる。瞬後に火と煙が噴き出す。銃口の先で、大明兵が身を捩って落ちて行った。

一つの生が終わり、同時に島津の戦いが始まった。

久高の発砲を合図に、轟音と硝煙が満ちた。梯子を登っていた大明兵の過半が一瞬で薙ぎ払われた。物主（将校）たちの号令で、島津の銃列は猛烈な連射に移る。斉射の度に無数の鉄板が鉛に穿たれる。肉が弾け、骨が砕ける。悲鳴が止まない。落ちる大明兵の屍体がぼとぼとと地を叩く。

突如、久高の頭上が爆ぜた。飛来した砲弾が井楼の屋根を砕いて抜けた。屋根の破片が飛び散り、従卒が悲鳴を上げる。真市は姿勢こそ崩しつつ涼しい顔を変えない。

久高は手摺に取り付き、ざっと下界を見渡す。間断なく吹き揚がる硝煙の向こう、兵が密集した敵陣の中に岩礁の如く数門の砲があった。

「大鉄砲、三人来い。急げ」

久高は怒鳴る。すぐに三人の士と従卒が上がって来た。狭い井楼は人で溢れた。

「あそこの砲を叩け。全門を潰すまで続けろ」

久高が言い終わる前に三人の射手が大鉄砲を構えた。その背を従卒が支えた瞬間、発射の轟音が上がる。

敵の砲の周囲に太い土煙が三本突き立つ。砲への命中はなかった。

大鉄砲の射手たちは強烈な反動に呻く。普段なら、射手が自ら転がって発射の反動を逃がす。今のように足場が狭い場合は、従卒に体を支えさせながら反動を受け止めるしかない。負担が大きい撃ち方のため、数発置きに射手を残り六人と適宜交代させる。

なかなか命中が出ず、砲を撃ち崩せない。弾丸が砲の操作を阻んでいるが、やはり早く潰したい。焦れながら久高は壁際の戦況を確認した。

大明兵は続々と梯子を登って来る。いくら撃たれても戦意も兵も尽きない。

島津側の連射は間断なく続いている。だが、銃身が焼けてしまえば弓や槍に持ち換えねばならない。大明兵の波を食い止めている濃密な火力の壁はいずれ薄くなる。

「持ち堪えられるのですか、樺山さま」

戦闘の騒音の中、真市が大声で尋ねた。

「無論だ」久高は怒鳴り返す。「まだ足りぬ。これしきでは島津も俺も負けぬ。まだ死なぬ」

見返した真市が妙な目をした。

「こんな激戦の中でどうして笑っておられるのですか」

これほど愉快な事があるか。久高が答えようとした時、光景が目に入った。

大明軍の軍衣は赤い。続々と兵を渡す数多の梯子は、新塞の巨体に何本も突き立てられた朱槍のようにも見える。

遠い箇所に数本の白い棒が伸びている。

「朝鮮勢か」

その軍衣に思い当たってから、久高は白さを眩しく感じた。

三

明鍾は目を覚ました。

己の命がまだあると知り、がばりと上体を起こす。

「だんな、まだ寝といてください」

傍らに跪(ひざまず)いていた信石が半ば叫んだ。頰の痣がこびり付いた戦塵で掠(かす)れて見えた。

明鍾は辺りを見回した。近くのほうぼうには弾薬や糧食が積まれていて、人は疎(まば)らだった。遠くで倭城が戦塵と硝煙に霞んでいる。

あの城に掛けられた梯子を登り始めた時点で、記憶が途切れていた。

「俺はまだ生きてるのか。なら戦う。俺の剣はどこだ」

「駄目です。梯子から落ちたんですよ、だんなは。拾った命は大切にしてください」

信石が制止するように両手を広げた。

「士の一命を見つけた探し物みたいに言うな」

信石と話しながら、記憶が蘇った。

己が集めた兵と共に泗川にやって来た。城壁に掛けられた梯子を登っていると、落ちて来た奴に体が引っかかって諸共(もろとも)に落ちた。

「そんなに、倭が憎いのですか。拾った命を捨ててよいほどに」

「憎い」明鍾は即答した。「今、倭城に籠る沈安頓吾(チマントノ)はもっと憎い。俺の手でぶちのめしてやりたい。頼む、行かせてくれ」

　明鍾は懇願した。

「戦わせてくれ。そのために俺は来た」

「駄目です。だんなお一人が加わっても、なんの役にも立ちませんよ」

　信石の声は柔らかく、だが態度は堅い。

「頼む」

「聞いてください、だんな」

　信石は静かに言った。

「いずれ、この戦は終わります。後には国と民が残ります。倭に滅茶苦茶にされた朝鮮国を、これから立て直さなきゃいけません。その時にはあなたみたいな人に将や役人になってて欲しいんですよ、俺は。出世や金儲けしか知らない奴じゃなくて、俺たちと一緒に酒を呑み、道を歩いてくれた、あなたに」

　俺たち、と言われて明鍾は言葉を失った。朝鮮国は俺たちと、俺たちでないものに、分断されていた。

「だから、この戦いでは寝ててください。だんなが必要とされる時まで生きてください」

「お前は、どうするんだ」

「俺は戦わせてもらいますよ」

　勇ましい言葉と裏腹に、信石の声は軽い。

「戦が終われば、俺の命は今日限りにはなりません。立ち直って行く朝鮮国と、住まう民と、新たに生まれる命に繋がれる命になります。約束してください。おれの命を繋ぐと」

——来し方往く末を形象するものが、王。

道学先生が言っていた。信石はすでに王を戴いていると明鍾には思えた。

「信石。正直に言う」

明鍾は、信石の目を見据えた。

「俺は、両班ではないんだ。洪って姓も、嘘だ」

「では、何のお立場の、何方なんです」

「白丁だ」

明鍾は、思い切って言った。もう嘘はつけなかった。

しばし、沈黙が流れた。信石は表情を変えなかったが、やがて微笑んだ。

「何を言われるかと思って構えちまいましたが、そんなことですか」

信石に掌を返される覚悟をしていた明鍾は、意表を突かれた。

「俺は、俺が知っているだんなに命を託すと決めたんです。俺が知らない所でだんながどんな道を歩いて来てても、変わりません」

明鍾は信石を凝視した。信石は笑みを崩さず、目も逸らさない。

「こう言っちゃなんですが、だんなが白丁で良かった。白丁でなかったら、今のだんなもなかったかも知れませんからね」

そこへ、忙しい馬蹄の音が響いた。

「手空きの者、集まれ。もうすぐ倭の城門が破れる。突っ込むぞ。手空きの者、集まれ」

騎兵は叫びながら駆け抜けて行った。

「じゃ、行きますね」

笑う信石の頰の痣が、明鍾の目に焼きついた。

忠という徳目がある。君主や国家へ尽くす心を指すが、本来は「まごころ」を意味する。

己が望む行く末に忠を尽くす信石は、立ち上がる。明鍾の全てを諾ったあと、明鍾の元を去り、信石の道を歩いてゆく。

四

久高は射撃を中止させた。皆、銃身が焼けて暴発寸前だった。

麾下の士たちは銃を槍か弓に持ち替える。銃火の途絶えた城壁に大明兵が殺到する。砲を大鉄砲で撃ち崩した後も攻勢は毫も衰えない。いずれ数で押し切られる。

大手門に目を向けた。周囲は硝煙が風に払われ、視界が晴れ渡っている。あちらでも銃撃が止んで久しいと見えた。

門扉が、二十間（約三十六メートル）ほどの距離を置いて並ぶ砲に散々に叩かれている。間もなく破れるだろう。大手門の左手の矢倉には又八郎忠恒が詰めている。忠恒の安否は気にならないが、近侍する重純には生きられずとも本懐を遂げてほしいと祈る。

太鼓が一定の調子で鳴った。打って出るための集結の合図だ。

「まさか、大手門が破られたのですか」

合図を知るはずのない真市が、勘を利かせる。

「まだだ。破られれば、暢気に太鼓は打たぬ。俺は行くゆえ、お前は好きに身を処せ」

言い捨てて久高は梯子を降りる。真市の「ご武運を」という声が本心かどうか、久高は詮索しなかった。

物主たちを集め、戦況を手短に報告させる。

受け持つ城壁の防戦もある。報告を総合して麾下の半分、百人ほどの士を抜くと決めた。

残す者たちの指揮を物主の一人に委ね、久高は百人と大鉄砲隊で大手門へ向かう。

小走りで抜ける新塞の内は、どこも銃声が散発的になっていた。

火力制圧と苛烈な乱戦を旨とする島津には、両手を捥がれたような厳しい局面になっている。射撃を再開できたとしても次は弾薬の備蓄が問題になる。

今でこそ善戦できているが、やはり新塞は長くは保たないだろう。

辿り着いた大手門は、すでに士卒で犇いていた。

「樺山どの、ご無事でしたか」

鎧を鳴らして駆け寄って来たのは伊勢貞昌だった。

「伊勢どの、なぜ今、打って出る。何かあったか」

貞昌は門扉を指差した。分厚い木の表側に鉄板を張った巨大な門扉は、内側に向かって大きく膨らんでいた。今にも砕けて木片と鉄屑に変じそうだ。

「門を撃つ砲を壊しに行きます。武庫さま、又八郎さまも出られます」

貞昌が堅い表情で告げ、久高は肌が粟立った。

成功すれば時が稼げる。だが敵も砲は死守する。味方は何人が生還するだろうか。

考えていると、士卒が騒めきながら一斉に拝跪した。振り向くと、士卒の群れに囲まれながら二騎が進み出ていた。総大将の兵庫守義弘、御曹司の又八郎忠恒だ。忠恒の脇では重純が嬉々とした顔で大鉄砲を担いでいた。

忠恒が刀を抜き、何か言おうと背を反らした刹那、爆発音が久高の耳を激しく叩いた。

久高は、思わず身を固くした。だが音以外は何も起こらなかった。門扉も様子は変わっていない。爆発は城外で起こっている。

久高は砲が増強された可能性を考え、すぐに否定した。砲声と呼ぶには無秩序に過ぎる大小の音が、調子外れに連続している。

集まっていた士卒たちは声こそ上げなかったが、不穏な緊張に包まれる。

「申し上げます」

大手門に乗る矢倉から、士が身を乗り出して怒鳴った。

「敵の砲の脇で玉薬が爆発。収まる気配はなく次々に誘爆し、敵は乱れています」

士卒の緊張の質が変わった。戦機を誰もが感じ取った。

「全軍で出る」

すかさず義弘が命じる。

「狙うは敵の大将首ただ一つ。鉦を鳴らせ」

突然、決戦となった。三万の敵兵の海に僅か七千で飛び込む。久高の戦意は沸騰する。

鉦が盛んに打ち鳴らされる。御使衆（伝令）も城内の四方に走った。

「機は逃せぬ。まず吾らだけで出る。門を開けよ」

義弘の命に士卒は色めき立つ。

門扉に数人の卒が取り付き、曲がった門を大槌で叩きはじめた。その間に義弘は銃列を一列だけ敷く。銃列が片膝立ちで射撃の用意を終えたころ、門の撤去も終わった。

卒たちが「えいえい」と声を合わせて門扉を開いてゆく。

久高が垣間見た城外は、混乱そのものだった。誘爆はまだ収まらず、大明兵は入り乱れ、砲は全てあらぬ方角を向く。城方の開門で混乱はさらに広がって見えた。

勝てるかもしれぬ。予感を抱きながら久高は抜刀した。

門扉が開き切った瞬間、義弘が号令した。

「放て」

銃列は派手に火を噴き、すぐ分厚い硝煙に包まれる。

「突っ込め」

義弘の声より早く久高は叫び、走り出していた。

島津の士たちも、次々に奇声を上げて硝煙の壁の向こうへ抜けていく。

五

「太刀始めは――」

すぐに横目衆（検使）の叫び声が聞こえた。間を置かず久高も斬り掛かっている。

大明の兵は、赤く染めた膝丈の衣に鉄や革の札で裏打ちした鎧を着ている。胴は斬れないため、剝き出しの首の辺りを横薙ぎに払う。

切っ先は僅かに届かない。だが大明兵は姿勢を崩し、悲鳴を上げながら尻餅を搗いた。素早く刀を持ち直して踏み込み、突く。今度は外さず首を貫く。

久高は喚きながら刀を抜き、次の敵に飛び掛かる。斬る。突く。薙ぐ。思考が薄れる。対して意識は研ぎ澄まされていく。血の臭いが、久高の戦意をさらに煽る。

逃げる敵を逐い回しているうちに、十人ほどの白衣の一隊にぶち当たった。朝鮮の兵だ。

大明兵と違い、朝鮮兵は決然とした顔で槍衾をこちらに向けていた。

久高は迷わず左へ走った。慌てて巡る槍の穂先は久高に追い付けない。

一番端の朝鮮兵に刀を振りかぶる。慌てた素振りで横向きに掲げられた槍の柄ごと、久高の刀は相手の肩を鎖骨まで割る。

血を噴く相手の体を押しのけると、おびえた顔が現れた。その首を刀で貫き、抜きながら蹴倒す。

さらに一人、剣を抜いて向かってくる。芝居がかった妙な剣筋を擦れ違って避けた時、相手の頰に大きな痣が見えた。振り返りざまに刀を叩き込み、背骨を砕く。絶命の呻きと共に、痣の男は地に転がった。

瞬く間に三人を斃された朝鮮兵たちは、恐れて退くはず。予想して久高は、刀を構え直す。

「退かぬか」

槍を向け続ける朝鮮兵を見渡して、つい声が出た。

大明の兵は、自身の人生とは無関係の戦いに駆り出されたため、士気が低い。横っ面を厳しく引っ叩けば逃げ出す手合いだった。

朝鮮の兵は、逃げない。特に、戦が始まった後に徴募された兵たちは段取り以外の理由では決して退かない。今のように。

「では来い。相手に不足なし」

久高は吠える。視界の片隅では、数多翻っていた大明の軍旗が次々に倒れていた。

六

目の前の光景が、明鍾には信じられなかった。

大明の大軍が、遥かに少ない沈安頓吾の軍に、逐い回されている。

朝鮮の兵は、分断されながらも個々に戦闘を続けているが、大勢は変わらないだろう。

信石は、十字の旗が奔流の如く城を飛び出した時、ちょうど城門の前にいた。おそらく生きてはいない。

明鍾は憤りに耐え切れず、駆け出した。擦れ違う大明の兵たちは皆、武器を持たず、鎧を脱ぎ捨てた者もいる。

「あっちに行くと死ぬぞ」

声が飛んで来た。飛ばしたほうは気を利かせたつもりかもしれないが、聞いた耳が腐ると思えた。官途のために大明の言葉を学んだ過去を、悔やんだ。

「黙れ、卑怯者」

明鍾は怒鳴り返した。相手は驚いた顔をして走り去った。

世は、ただ酷(むご)い。科(とが)なき人を、罪なき想いを押し潰しながら、天地は運行している。

「嫌だ」

明鍾は、叫んだ。

「嫌だ。嫌だ。嫌だ」

何度も喚(わめ)きながら、ただ走る。やがて小高い丘に行き当たった。

丘の上には数十名ほどの大明の一隊がいた。掲げる旗が一際(ひときわ)大きく、ひとかどの将の帷幕(いばく)（陣営）と見えた。逃げる様子はなく、伝令と思(おぼ)しき騎兵たちが忙しく出入りしている。

まだ戦意が残っている者がいた。明鍾は知ると同時に帷幕に転がり込んだ。

「伝令。将軍閣下に伝令です」

咄嗟に思いついた嘘をたどたどしい大明の語で叫んだ。

駆け通した疲れで這い蹲る。幕僚らしき男が駆け寄り明鍾を助け起こした。

「言え」

武人らしい簡潔な物言いが、明鍾には頼もしかった。

「将軍閣下に直接申します。お目通りを」

相手は頷くと、何も言わず明鍾に肩を貸した。

連れられた先では、ひときわ豪勢な甲冑を纏った男が遥か先を見つめていた。白い髭が口元を豊かに覆っている。

「閣下、朝鮮軍より伝令です」

肩を貸してくれた男が告げる。老将は足早に歩み寄って来た。明鍾は男の肩から離れて跪いた。疲れで体がばらばらになりそうだった。

「申されよ」

老将の声は嗄れていたが張りがあった。

「吾が朝鮮軍は、まだ戦っています」

明鍾は告げた。嘘ではない。

「知っている。他には」

「継戦にあたり、天軍のご意向を確かめよと命ぜられました」

明鍾の出任せを疑うでもなく、老将は頷いた。

「お話ししよう。使よ、立って見られよ」

老将に、大明の者にありがちな居丈高な風はなかった。友軍の使者に対して相応の敬意を払っている。

明鍾が好意を抱きながら立ち上がると、老将は一点を指差した。

倭城がある。周囲に立ち込めていた硝煙は風に流されて久しい。いくつも屋根を重ねた楼閣を擁し、城は静寂の中に佇んでいた。

「今、あの城は空だ」老将の言は端的だった。「倭軍は皆、出払っておる。今、残存の兵を糾合して攻めれば、城は必ず陥とせる」

「お味方を助けないのですか」

尋ねると、老将は静かに首を振った。

「逃げる吾が軍と、申し訳ないが朝鮮軍も今は囮だ。倭軍を引きずり回し、足を止め、時を稼いでくれれば良い」

「助けないのですか」

「助けぬ」

再びの問いは、断固たる口調に撥ねのけられた。

「今、吾らは城を陥とす最後の戦機に臨んでおる。釜山と倭の西翼を結ぶ当地の奪還は、一戦の勝敗に止まらず戦争の様相を変える。かかる時に臨み、個人の勇や功は論ずるに足りぬ。お分かりいただけるか、使よ」

居並ぶ大明の幕僚たちが一斉に姿勢を正した。老将は部下たちへの訓導も兼ねて明鍾の問いに答えていた。

騎兵が帷幕へ駆け込んできた。手綱で馬を制しながら、騎乗のまま報告する。

「集まった兵、およそ三千」

幕僚たちは響いた。それほど多数の兵が残っていたとは明鍾も予想していなかった。

騎兵は馬上のまま一揖して駆け去った。

「諸君、参るぞ。長きに亘った戦を、今より吾らで終わらせる」

老将は告げた。幕僚たちは歓声で答えると、慌ただしく出発の準備に取り掛かった。

「使も、来られよ」

騎乗しながら、老将はいった。

「吾、茅国器の戦いを見て、朝鮮国の諸人に告げよ。大明国は、天下の一家を必ず護る」

丘の麓には、疲れ切った兵たちが座り込んでいた。

茅将軍は、今から始まる戦いの意図と意義を自ら説いた。勝ち目を知った兵たちは、再び士気を取り戻した。次々と立ち上がり陣を組み始める。

「鳴らせ」茅将軍の指示で銅鑼が連打された。

「叫べ」まず幕僚たちが、続いて兵たちが鯨波の声を上げた。

「往くぞ」茅の馬が速足で進む。すぐに、後に続く騎兵や歩卒たちの駆け足が追い越す。

今度こそ、沈安頓吾を屠る。三千の大明兵に交じって駆けながら、明鍾の胸は高鳴る。

七

久高は、百余の手勢を率いて新塞の周辺で残敵の掃討に当たっている。

味方のほとんどは大明勢を追ってすでに遠く離れ、新塞は空になっていた。今、攻められれば手もなく陥ちる。残敵の掃討は派手な役回りではないが、疎かにもできない。敵を探し、斬り伏せる。また次の敵を探し、ほうぼうを駆け回る。休む暇がない。

さすがに疲れを感じ始めた時、誰かが叫んだ。

「大明の赤備（軍装を赤色に統一した部隊）が新塞に」

振り返る。死屍が溢れる野の向こうで、旌旗を翻す赤い一隊が新塞に向かっていた。兵数は、ざっと三千前後。残兵を糾合したのか。久高の努力は、どうやら追いつかなかった。

「引き返す」

迷わず久高は命じた。抜き身のまま駆け出し、麾下の士卒も従う。

大軍と死戦を尽くした島津勢に、城の奪還は不可能だ。あの赤備を止めねば、島津は敗ける。日本軍も占領地の西半を失陥し、戦局そのものが変わる。

赤備のほうが新塞に近い。間に合うか。たとえ間に合っても、たった百余の久高の勢で三千の敵にどう抗するか。

焦れる思いで駆けていると、赤備の前方に百に満たぬ小勢が現れた。掲げる鐘の馬標（じるし）は島津図書頭忠長（ずしょのかみただたけ）のものだった。

忠長は、かつての岩屋城攻めの総大将だった。将器と武勇で名高い。だが今の忠長が率いる兵はごく少ない。三千と戦えば、ただ吹き飛ばされるだけだろう。

忠長勢が赤備と衝突する。鐘の馬標は大きく傾き、ややあってから再び直立する。

第一撃に忠長勢は耐えた。赤備の前進は止まったが、すぐに横に広がり出す。数を恃（たの）んで押し包もうとしている。

「急げ、走れ。図書頭さまを討たすな」

久高は叱咤（しった）する。

重く圧（の）し掛かる疲労を振り払うために、叫んだ。麾下の士も和した。

「止まるな。このままぶつかる。続け」

久高は赤備の左脇に突っ込み、刀を振り回す。

大明兵は悲鳴を上げて逃げ出した。新手の皮を剝いだ下には、怯えがこびりついた敗残兵がいる。赤備は見た目ほどの戦力ではない。

麾下の士も次々に突っ込む。久高たちはたちまち敵陣に深く穴を穿（うが）つ。

「もしや、行けるか」

という楽観は、すぐ捨てざるを得なかった。

鐘の馬標は、海の如き大明兵の遥か遠くに揺れている。容易に漕ぎ着けられる距離とは思えなかった。

考えを巡らせていると背後で銃声が上がった。聞き慣れた島津の斉射だ。

久高は後ろに下がって赤備から離れ、銃声のほうに向かう。

やや離れたところで五十人ほどの島津の兵が折返で大明軍を猛射していた。久高に気づいたのか、一人の士が駆け寄ってくる。

「樺山どのか。ご無事でなにより」

望津で大明軍と対峙を続けていた寺山久兼が、福々しい顔を崩した。こびりついた返り血が、笑みに凄惨な陰影を与えている。

「新塞へ向かう大明勢を見て、急ぎ引き返して参りました。様子はいかがか」

寺山は声も福々しく、剣呑な色が欠片もない。闘鶏の勝敗を尋ねるような口ぶりだった。

久高は首を振りながら答えた。

「このままでは、敵は止められませぬな。新塞を獲られる」

寺山は「ふむ」と唸った後、赤備の後方を指差した。

「拙者の見たところ、あの大明勢は荷駄を引く後陣が弱い」

寺山が指摘した通り、後陣は弱々しく見えた。勇ましく戦う前陣の背中に寄り添うようにくっ付いている。

「後陣は、衝けばたちまち乱れましょう。乱れが前陣まで及べば何とかなるやも」

「乱れが、かくも都合よく及ぶか」

久高の疑問に寺山は両手を広げた。

「分かりませぬ。ただ先刻まで散り散りに逃げておった者どもです。楽に勝てぬと知れば、元の如く四散するでしょうな」

その見立ては、久高が先ほど体で摑んだ感触と合致していた。

「承知した」久高は頷く。「手前は手勢を退かせて参る。援護を頼む」

言い置き、久高は駆け出した。戦場へ復帰する。

「退いて集まれ、退いて集まれ」

命じながら久高自身は進む。島津の士たちは、命令を口々に叫びながら次々と退く。

乱戦からの離脱は容易ではない。久高は組み伏せられた者に助太刀し、なお進もうとする者の襟首を摑み、何とか退かせる。追い縋る大明兵は、寺山が斉射で射竦め突き放す。

赤備は、忠長勢の撃滅に集中したいのか、久高たちを深く追わなかった。

久高と寺山は兵を連れて慌ただしく移動する。途中で合流した将兵もあり、人数は五百ほどになった。

赤備の後陣を望む地点で停止する。自然と纏め役になっていた久高は各将を集めた。

「寺山どのの策で行く。敵の後陣を衝き、赤備の全体を崩す」

まず、久高は宣言した。

「新塞が陥ちれば、島津の御家も日本の全軍も瓦解いたす。各々の功名は此度は忘れ、ただ赤備を崩すことにのみ専心されたし」

皆、頷く。

「以後、手前より区々たる指揮はいたさぬ。各々のご采配で戦われよ」

手を振ると諸将は散った。久高も己の手勢の元へ戻る。

忠長の馬標はまだ立っている。だがもう幾何も保たないだろう。時がない。

「繰抜で行く。並べ」

鋭く、久高は号令する。

久高が諸将と話した短い間は、士卒には貴重な休息になった。目覚めたようにきびきびと動き、二列の銃列を作る。赤備の後陣から歩卒の群れが飛び出す。構わず号令する。

「構え。――放て」

前列が一斉に発砲する。後列が前列を超えて躍進し、銃列が前進する。

大明の歩卒たちは、ばたばたと倒れながらも、逃げない。盾を押し立て広がろうとする。

どけ、どいてくれ。久高は念じる。

号令。火と硝煙が吹き揚がる。大明の歩卒が幾人も倒れる。

さらに斉射を続け、ついに歩卒は四散した。赤備の後陣への射界が拓けた。

幾度か斉射を浴びせるが、後陣は容易に乱れない。散発的で手際も悪いが、矢や銃で応戦してくる。

赤備の将の統率力は大したものだ。素直に敵将を称賛しながら久高は斉射の号令を続ける。彼我の距離は着々と近づく。

久高の視界の正面には敵兵たちの顔がはっきりした像で並び、隅では忠長の馬標が、大きく傾き始めた。

号令。何度目かの斉射。大明兵たちの顔は恐怖で歪んでいた。

視線を巡らせる。馬標は、傾きながらもまだ立っている。

間に合った。久高は確信した。

「次だ。構え」

久高は叫んだ。進み出た前列が銃を頰に押し付け、後列は一斉に抜刀する。

間近となった赤備では、大明兵たちが次々に背を向け始めていた。

「――放て」

光。瞬後に硝煙と悲鳴が上がる。吶喊の絶叫が続く。

久高も、血と埃が立ち込める中へ飛び込む。

八

混乱の中、明鍾はただ茫然と立ち尽くしている。

「信じられぬ」

傍らで騎乗する茅将軍の微かな呟きが聞こえた。

大明軍は怯え、逃げ惑う人々の群れと化した。旌旗や武器が次々と投げ捨てられる。

幕僚たちは陣の各所に散り必死で掌握に努めるが、どうにもならない。

三千の軍は、僅か百と五百に挟撃され、崩壊した。

幕僚の一人が足早に歩み寄り、茅将軍の前で跪く。

「閣下。もはやこれまでかと」

思わず明鍾は、馬上を窺う。将軍は目を閉じて俯き、やがて顔を上げた。

「退くぞ」

将軍の声は、威と張りを取り戻していた。

「まだ戦える者を集めよ。吾らは踏み止まり、一兵でも多く逃がす」

細々した指示を発して幕僚を走らせた後、将軍は「使よ」と馬上で明鍾に振り向いた。

「倭は、まさに怪力乱神。あるいは禽獣だな。吾はまず一人を倒す剣を覚え、次に万人を屠る兵法を学んだ。全て人に対する術。人でないものには、役に立たなかった」

「閣下」明鍾は叫んだ。「剣を、お与えください」

「自裁するのか」

老将の問いに、明鍾は首を振った。

「たとえ相手が乱神でも、一撃も報いずにはおれません。人の世は、吾ら人が守らねばなりません」

将軍は苦く笑った。

「卿一人が倭人数人と刺し違えても、卿の謂う世は守れまいよ」

「それでも」

「それでもだ」食い下がった明鍾に、将軍は壁の如く応じる。

「暴虎馮河は匹夫の勇。卿も朝鮮国の士であるなら、匹夫ではなく士として生きよ」

自分の出自を思いながら、士も匹夫もあるものか、と叫びそうになる。

茅将軍は峻厳な表情で続けた。

「卿に必要なのは剣ではない。屈せぬ膝、折れぬ心、捨てざる命。易き死に堕ちてはならぬ。またいつか生きて会おう」

言うや否や、老将は混乱が最も激しい一帯へ馬を走らせた。残った幕僚たちが後を追う。

残された明鍾は放心したまま、旗や武器、死体が散らばる戦場を、ふらふらと歩く。人は疎らになっているが、其処彼処で殺戮は止まない。一度、城を奪われかけた倭兵は、今度こそ掃討に余念がなかった。

前方、少し離れたところで、倭兵が大明兵に馬乗りになって剣を突き立てていた。歩きながら、ぼんやりと様子を眺める。

大明兵の息の根を止めた倭兵はずるりと剣を抜き、立ち上がった。気配に気づいたのか、明鍾に顔を向けた。

目が合った。瞬時に記憶が蘇った。忘れもしない、道学先生を撃った倭兵だ。

体が熱くなる。拳を握り、倭兵に歩み寄る。

「俺の世界を、元通りにしろ」

溢れる思いは、そのまま声になった。

「小父さんと靴を作らせろ。先生に学ばせろ。信石を生業に戻してやれ。国に帰れ。今すぐ、全部を戻せ。今すぐ、帰れ」

倭兵は、ただじっと明鍾を見ている。表情はない。

「おい倭人、俺は白丁のまんまのほうが良かったのか。村の皆と一緒にいりゃあよかったのか。先生を手伝えばよかったのか。信石を誘わなけりゃあよかったのか。どうすりゃあよかったんだ。どうすりゃあ、皆も俺も真っ当に生きていけたんだ。答えろ」

気が付けば、明鍾は剣が届く距離まで倭兵に近寄っていた。己を迂闊とは思わなかった。

「斬ってみろ。その前にぶん殴ってやる」

倭兵は剣を構えるでもなく、ただ明鍾を見詰め続けている。

「俺が丸腰だからか。馬鹿にしやがって」

明鍾は激した。

「お前ら、何しに来たんだ。俺に、何を見せに来たんだ」

気が付くと、右の拳が倭兵の頰に減り込んでいた。だが、振り抜けない。

少年のころ、かくある世を変えられなかった拳は、今もやはり無力だった。拳を頰に置かせたまま、倭兵はじっと明鍾を見詰めている。明鍾は己の非力さに絶望した。

――俺は、何にも抗えないのか。生まれにも、世の流れにも、たった一人の倭兵にも。

右腕を引き、再び殴る。倭兵の頰に当たり、やはり振り抜けない。

もう一度と思った時、首に強い衝撃があった。

瞬後に意識を失うが、倭兵は最後まで、明鍾から目を離さなかった。

何ぞ死なざる

一

戦の翌日。真市は、未曾有の大勝に沸き続ける泗川新塞の内を歩いていた。

空は、昨日に続いて晴れ渡っている。立ち込めていた戦塵と硝煙も風に拭われ、秋の清涼な気が地に満ちていた。

城内の島津の士卒の酒気交じりの喧騒は、天地の様相にまるで不釣り合いだった。仄かな死臭が鼻を擽る。夏ならば耐え難い悪臭になっていただろう。大小の銃砲の爆音が、まだ薄い耳鳴りになって残っている。喊声や悲鳴が今にも湧き立ちそうだ。

昨日、大戦と幾万の死があり、島津は四倍を超える大明・朝鮮軍を破った。正確な計数はまだだが得た首は万を超えるという。勇猛な日本軍の中でも、これほどの戦果は例がないだろう。

同時に戦となった蔚山・順天の戦況は不明だが、陥ちたとはまだ聞かない。泗川の敗報は他二城を攻める大明・朝鮮軍の士気を大いに損なうはずだ。

分厚い火力と激烈な吶喊。間近に見た島津の戦いぶりを思い返し、真市は身震いする。琉球国にも兵備はあるが、あんな戦はとてもできない。もし島津に攻められでもしたら、平和に熟れた琉球国はあっという間に蹂躙されるだろう。

島津は大明の「天下一家」の外にあって、琉球国との交渉では盛んに武威をちらつかせていた。戦争は、琉球国にとって常に現実的な問題であり続けている。

真市は頭を振って、不穏な想像を中断した。

「琉球国は天下に覇を成すのではない。天下を船で繋ぐのだ」

あえて口に出した。

だが船に船乗りが要る如く国家にも人材が要る。ことに儒学の教養を持つ者が琉球国には不足していた。

大明国を頂点とする秩序の中で、儒学は絶対の世界観であり、意志疎通の唯一の手段だ。外交と貿易で生きる琉球国にとって、儒学を修めた人材は欠かせない。だが、官貿易の衰退と軌を一にして儒学の学流も途絶えがちになった。琉球王府は秀才の士を大明へ留学させているが、とても頭数が追い付かない。

「守礼之邦」に、礼を知る者が足りない。真市はかねてから憂慮していた。

無数の生首を並べて、果てぬ宴に耽る城内を思案を重ねながら歩いていると、土蔵が立ち並ぶ一帯で呼び止められた。

「あんた、樺山さまの客だろう」

陣笠に羽織姿の卒が足早に近寄ってくる。

真市は向き直ると、礼儀正しく腰を折って身の上を説明した。

「私は出入りをお許しいただいた商人です。客というほどではありませんが」

「細かい話はどうでもいい」

卒は、顔も声も堅い。もしや密偵の素振りを見咎められたか。真市は分厚い面の皮の下で警戒した。

「樺山さまをすぐ呼んできてくれ。えらい事態になったんだが、俺はここを離れられぬ」

卒は早口に言い立てた。真市は安堵しつつ、卒の様子に合わせて深刻な顔を作った。

「承知いたしました。ですが、どうされたのですか」

「蔵に放り込んでた朝鮮人どもが舌を噛んだ」

卒はどうやら、囚人番らしかった。

島津は、昨日の戦で生き残った大明と朝鮮の士卒を多く囚えていた。技能や学のある者は日本へ送られ、何も能のない者は人質として、今後の交渉の材料に使われる。

「見張りの方はどうされていたのですか」

尋ねると囚人番は複雑な表情になった。

「皆、宴に行っちまって、今は俺だけなんだよ。蔵はたくさんあって一人じゃとても全部は見切れねえ。仕方ねえから順番に見回りしてるうちに、目を離した一つの蔵で中の奴らが皆、舌を噛みやがった」

言い訳は聞き流しながら、凄惨な光景を想像して真市は顔を顰めた。

「では、囚人たちは死んでしまったので」

真市が聞くと、囚人番は首を竦めながら振った。器用な人だ、と思った。

「皆、血を噴いてのたうち回ってる。舌を噛む奴はよくいるんだが、あれじゃあほとんど人は死ねないんだ」

役目の経験が豊富なのか、囚人番はすらすらと解説した。密偵らしい好奇心が湧く。

「蔵の様子を見せていただけませんか。齟齬なく樺山さまにお伝えしたいのです」

使命感を装って真市が頼むと、囚人番は怪しむ素振りもなく誘った。

並ぶ蔵の間を小走りで抜ける。

蔵は全て、しっかりした土蔵造りになっていた。玉薬や糧食を外気から守るためだろうが、窓のない丈夫な造りは臨時の牢にもうってつけだった。蔵の高くに空けられた明かり窓から、大明や朝鮮の語の哀願や悲嘆が漏れ聞こえてくる。

ある蔵の戸に囚人番が張り付いた。分厚い戸が引き開けられたとたん、野太い苦悶の声や人が暴れる音が聞こえた。真市は思わず口の中で己の舌を丸める。もちろん無事だ。

入口に鉄格子が嵌っている。臨時ではなく、蔵は元より牢にも使えるようになっていた。

「そら見ろ」

ぞんざいに囚人番が促す。真市は身を固くしながらそっと覗き込んだ。

薄暗い蔵の中で十人ほどの男が、後ろ手に縛られながら暴れまわっている。口から噴く血に塗(まみ)れる姿は酷(むご)かったが、血を失って死ぬ量ではなさそうだった。

皆、朝鮮の武官、文官の装束を纏(まと)っている。矜(ほこ)りと忠節が彼らに舌を嚙ませたか。

「手当はしてやらないのですか」

眼前の酸鼻に怯(ひる)みながら真市は聞く。

「あんなに暴れられたら無理だ」

囚人番は嘆息した。

「真面目な奴ほど思いっ切り舌を嚙む。で、痛みに耐え切れず暴れる。見ているしかない」

そういうものか、と妙な納得をしつつ、真市はさらに目を凝らす。

蔵の奥に、一対の光があった。一人だけ舌を嚙まなかったのか、じっと座って壁に凭(もた)れている。暗くて表情は判然としない。だが目の光は玉(ぎょく)の如く澄んで硬い。

眼光を気に懸けながらも、事態の大方を把握した真市は戸から離れた。

「では樺山さまを呼んで参ります。ところで、なぜ樺山さまなのです。囚人の番は別の方の責と思いますが」

「あいつだよ」

卒は顎をしゃくって、蔵の奥で光る目を示した。

「あいつは樺山さまのお言い付けで捕えたんだ。あいつだけは無事だ」

卒は己の失態について久高の口添えを期待していた。卑役の者の苦労に同情した。

久高の居宅に走りながら、真市は、蔵で見た眼光に既視の感を覚えていた。

二

久高の居宅は、新塞の中の重臣が集住する曲輪にある。

並ぶ屋敷からは浮かれた騒ぎ声が外に漏れ聞こえて来る。

昨日に井楼で別れて以来、真市は久高に会っていない。天兵の逆襲を防ぐ武勲を挙げたと聞いたが、やはり浮かれているのだろうか。

考えながら真市は駆け、門を潜る。家僕の取次を待たず、久高のいる部屋の前まで来る。来意を告げ、返事を待たず障子を開けた。無礼は承知だが、のんびりできる暇はない。

「樺山さま」と呼びながら入り、驚いた。

久高は、いた。だが、いないに等しかった。

半ば足が解けた胡坐で、久高は座っている。脱ぎ散らかした鎧が傍らで萎み、二刀も乱雑に転がっている。髷は結わぬまま、顔と四肢にも泥や血痕がこびり付いたままだ。

深い隈で縁取られた目は開いてはいるが、光がない。

肩と腹の僅かな動きで、生きていると分かった。だが、まるで死人だった。

「お休みにならなかったのですか」

つい、関係ない話に逃げる。

返事はない。像や絵に向かって話すような不安を覚えた。

そっと久高の前に座る。久高の目は真市を追わず、板間の一点から動かない。

「ご戦勝、おめでとうございます」

気付(きつ)けのつもりで、やや声を張った。

「ご当家に無理やり寄騎(よりき)にされ、天兵を破られた恨みを込めながら、お祝い申し上げます」

嫌味も気付けのつもりだった。だが、やはり久高は微動だにしない。

「樺山さまの戦功も伺いました」

何気なく言っただけだが、久高の目だけが僅かに動いた。

「かくせねば、俺は死んでいた」

ぽつりと、久高は呟いた。

「なにかなさったのですか」

「戦った」

「それは」さすがに真市は戸惑った。「当たり前のことでは」

言い終わらぬうちに、久高の両腕が伸びて来た。避ける暇もなく襟首を摑まれる。

「俺はいつまで人を殺さねばならぬ。これが当たり前のことなのか」

久高の血走った眼が、真市の眼前にある。

「俺は、いつまでこんなことをしているのだ」

何か言ってやろうと息を吸って、真市は気付いた。久高は今にも真市を斬りそうなほど物騒な形相だが、喉は少しも絞められていない。久高が言いたいことは判然としないが少なくとも害意はなく、己へ向かう何がしかの激情を持て余しているのだろう。とは言え、真市にはどうしようもない。他人の事情に無遠慮に突っ込める首も持ち合せていない。

「囚えていた朝鮮人たちが舌を嚙んでしくじり、悶絶しています」

真市は、伝えるべきことを伝えた。

「あいつもか」

久高は性急に問う。あえて真市は即答しなかった。

「どうなんだ。あいつもか。教えろ」

久高は問いを重ねた。どうやら、話が通じそうになってきた。

「樺山さまがお連れになった朝鮮人のことですか」

久高は頷いた。真市はさらに問いをぶつけた。

「彼者は何なのですか。なぜ、そこまでご執心になられるのです」

久高は襟を摑んでいた手を放し、へたり込むように座った。

「殴られた」

久高の言葉に、真市は耳を疑った。

「樺山さまともあろう方が。油断されていたのですか」

姿勢を正しながらそっと尋ねると、久高は堰を切ったように話し始めた。

「勝敗は決していた。戦うべき理由はなかった。だが、あいつは丸腰で、刀を持つ俺に向かって来た。力も理由もないのに戦いを已めぬあいつは、あいつらは、何なのだ」

他に誰を含めて、「あいつら」と仰るのか。真市は疑問を感じたが、話は遮らなかった。

「力ある者同士が死を賭してぶつかってこそ、戦だ。無駄死になど、あるべきではない」

久高の言に、真市は反発を覚えた。

「それが、樺山さまの戦ですか」

詰問になっていると真市は自覚していた。

再び久高が頷くと、真市の反感は怒りに変わった。

「ならば樺山さまが求める戦は、この天地にはありませぬ」

「なんだと」

「義の有無はあれど、戦とはより良き生を求めて行われるもの。侵すほうも、侵されるほうも。樺山さまの仰りようを突き詰めれば、戦とはただ命の遣り取りを愉しむ所業になります。さような酔狂な戦はありませぬ。いや、あってはなりませぬ」

久高が立ち上がった。

「俺に戦を説くか。密偵如きが」

「私も戦っています。国のために。矛を執るだけが戦では、ありませぬ」

久高の声は殺気を帯びている。

気圧されてなるものか、と真市は念じた。

「なら俺は誰と、何と、戦っているのだ」

久高の声が急に掠れた。真市は呆れた。同時に、戦う理由も知らず、だが戦うことしか知らぬ樺山久高を憐れにも感じた。

「彼者は、死のうとしませんでした」

真市が告げると、久高の目に輪郭のある光が宿り始めた。

三

久高は家僕数人を連れて、真市の案内で蔵に向かった。

卑屈に笑う囚人番に改めて顚末を聞き、蔵を開けさせる。血塗れの男たちが苦悶に呻き、暴れていた。

「さっきより落ち着いておりますが、やはり辛そうです」

真市の苦々しい声に続いて、囚人番が得意げに蔵の奥を示した。

「彼者は無事です。慌てて私が止めましたもので」

嘘だと久高にはすぐ分かった。件の朝鮮人に取り乱した様子は全くない。目が勁く、ぎらぎらと光っている。後ろ手に縛られ監禁されながら、諦観は微塵もない。

久高は、家僕たちに命じた。

「舌を噛んだ者どもを手当せよ。口を抉じ開け血を吐かせ、棒切れを噛ませよ。歯が折れても生きておれば構わぬ。血は止まるまで放っておけ」

「あの、私は」

囚人番が恐る恐る尋ねると、突然、目の勁い朝鮮人が喚き出した。濁流の如く溢れる言葉は、久高の知る語彙の内にない。朝鮮の言葉を解する真市を振り向くと、困惑と笑みを混ぜた妙な顔があった。

「こいつは何と言っている」

「何と申しましょうか」真市は珍しく、少し言い淀んだ。「とにかく樺山さまを罵っています。訳解すると私がお叱りを受けそうなくらいです」

「楽しそうだな。島津の者への悪口ゆえか」

「それもありますが、この者の命知らずの勇が何とも快く感じまして」

「命知らずならお前と同類だな」

久高は、少しだけ笑った。

「悪口は好きに言わせておけ。気を病んで死なれるよりましだ」

「同類の誼。話してみても構いませんか」

「構わぬ。いい罵り方でも教えてもらえ」

言い置いて、久高は手当てに加わった。

家僕たちは、のた打ち回る者の面を引っ叩いたりするくらいで、何もできていない。

血を垂れ流す一人の前で久高は片膝を突いた。無造作に髻を摑んで引き起こし、鳩尾を拳で打つ。朝鮮人は奇声を発して上体を反らし、口を開けた。拍子に、半ば固まった血の塊が飛び出す。すぐに背を曲げ口を閉じ、再び痛みに歯を食い縛る。

久高は家僕を傍らに呼び、棒切れを持たせた。

「次に口が空いたら、噛ませよ」

言うなり再び鳩尾を打った。朝鮮人は白目を剝く。だが、口は開かない。ただ食い縛る歯の隙間から赤い唾と生臭い息を勢いよく噴き出す。

「死んでしまいませぬか」

家僕が顔を歪めながら不安げに尋ねる。

「加減はしておる。もう一度やるぞ」

さらに打つ。粘っこい唾を吐きながら、今度は大きく口が開いた。慌てて家僕が棒切れを突っ込む。ちょうど口の両端に渡される格好で、棒切れは朝鮮人の顎に噛み込まれた。

「縄で棒を固定しておけ。あと顔を拭いてやれ」

久高は立ち上がる。次に処置する者を見定めるために首を巡らせると、囚人番が寄って来た。

「私は、どうしたら」

媚びが囚人番の顔に張り付いている。同情と不快が同時に湧き、つい言葉に詰まった。

「樺山さま」

真市が声を上げた。溜まった悪気(あつき)を抜かれたように久高は感じた。

「この者が、紙と筆を求めています」

真市の目は、すでに好奇心に輝いている。

四

久高は家僕たちに手伝わせて、悶える者たちを次々に処置していった。棒を噛ませ終わった者は別の蔵に移した。血塗れの蔵の中では気が滅入り、治る傷も治らない。

蔵が久高と真市、無傷の朝鮮人だけになると、久高はおもむろに脇差を抜いた。真市や朝鮮人が何か言うより早く朝鮮人の背後に回り、その手首を縛める縄に刃を立てた。

「名と素性を聞け」

縄を斬りながら久高は真市に命じた。

「さすがに、今のは驚きましたよ」

真市の声には安堵の溜息が混じっていた。朝鮮人は、真市の問いに素直に答えていた。だが声は険しく、目は久高を睨んだままだ。

「名は、洪明鍾。釜山の産で、両班だと」

「本当か」

「私に訊かれても困ります」

真市が苦笑したところへ、囚人番が卑屈な顔で文机を抱えて戻って来た。

久高は縄を斬り終えると脇差を納めて洪を座らせ、その前に文机を置かせた。文机の上には、水差と硯箱が数枚の紙を押さえて載っている。

囚人番を下がらせた久高は、文机を挟んで洪に向き合って座る。脇に真市が座った。

「さて、何を見せてくれる」

通じなくとも構わない。あえて日本語で、久高は言った。

洪はしばらく久高を睨んでから、硯箱を置き直し、開けた。硯に水を注ぎ、墨を抓む。

蔵にはしばらく、洪が墨を磨る音だけがあった。

やがて洪は筆を執った。墨を含ませ、紙の上でゆっくりと筆を運ぶ。

書き終わると久高に示した。

――礼聞来学、不聞往教。

まだ濡れる墨で記されていた。

「礼ハ来リテ学ブヲ聞ケドモ、往キテ教ウルヲ聞カズ、ですか」

真市が読み上げ、久高は頷いた。

礼は望んで学びに行くもので、強いて教えるものではない。儒学の経典、『礼記』の句だ。

洪は、また筆を動かした。

――不知礼、無以立也。

「次は『論語』か」久高には洪の書く句は分かるが、意図を測りかねた。

「どういう意味でしょうか」

真市は、漢文を逐語的に読めても、教養が要る読解は不得意らしい。

「礼ヲ知ラザレバ、以テ立ツ無キ也。礼を知らぬ者は、人の世では生きてゆけぬ」

教えてやりながら、洪が何を言わんとしているのか分かってきた。礼をもって訪わず、武をもって侵して来た日本を責めているのだろう。
「朝鮮国の士は、やはり皆、儒学を修めておるのですね、なるほど」
真市が何か合点したように呟いた。目を転じると、洪はやはり久高を睨んでいる。
元気のいい奴だ、と感心しながら、久高は手を差し出した。
洪はわずかに訝しむ色を見せたあと、黙って筆を渡してきた。久高は端的に書いた。
——汝何不死。（お前はなぜ死ななかったのか）
当てこすられた仕返しではない。純粋な疑問だった。洪は筆を引っ手繰った。
——可以無死、死傷勇。（無駄死には勇ではない）
洪は、『孟子』を引いた。久高は、硯箱に余っていた細筆を執った。
——生きてどうする。
問いを重ねた。洪は迷わず書いた。
——聖人になる。
「本気で申しておるのでしょうか」
真市の声には、困惑と興味が綯い交ぜになっている。
久高は答えず、筆を動かした。
——聖人になど、なれるものか。
書きながら、自嘲を覚えた。
——なれる。そのために吾は学んだ。
洪は、嚙み付く勢いで、叫ぶが如く大書した。

——礼が、人を人にする。

礼か。久高にとっては、世にある虚構（うつろ）の最たるものだ。

——礼とは何だ。

——人を敬す。

端的な洪の回答を、久高は馬鹿馬鹿しく感じた。戦となれば礼も何もない。死ねば敬する心も消える。

——お前は、私の師を撃った。

洪の筆は突然、話を変えた。

訝った久高に気付いたのか、洪は書き足した。

——於碧蹄（へきていで）。

久高は数瞬だけ考えて、思い当たった。碧蹄の戦で朝鮮の者に対して銃を使ったのは、一度だけだ。義兵の老将を撃った。

——故郷の釜山は倭（と）に奪られて久しい。友も昨日の戦で死んだ。私の全ては倭に壊された。

洪の筆は震えていた。久高は答を書きあぐねた。

世が、かくあるのだ。仮に朝鮮や大明の軍が日本に渡れば、同じ惨禍が起こるだろう。

しばし考えてから、書いた。

——日本の士は、戦う者だ。勝つためにのみ生きる。他の生き方は存在しない。

洪の顔が、みるみる歪んだ。

――禽獣め。

読むなり、久高は破顔した。

そう、俺は禽獣だ。

久高は立ち上がった。天地から、人なるものから、離れていく感覚に包まれる。

「次に薩摩へ行く船で、洪を日本へ送る。後の処遇は、国元が勝手に決める。伝えよ」

真市に言い置くと、振り切るように蔵を出た。

五

黒を切り抜いたような明かり取りの窓を、明鍾は見上げていた。

倭へ行く。思いもしなかった運命に戸惑う。

「聖人の道は、遠いな」

一人呟いて、顔を顰めた。後ろ手に縛り直された縄がきつい。

扉が開いた。明鍾は身を固くする。鉄格子の向こうで左右に動く明かりが、点滅して見える。話す倭人たちの声は和やかで、却って不気味に感じられた。

鉄格子が開いた。明かりを持った男が一人、入ってくる。身構える。

「夜分に失礼しますよ、洪どの」

男の朝鮮語に剣呑さはない。明かりを翳し、明鍾の顔を覗き込んで来る。

「や、お元気そうだ。昼と変わらず、勁く、厳しい目をしておられる」

明かりがぼんやりと男を照らす。頭の右側に髷を作る奇妙な髪型をしていた。衣服は風を孕んだようにゆったりと纏い、顔には涼し気な笑みを湛えている。

「何の用だ」

男の顔を認めた途端、明鍾は吠えた。昼に、あの倭兵と一緒にいた奴だ。男は答えず、のんびり振り返った。入口の向こうの人影が卑屈に腰を折って消えた。

「急に訪い、申し訳ありません。どうしても洪どのとお話がしたくて」

明かりを傍らに置き、男は明鍾の前に座った。

「真市と申します。琉球国の商人を装った密偵です。言ってみれば怪しい者です」

男は、警戒の解きようがない名乗り方をした。顔は笑みに作ったままだ。

「何をしに来た。俺をどうする気だ」

明鍾は睨みつけた。

「端から別の話なのですが」

真市は、ずいと身を乗り出した。

「以前に、お会いしませんでしたか。私も思い出せないのですが、どうも引っ掛かって」

お前の事情など知るか、と怒鳴りかけた明鍾は、真市なる男の何か足りないような不思議な訛に気付いた。

「琉球国の商人と言ったな」

「はい、本当は密偵ですが」

「釜山に来たことはあるか」

「何度かあります。朝鮮国の事情を探るために」

真市の太々しさに呆れながら、明鍾は問いを重ねた。

「十年くらい前に、子供に琉球の酒を売らなかったか」

ははあ、と真市は破顔した。

「やっと思い出しました。あの時に私の酒を買ってくれた少年が、洪どのでしたか」

明鍾も思い出した。あの時、「守礼之邦」とやらが子供心にやけに眩しく感じられた。

「なぜ、俺を覚えてた。密偵の役目柄、物覚えがいいのか」

「いや、お顔は覚えていませんでしたが」

無遠慮に真市は明鍾の顔を指差した。

「その玉の如く澄んで硬い目を、ずっと覚えていました。もし私がもっとぼんやりした生業であっても、きっと忘れなかった」

明鍾の警戒を解きたいのか心底の情か、真市は大袈裟に喜んで見せる。

「まさに、奇縁。まさかあの少年が、長じて樺山どのを丸腰で殴るとは」

「〝カバヤマ〟というのか、あいつは」

明鍾は激した。真市は制するように、両の掌を明鍾に向けた。

「本題に入りましょう。あなたの怨恨は差し当たり、私には関わりありません」

なんと自分勝手な奴だ。明鍾は呆れた。おかげで激情を忘れた。

「お前の話も、俺には関わりがない」

「聞く前から決めてもらっては困ります。古い知己が話したいと申しておるのです。まず聞いてみるのが筋というもの」

こいつの面の皮は、城壁より厚いらしい。

本題とやらを始める合図のように、真市が背筋を伸ばした。

「琉球国へ来られませんか、洪どの。あなたの才覚、吾が国が存分に生かします」

明鍾は怪しんだ。とても正気とは思えない。

「お前、分かってんのか。俺は今、沈安頓吾(チマントノ)に囚われてるんだぞ」

「逃げましょう。お手伝いします」

真市は、簡単に言う。

「樺山さまは沈安頓吾の臣では高位の将です。私は樺山さまの客と見做(みな)されてますから、多少は無理が利きます。樺山さまの命と偽ってあなたを連れ出すくらいなら、わけない。小半刻くらいは堂々と歩いてられますよ」

「小半刻の後は」

「追手(おって)の矢玉を逃れて、ただ走るのみです。こう見えても私、走るのは得意なんですよ」

真市は、両手で走る素振りをした。

「俺が得意かどうかは、考えないのか」

「せいぜい頑張ってください。くれぐれも私に遅れませぬよう」

どうも話が嚙み合わない。

「なぜ、俺を連れ出す。俺は一介の卑官だ。異国で何ができるわけでもない」

「そうなのですか」

真市は、驚いたような顔を作った。

「当てが外れた。なぜもっと励まれなかったのですか。困ったものです」

「俺は何を責められてるんだ」

「琉球国なら、もっとご出頭できます。あなたの才に相応しい職も用意します。ただし」

真市は、急に声を潜めた。

「真面目に働いていただければ、ですが」

「なんで俺が怠け者扱いされるんだ。それより質問に答えろ。なぜ俺を琉球国へ誘う」

初めて真市は真剣に考える素振りを見せた。

「当てが外れた事柄も含めて、理由は色々あります。ただ掻い摘んで申せば」

真市が、両手を広げた。

「私は洪どのを気に入った。どうです。実にいい理由でしょう。士は己を知る者のために死するもの。戦で死に損なったあなたが琉球のために死ねば、私がしっかり見届けます」

「勝手に人を気に入ったり殺したりするな。そもそも死ぬ気なんてねえ。俺は生き抜く」

微笑んだままの真市の顔に、今までとは別の、どこか切実な色が瞬間だけ見えた。生き抜くという言葉に、なにか執着があるのか。

　気になりながらも、まずは目下の問題に集中する。

「お前の勝手な思いは俺が琉球へ行く理由にならねえぞ」

「ほう、士ともあろう方がたいそうなお言葉を使われますね」

「うるせえ」

　明鍾は半ば意固地になっていた。真市の話に振り回されっぱなしだ。

「行かねえぞ。俺は故国を捨てたくねえ」

　明鍾の旅は釜山に帰って終わる。往くべき道を往くとしても、由なく終着の地を離れるわけにはいかなかった。懐かしい日々が去来し、つい胸が震えた。

「よくお考え下さい、洪どの」

　真市は、明鍾を真っ直ぐ見詰めた。

「このままだと、倭に連れて往かれるだけです。どちらにせよ、あなたは故国を捨てざるを得ない」

　言い返そうとして言葉が詰まった。確かに真市の言う通りだ。

「不俱戴天の敵国で囚われの暮らしを送るか。同じ大明の爵を受ける兄弟の国へ客として渡るか。どちらがましか、自明と思いますが」

　明鍾は言葉に詰まった。

「琉球国ってな、どんなところだ」

　つい、逃げるような質問が口を突いた。

「南海の勝地に浮かぶ、『守礼之邦』です」

いつかのように、真市は矜らし気に言い放った。

六

船は、持ち上げられ、叩き落とされる。波に揺られ、打たれ、洗われる。

甲板に覆い被さった海水が船室へ盛大に流れ込む。激しい軋みは船体が裂ける直前の断末魔にも聞こえる。

「もう大丈夫って言ってたの、嘘だったのか。沈んじまうんじゃねえか」

全身を濡らしながら、真っ暗な船室で明鍾は大声を出した。

「いえいえ、まだ大丈夫だと思いますよ」

のんびりと真市が答える。

「まだってのは、どういう意味だ」

明鍾は心の底から真市を恨んだ。

人気の少ない夜に、沈安頓吾の城は無事に抜けられた。

数人に誰何されたが、真市が都度、適当に言い逃れた。真市の図太さと才覚に感心していると城から少し離れた浜に誘われた。

「もう大丈夫ですよ」と言いながら真市が引っ張り出した小舟を二人で漕ぎ、沖に停泊していた船に移乗した。夜闇の中でも判るほど朽ちた船の様子が気になったが、真市はやはり「大丈夫です」と取り合わなかった。

その後、二日ほど順調に海を航った今、船は嵐に遭っている。

「こんな襤褸船で、嵐をやり過ごせるのか」

「見てくれと違って、『たから丸』は頑丈な船です。琉球の船乗りたちも嵐には慣れています。これしきのことでは沈みませんよ」

真市の声は涼しく軽い。

船長が、船室に降りて来た。二言三言、真市と言葉を交わしてから甲板へ戻った。

「船長は、なんて言ってたんだ。大丈夫なのか」

食らい付くように明鍾は尋ねる。

「全力は尽くすが覚悟はしておけ、と」

真市の口調はあくまで軽く、まるで覚悟を感じさせなかった。

「なんで、そんなに落ち着いていられるんだ」

「私の妹が護ってくれてますから」

真市という男は、どうも話に脈絡がない。

「この船に乗ってるのか」

「いえ、琉球におります。何と申しますか、琉球では妹には神のような力があって、旅に出た兄を護るのです」

真市は、懐から布切れを取り出した。薄暗い中、白さが光って見えた。

「妹の力はこの手巾に宿っています。手巾をなくさぬ限り、私の命もなくなりません」

「何度か言ったが、何度も言うぞ。正気か、お前」

「生き死にが懸かっているのです。嘘や戯言は申しませんよ」

明鍾はもう言い返さなかった。

儒学では「怪力乱神ヲ語ラズ」と説き、理に合わぬ妄信を固く戒めている。だが真市にとって手巾に宿る妹の力とやらは、理屈の範疇ではないのだろう。

「もう一つ、私が大丈夫だと信じる理由があります」

「聞くだけ聞くよ。言ってみろ」

「琉球では、〝マクトゥソーケー、ナンクルナイサ〟と言います。誠を尽くせばなんとかなる、という意味です」

「お前は、なにもしてないだろう」明鍾は訝った。「今、実際に誠を尽くしているのは、船乗りたちだ」

「私はこれまでずっと誠を尽くしてきました。今は来るべき結果を待つ身なのです」

「大した自信だな」

明鍾が観念した時、もう何度目かも忘れたが、船が大きく傾いた。

七

――「太閤」殿下、薨御ましませり。

泗川在陣の島津勢に報せが届いたのは十月九日。大明・朝鮮軍に大捷した泗川の戦から、僅か八日後だった。

急な軍議に参集した島津の諸将に向かって、忠恒が宣した。場の響きに久高は加わらない。戦から離れる寂寥を感じたあと、当地での戦禍が息む点だけは喜ぶべきと思った。

忠恒が言うには、「太閤」の死は八月十八日。残された公儀の老中たちはすぐに撤兵を決めた。

命日に、さすがに久高は嗤った。ここ泗川でも、また蔚山と順天でも、日本軍は大明・朝鮮の大軍を破った。だが戦の前に、すでに戦争の原因は世から失せていた。

「父上と吾は、これより諸侯と以後を談合すべく釜山へ参る。その間、和議の障りとなるが如き無用な戦は厳に控えよ」

忠恒は尊大な声で命じ、軍議は終わった。

「臣らの在陣の労も労わず、控えよとはなんたる言い草」

重純が後から怒っていた。

撤兵の準備で泗川新塞の内は忙しくなる。大明軍とは早々に休戦の約定が結ばれ、島津はじめ日本の諸勢は続々と釜山付近へ集結した。だが約定に反して大明・朝鮮軍が動き、日本軍占領地の西端にあり小西家ら五家の軍勢が在陣していた順天を包囲した。

慌てて救出の軍勢が編成された。島津勢も加わった日本軍は軍船を連ねて急行し、十一月十八日に順天付近の南海島（海南島）沖で海戦となった。

水戦に長ける朝鮮軍に苦戦する中、久高の船は潮に流された。

「狼狽えるな。なんとか船を島に付けよ」

久高の叱咤のためか運のためか、船は南海島の目前で座礁した。他にも何隻かが同じく島の浜や付近の岩礁に流れ着く。

久高は兵たちを率いて、島に上陸した。ちょうど放棄された日本式の小城が島にあり、他の船の人数も集め、五百で城に拠った。

城の矢倉に登り海戦の様子を確かめる。やや遠く、形勢は分からない。救援を求めてあるだけの旗を掲げ、振らせた。

やがて日が暮れると、島の周囲は篝火で分厚く囲まれた。

日本軍なら島を囲むのではなく助けに来る。篝火は敵の軍船だった。

小勢で孤島に取り残され、逃げ場はない。泗川の如き幸運はもはやあり得まい。

今度こそ死ぬか。予想した久高は、解き放たれたような感を覚えた。

もう人殺しには、ほとほと飽いた。見るべきものは見つからなかった。己は禽獣だと罵倒交じりに教えられた。

これ以上の生を、久高は望んでいなかった。

「叔父上。いかがいたします」

後ろから勇みに張り詰めた声が聞こえた。

振り向くと、甥の樺山太郎三郎忠征が、真っ直ぐ久高を見詰めていた。

忠征は、久保と同じ年に亡くなった久高の兄、規久の子だ。まだ十七歳の弱冠だが樺山家の当主として、慶長の再戦にあたり朝鮮に渡った。此度の戦では久高とは別の船だったが、同じく流されてしまった。

「戦で死ぬるは武門の本懐。最後まで戦いとう存じます」

忠征と久高が共に死ねば樺山家は絶える。家の将来に思い至らぬ忠征に、久高はむしろ清らかな無垢を感じた。忠征には立派な樺山の当主になって欲しいと、これは心底から思った。

他にも五百の士卒がいる。久高と違い彼らにはまだ、この世で見たいものも見せたいものもあるだろう。

為すべきを為した後に、死のう。短く逡巡した後、久高は己の最期を簡潔に段取り付けた。

士卒に命じ、あるだけの物を座礁した軍船から運ばせた。船戦だったため弾薬はふんだんにあったが、糧食は数日分しかなかった。思案していると対馬の漁民が数艘の小舟で島に来た。たくましくも、戦場に散らばる武具や食い物を探しに来たと言う。

久高は漁民から小舟を一艘貰い受けた。士から二人を選び、小舟で包囲を抜けて釜山へ行き救援を乞えと命じた。選ばれた二人は、もし失敗すれば腹を斬るから、と見届け人の同行を願った。

「よき覚悟である。誰に見届けさせるか、好きに選べ」

久高が許すと二人は、島津の血を引く樺山のご当主にお願いしたい、と忠征を指名した。名指しされた忠征は「嫌です」と叫んだ。

「手前も皆と戦いたい。おめおめ帰国するなど恥辱です」

島を抜ければ戦えぬし、見届け人となれば腹も切れない。久高は忠征の戦意を好ましく思い、また、生きて欲しいのだ、という願いを飲み込み、説いた。

「五百の命を背負って敵の包囲を抜ける決死の役目。重くこそあれ恥辱にはあらず」

後は周囲の者が取り成し、忠征は泣きながら出発した。

一つ、事を済ませた。次に久高は士卒を集めた。

「もし救援が来らずんば、吾らは独力で脱出する」

声が勇ましくなった。半ばは演じてだが、戦と死に躍る心が張りを与えていた。

「敵は、明日には上陸して城を囲もうとするであろう。吾らは城に籠りおると見せかけ、浜の付近に伏せる。上陸が始まったところを急襲して船を奪う。よいな」

おう、と図太い声が上がった。異論は出なかった。

「今日は好きなだけ飯を食い、早く寝よ。夜明け前には城を出る」

敵が明日来るかどうか、久高にも知りようがない。だが、孤立する不安を思う無為の時を士卒に与えてはならない。久高は、炊事や戦の準備で忙しく士卒を使い、さっさと寝かせた。

静まり返る城内で一人、久高は死に方を考えた。

戦となれば容易い。できる限りの士卒を逃がした後、一人で追手に立ちはだかればよい。

もし救援が来れば、一人残って小舟を貰い受け敵船に乗り付ける。だが、蛮勇を憎みながら最期は蛮勇に縋るのも癪だ。さてどうする。考えるほど心が軽くなり、時を忘れる。

どのくらい考えていただろうか。突然、不寝番の物主が飛び込んで来た。

「武庫さま（島津義弘）のお使いが、来られました」

「どこの馬鹿だ」

夢想を中断されて思わず怒鳴った。喜色を浮かべていた物主が戸惑っていると、数人が鎧を鳴らす音がした。

「七郎どの、お元気ですか。お見舞いに参りましたよ」

有馬重純が、いつもの剽げた様子で現れた。

「お前か」腐れ縁に久高は素直に驚く。「どうやってここまで参った」

「伊勢どのと共に船で参りました」

重純が答えると、隣にいた伊勢貞昌が一礼した。

あと二人の士とともに四人で小舟で包囲を抜けて来たという。

忠征を褒めてやらねば、と思いながら久高は問うた。

「戦は、どうなった」

「きつかったですよ」

言葉と裏腹に重純は快活に答えた。

「ですが順天のお味方はなんとか逃れ、目的は達しました」

続いて、四人のうち最も目上の貞昌が口を開いた。

「武庫さまは、唐島（巨済島）におわします。樺山さまが遣わされた甥どのら三人の話を聞き、この島の皆を必ず助けると仰せになり、脱出の段取りを付けるため、吾らが遣わされました」

「必ず、と仰せか」

久高が聞き返すと、貞昌の目が険しくなった。

「武庫さまは、島に残る人数を助けてこそ吾帰帆催すべけれ、とのこと。この上は生きてこそ忠と心得られませ」

主命でござれば。貞昌が咎めるような目で付け足したのは、落胆が久高の顔に出たからかもしれない。

つい、笑った。可笑しくて仕方がなかった。

——汝何不死。

あの朝鮮人、洪明鍾へ向けた問いは今や、久高自身への問いでもあった。

翌日、迎えの船が島に着く。戦闘は起こらず、久高たちは海南島を脱出する。十二月十日、島津勢は博多に着岸し、日本の全軍も十二月中には撤兵を終えた。

こうして「唐入り」は終わった。唐の寸土も踏めず。ただ太閤の死によって。

誠を尽くす

一

明鍾は、碧という字を思い出した。また、翠という字もある。

どちらも、青と緑の間を揺れながら輝く色を指す。

積み上げられた碧や翠の玉が、濃紺の海から頂を覗かせている。周囲を彩る白い砂を、透き通った波が飽かず撫でる。

明鍾が乗るたから丸は、玉の山を左に眺めながら、穏やかな海を航っている。

「美しいな。あの島が琉球国か」

明鍾が感嘆すると、傍らに立つ真市は得意げに頷いた。

「〝オキナワ〟という島です」

明鍾は、新天地への期待に胸を膨らませて、真市に向き合った。

「俺は、琉球国で何をすればいいんだ」

途端に真市が、困ったように眉をひそめた。

「そうでした。さて、何をしていただきましょうか」

「決まってなかったのかよ」

明鍾が慌てると真市は、当然だと言わんばかりの顔をする。

「洪どのがどれほどの才をお持ちか、まだ分かりかねます。だいたい私たちは数日前に再会したばかりなのですよ」

「俺の何かを見込んで、連れて来たんだろう」

「大したご自信ですね。驚きました」

真市は抜け抜けと言う。

「では、洪どのは何がおできになるのです」

問われて、洪は戸惑った。

「分からねえな」つい、訥々とした口調になる。「剣も使えねえし、商いに長けているわけでもねえ。多少の学問の他、何の伎もねえ」

話すうちに、曖昧な思いの霧が生じた。だが霧はすぐに凝り、輪郭を帯びていった。

「なにもできねえ。今はな」

思いがはっきりした象を持った瞬間、決然と明鍾は答えた。

「だが、俺は生きる。蔑まれても、戦に敗けても。俺は色んな人たちと約束したんだ。確かに俺はなにもできねえ。けど俺は、生を止めねえ」

頷いた真市の目に、思い詰めたような色が僅かに差した。気にしながら、明鍾は続けた。

「思い出した。一つだけ、俺は伎がある」

実際は、ずっと覚えていた。

「俺は、靴を作れる」

聞いた真市は、敬するように柔らかく笑い、恭しく一礼した。

「那覇だ」

舳先にいた見張りが、前方やや左を指差し、ひび割れた声を張った。

船乗りたちが船縁に駆け寄り、望郷の念を騒ぎ立てる。

「ほら、見えてきましたよ」

真市が指差す先に、明鍾は目を凝らす。

〝オキナワ〟島の陸地の端が銀色にぼんやり光っている。船が進むに連れて銀の光は大きく明確になり、やがて波打つ甍に変わった。

陸地は括れた入江になっていて、甍は入江に浮かぶ小島の上を覆っている。

「那覇は、浮島という島にできた港町です。石積みの低く長い橋で陸と繋がっています」

真市が得意げに教えてくれた。

浮島の周囲は、街の往来の如く大小様々な船が行き交う。

見惚れていると、真市がふいに歌い出した。

首里(しより)　おわる　てだこが
浮島(うきしま)は　げらへて
唐(たう)　南蛮(なばん)　寄り合(や)う　那覇泊(なはどまり)

緩やかな間合いと聞き慣れない音律(おんりつ)が、明鍾には瑞々(みずみず)しく感じられる。

「お前、歌が上手かったんだな」素直に明鍾は褒めた。「どんな歌なんだ」

「吾が王都の首里におわす国王殿下が浮島に立派な港を築かれた。中国や遠つ国の船が集まる那覇の港よ。そんな意味です」

真市は両手を広げた。ゆったり着た衣服の袖が、風に膨らむ。

「ようこそ(メンソーレ)、琉球国へ。南海の勝地に浮かぶ『守礼之邦』へ」

二

「洪どのは、今日からしばらく、私の家に泊まってください」

勧めながら桟橋へ降りる真市に従って、明鍾も歩く。

那覇の市街に明鍾は驚いた。様々な容貌や服装の人々、様々な音韻(おんいん)の話し声、様々な物産のにおいが、街の殷賑(いんしん)を造っている。南海の陽光が全てを清々しく霞ませる。

「まず、市(マチ)に行きましょう。今宵は琉球の山海の美味をご馳走しますよ」

明鍾は忙しく左右に首を巡らせながら、真市に従(つ)いていく。

市の店の多くは露店だった。台を使ったり筵を敷いたり、籠を置いたり、あるいは地べたに直に品物を並べている。売り子はほとんど女性で、其処彼処で声を張っている。魚、漆器、野菜、獣肉、布、着物。雑多な食料品や日用品が道の両側に溢れる。

市ではまず、売られている魚の奇妙な鮮やかさが明鍾の目に留まった。

真っ赤、真っ青、赤と黄の縞模様。朝鮮の地ではまず見ない色彩の魚が多い。

「あの魚は見て楽しむものなのか」

無遠慮に指差しながら、明鍾は訊いた。

「食べますよ。滋味があって、とても美味しい」

真市の答えは、明鍾を怯ませた。

「食べるのか。とても美味しいのか」

そっと聞くと、真市の目に怪しい光が差した。

「では、今日の夕餉は魚にしましょうか。汁にしたり、焼いたり揚げたり」

「焼いたり揚げたりしてくれるのか。そこまでしてくれなくても、いいんだぞ」

振る舞われる立場の敬意を保ちつつ、だが遠ざけたく、明鍾は妙な言い方になった。

真市は、まるで追い詰めるが如く続ける。

「あと、生の切り身も召し上がってください。これがまた美味しいのです」

「生の切り身も、出してくれるのか」

思わず声が裏返る。

朝鮮国にも魚を生食する風はある。だが明鍾には苦手な食感で、ずっと避けて来た。

震え始めた明鍾を放置して真市は、地べたに魚を並べて座る女性に颯爽(さっそう)と歩み寄った。和(なご)やかな話のあと、女性は人の前腕くらいの大きさの魚の尾鰭の付け根を握って、片手で掲げた。

魚は、染めたような鮮やかな青色に光っている。胴はずんぐりとしていて、額の辺りが瘤(こぶ)状に盛り上がっている。明鍾の感覚では、美味しく食せるものにはどうにも見えない。

確かめて真市が頷くと、女性は空いた掌を真市に差し出す。

「俺、魚じゃなくていいから。ほんと簡単な飯でいいから」

明鍾は思わず叫ぶが、真市は静かに懐(ふところ)から財布を取り出す。「ああ」と言う間もなく、銭が女性の手に置かれた。

明鍾は絶望を抱(いだ)きながら、売り子の女性に恨みがましい目を向ける。

受け取った銭を仕舞って魚を並べ直す女性の手は、甲から指先にかけてなにやら模様が入っていた。また、裸足だった。

辺りを見回す。往来する人もほとんど裸足で、女性はたいてい手に模様がある。

「いくつか聞いていいか」

残酷にも見える笑みを浮かべた真市に、明鍾は尋ねた。

「魚ですか。〝イラブチャー〟と言います。生食の時は皮に湯を掛けるか、軽く炙(あぶ)って」

「違う」慌てて明鍾は、遮(さえぎ)った。「まず、女たちの手の模様はなんだ」

真市はあからさまに残念そうな表情を浮かべながらも、答えてくれた。

「あれは、針衝(ハヂチ)と言います。黥(げい)（刺青）ですね。吾が国の古くからの習慣で女性は皆、年頃になるか、結婚を境に入れます」

「あと、なぜ皆、裸足なんだ。禁じられてるのか」

「裸足も、琉球国の俗(なら)わしです」

当たり前の事柄のように真市は答えた。あるいは、当たり前の事柄なのだと伝えたいのかもしれない。

「琉球国では、民はもちろん士や大臣(たいしん)も、務めでない時はたいてい裸足で過ごします。私も今は旅装なので鞋(わらじ)を履いていますが、用のない日は裸足です。鞋や靴は便利ですが、どうも寛(くつろ)げない」

国制や風俗の違いとは別に、拘泥(こうでい)や因習(いんしゅう)を風の如く擦(す)り抜ける自由さを、明鍾は感じた。

「他にお知りになりたいことはありますか。あるいはもう」

真市は購(あがな)ったばかりの魚をひょいと掲げた。明鍾を捉(とら)えていた過去への思いは、再来した恐怖に取って代わられた。

「もう一つ、教えてくれ」

声を上ずらせながら、明鍾は問いを重ねた。

「琉球では、男は商いをしないのか。市にいたのは、皆、女性だった」

「琉球では漁や航海、力仕事が、男の仕事です」

すらすらと真市は答える。

「男が獲ったり作ったりした物を売って、実際に生計を立てるのは女の仕事です」

「牝鶏之晨、だな」

仰々しい顰め面を作って、明鍾は評した。

「なんです、それ」

「嬶天下って意味で、『書経』にある語だ」

「ほう、漢語だと何やら立派な感じになりますね」

真市は、楽し気に唸った。

「そうです、吾が琉球の男子は、古に謂う牝鶏之晨なのです」

「響きが厳めしくなっても、意味は変わらねえぞ」

「なんと言われようと、琉球の男も変わりませんよ」

「ぐうたらのままか」

「誠を尽くすのです」

明鍾は、言い切った真市に快さと、同時に違和感も覚えた。

真市の確信と矜りは、明鍾が理解できないところにある。今は些細な話柄だから穏やかに話もできるが、いつか立場が分かれる日が来るかもしれない。

「お前とは、分かり合えないかもしれないな」

明鍾は、戯言を装って、絡み付いた不穏な予感を吐き出した。そのまま忘れてしまいたい。

「それでも、天地は倶にできます」

力強く、真市は言い切った。

「一事が分かり合えずとも、十全に人を分かつ因にはなりません。人を敬するとは、突き詰めれば分からぬ想念を敬する心。あるいは、異なる想念を知ってこそ初めて芽生える心と私は思います。でなければ、そもそも人は、人と交われませぬ。外つ国へ航るなど、とうてい成し得ませぬ」

真市の言う「敬」の語が、明鍾を刺激した。

「曲礼ニ曰ク、敬セザルコト毋カレ。礼の細則は敬に尽きる。また、君子敬シテ失ウコト無ク人ト恭シクシテ礼有ラバ、四海ノ内皆兄弟為リ、とも謂う」

道学先生に叩き込まれた語句は、明鍾の内で、次々と結節し、思考を生み、言葉を紡ぐ。

「敬があればこそ、礼が成る。礼が成ればこそ」

「吾らは万国の津梁と成るのです」

割って入った真市は、興奮している。

「確かに琉球国は、『守礼之邦』だな」

明鍾は頷きながら、己の往く先を思い起こした。

礼を作つ聖人と成り、白丁を人にする。

きっと天が、明鍾を琉球国へ送った。己の道は、真っ直ぐに続いていた。

ふと気づくと、真市が満足げな顔で明鍾に向き合っている。

「なんだって、俺たちは往来で見詰め合ってるんだ」

明鍾は、顔の歪みを自覚した。どんな顔になっているかは、分からない。だがきっと、笑みの範疇に入る顔だろう、と思った。

三

琉球国には時折、遥か北の朝鮮国から不幸な漁船が漂着してくる。

かつては倭を経由して送還していた。だが倭が戦争を起こして以来、海路は塞がれている。帰るに帰れぬ朝鮮の漂流者たちは数年の月日を、那覇に宛てがわれた宿舎でただ無為に過ごしていた。

「彼らの世話を、お願いしたいのです」

真市の家に居付いて十日ほど後の夕餉の後、真市が口を開いた。

「朝鮮の語を解する者が琉球国には少ないのです。暮らしに不自由はさせておりませんが、望郷の念や無聊を慰めてやれず、困っておりました」

「構わねえよ」

明鍾は迷わず承諾した。

数日の休息で疲れと垢はすっかり取れ、むしろ閑を持て余し始めていた。世話に対する恩もある。

「話を聞いてやるくらいなら、楽なもんだ」

「ほう、さすがは洪どの」

真市の目が妖しく光ったように感じた。

「では手が空いた時折で、吾が国の子弟たちに、儒学を教えていただけませんか」

「時折なら、構わねえよ」

「あと、言葉も覚えていただきましょう。吾が琉球の語と、それから倭の語。似た語なので覚えやすいと思います。少しずつで結構ですので」

「少しずつなら、構わねえよ」

あっさり答えながら、明鍾は着物の襟を撫でた。与えられた琉球の衣服は、芭蕉という木の葉から採った糸で織る布から作られる。ざっくりした肌触りが心地良い。また、食べ物も美味い。特にあの〝イラブチャー〟が、どんな食べ方でも美味い。

明鍾はすっかり琉球国での暮らしに慣れ、快適に過ごしていた。

「助かります。洪どのを連れてきてよかった。お礼を申し上げます」

「いや、礼を言うべきは俺のほうだ」

新しい生活への期待に、胸が膨らむ。真市の目に浮かんで見えた不穏な色を、明鍾は気のせいだと思うことにした。

翌日から始まった明鍾の生活は、激務そのものの日々だった。

まず、漂流民たちの世話役が全く骨の折れる仕事だった。

漂流民たちは、門限がある以外は自由の身だ。ただ、やることがない上に望郷の念が募り、皆、鬱々と日々を送っている。話は要領を得ず、どうしようもない悲嘆やとても叶いそうもない希望を延々と聞かされる。

また、晴れない心を抱えているため街で騒ぎを起こす者もいた。その度に出かけて行って物事を処理する。慣れぬ琉球語で何とか場を取り成して身柄を引き取る。

数日置きには琉球国の子弟に儒学を講ずる。朝鮮国の学流は、琉球国を含む中華世界で名高い。明鍾の講義はたちまち人気となり、講義の間隔はすぐに短くなった。

さらに、ほぼ毎晩、真市に琉球と倭の語を学ぶ。数か月で明鍾は限界に達した。

「もう、身も頭も保たねえ。これは飯の恩を越えた不当な酷使だ。断固、抗議するぞ」

ある日の講義の終了後、夕暮れの道を一人で気勢を上げながら真市の家に帰る。

低く造られた軒を潜り、手早く足を洗って戸を荒々しく開ける。

「おい、帰って来たぞ。話がある。俺は要求が容れられるまで、もう働かねえぞ」

一気に叫んでから、明鍾は思わず目を見張った。

家の内には、真市ではなく、一人の女性が座っていた。

女性は障子を開け放ち、目を細めて夕日を眺めていた。ゆっくり首を巡らせる。

「どちらさま、でしょうか」

女性が、柔らかく琉球語で誰何した。

白磁の如く澄んだ色合いの容貌と黒目がちの双眸に、人の身では触れ難いほどの気品がある。湛える微笑みにどこか見覚えがあり気になったが、率直に言って美しく、明鍾は瞬時に怒りを忘れた。胸が妙に高鳴る。

「洪、なのです。朝鮮国から来てました」

覚えたての琉球語を必死に駆使する。真市の教育に今は深く感謝した。

女性は、「ああ」と顔を崩した。

「兄に伺いました。朝鮮国よりご立派な方をお招きした、と」

陶器が鳴るような高く澄んだ声をしている。あからさまに緊張している己の見てくれが明鍾は気になったが、どうしようもない。

「兄、と仰いますと、あの真市の野郎の、妹御ですか」

「はい、真鍋と申します。以後、どうか宜しくお願いします」

優雅に、女性は腰を折った。

笑顔に見覚えがあった訳が分かった。この真鍋にも真市と同種の図々しさや嗜虐性があるのか、と一瞬だけ怯えたが、気を取り直す。

「いや、真市さんの野郎には、私も世話になっています。とても大変、感謝しています」

つい先程まで渦巻いていた真市への怒りと憎悪は、吹き飛んでいた。

ひょっとすると義兄と仰ぐ日が来るかもしれないのだから、あまり真市を悪く考えるのは止めよう、とさえ思い始めた。

「ところで真鍋さん、今日はなぜ、こんな辺鄙なお住まいに、来られやがったのですか」

聞くと、真鍋がけたけたと笑い出した。遠くからようこそお出ましで、と伝えたかっただけだが言葉が間違っていただろうか。ともかく、笑ってくれると嬉しい。

「上役が十日ほど暇をくれたのです。夫も、しばらく兄と会っておらぬことを気遣ってくれまして」

殴られるような衝撃を明鍾は覚えた。

「夫、が、おられる、のですか。真鍋どの、には」

つい、言葉が途切れ途切れになる。

こくりと真鍋は頷く。陶器の砕ける音が聞こえた気がした。崩れるように明鍾は座り込む。

「どうかなさいましたか。どこかお加減が悪いのですか」

「いいえ、大丈夫なのです」

半ば泣きながら、明鍾は手を振る。

「私が一人で、いろいろ考えていただけですから」

「そうですか、良かった」

取り方によっては残酷な感想を真鍋は述べた。やはり真市の妹だ、と明鍾は感じた。

「ところで、上役と仰いましたが、出仕してやがるのですか、真鍋どのは」

黙っていると果てしのない絶望の淵に沈んで行きそうで、明鍾は無理に話を続けた。

真鍋が、また笑い出す。真市の琉球語の教え方にふと不安が過った。

「はい。〝カミンチュ〟として、〝チフィウフジンガナシ〟に仕えております。たくさんの上役を挟む端役ですけど」

「申し訳ありません、わたくし、まだ琉球の言葉に疎く」

知らぬ語に明鍾が戸惑うと、後ろで床が軋む音がした。

「やあ、真鍋か。久しぶりだな。元気だったか。おや洪どのもお帰りで」

朗らかな真市の声がした。

振り向くと、真市は真鍋に向けては微笑んでいた。だが明鍾と目が合うと、殺伐とした目付きに変わった。

「洪どの」

朝鮮の音で呼びながら、真市は明鍾に顔を近づけた。

「真鍋には、夫がいるのです。よろしくお願いします」

声の凄みに震えながら、明鍾はただ頷いた。

四

夕餉のあと、真鍋はすぐ床に入った。明日の朝早くに実家に発つという。

真市は酒を舐めながら、妹に貰った新しい手巾を火に翳して満足げに眺めている。

「なあ、真市。真鍋さんは――」

明鍾が言いかけると、真市が険しい目を向けてきた。

「問うくらいは、いいだろうが。そもそも俺は道学（朱子学）を学ぶ儒者だぞ。倫に外れた行いは、しねえよ」

「本当ですか。どうも信じられませぬ」

真市の目にはまだ警戒の色が浮かんでいる。さすがに腹が立って来るが抑える。

「真鍋さんは何の役目で出仕してるんだ。教えてもらったが知らぬ琉球の言葉だったから分からなかった」

「そのことですか」

真市は手巾に目を戻しながら、すんなり答えた。

「前にも申したかもしれませぬが、琉球国の女には男を守る霊力（セヂ）があります」

真市は手巾を握って、明鍾に向き直った。琉球について話す時にお決まりの自慢気（じまんげ）な顔をしている。

「琉球国の各地には、女が就く〝ノロ〟と呼ばれる世襲の神官職があり、民を護ります。〝ノロ〟の頂点に立つのが、〝チフィウフジンガナシ〟。〝ガナシ〟は敬称、〝チフィウフジン〟は倭の音に近づけて、聞得（きこえ）大君（おおぎみ）とも言います。国王殿下のご姉妹かご息女が聞得（チフィ）大君加那志（ウフジンガナシ）となり、国王殿下と国を護ります」

「国を護るのは、兵だろう」

明鍾は訝（いぶか）った。兵備を怠ったがゆえの災厄の記憶が、明鍾にはまだ新しい。

「兵を護るのが、女なのです」

真市の答えに迷いはなかった。

「女は戦の魁（イナグヤイクサヌサチバイ）。さすがに今は行われていませんが、かつて戦では巫（かんなぎ）が陣頭に立ち、勝利を祈願しました。琉球国では、女が神となって男を奮わせ国を護るのです。ちなみに、民の内にも〝ユタ〟という巫がいます」

「分かった。理解した」明鍾は降参の意を示した。「で、真鍋さんは」

「真鍋は、聞得大君加那志に仕える下っ端（ぱ）の神人（カミンチュ）、巫（ノロ）です。神官の家の生まれではありませんが、霊力（セヂ）を認められてお仕えしています」

「そうか、神さまに仕えているのか」

目が合った時に覚えた触れ難い感覚を思い起こしながら、明鍾は頷いた。

真鍋も、いつか戦陣の先頭に立つのだろうか。不吉な想像をしかけて、やめた。

「戦は、起こしません。そのために私や仲間たちは、日々、誠を尽くしています」

明鍾の考えを読んだのか、真市は付け足した。だが真市の言葉は、却って明鍾の想像を進めさせた。

「あるかもしれないのか、戦が。相手は誰だ」

「おそらく、倭。となれば、島津」

「島津（シマヅ）か」

明鍾は、戦意に近い昂（たかぶ）りを覚えたての音に乗せた。

「倭は、ただ『関白』の死によって戦争を止（や）めました」

大明の側に立つ国々では、征明を指導した倭人を「関白」と呼び続けていた。

「ですが今も倭の兵は健在です。武威（ぶい）で解決できる問題があれば、躊躇（ちゅうちょ）なく軍を興せる」

「琉球国は、倭にとって問題なのか」

真市は頷いた。

「大明の王爵を受ける吾が国を、倭は半ば己の属国と見做（みな）しています。また島津は吾が国の富を欲しています。ですが無論、吾が国には倭にも島津にも従う謂われはありません。全くあちらの勝手なのですが、吾が国は倭にとって結構な問題なのです」

「どうするんだ、琉球国は」

「まず、大明の冊封を受けたい。ご当代の国王殿下は未だ冊封を受けられず、国を統べる威に欠けるところがあります。今のままでは国を纏められず、危急の秋を乗り越え難い」

「冊封を拒まれる理由が、あるのか」

「天朝（大明朝廷）は先の戦争のため、冊封の天使（大明皇帝の勅使）が往来する海路の安全を危ぶんでいます。天使を武官にするか、あるいは大明国内での冊封を、天朝は望んでいます」

「それでいいだろ」

明鍾は、感じたままに指摘したが、真市は首を振った。

「冊封は文官の天使を自国に招いて行うのが正式。略式で封ぜられた王では、やはり威に欠けます」

「そもそも戦争が始まる前に請封（冊封を大明に請うこと）はできなかったのか」

「その頃は、金がなかったのです」

明鍾は、風が凪いだ海にぽつんと漂う小船を見たような心細さを覚えた。

「神が、きっと護ってくれるだろ」

明鍾は、慰めになればと真市が信じるものを挙げた。だが意外にも真市は首を振った。

「まず人が、誠を尽くさねばなりません。それでこそ神助も顕れる」

手巾を握った真市の目には、風が吹き込んだような澄んだ光があった。

恃険与神（けんとしんとをたのむ）

一

　慶長十一年（西暦一六〇六年）の一月。

　四十七歳になった樺山久高は、島津忠恒に召され鹿児島にある《御内（みうち）》（島津家当主の居城の称）に登った。

　忠恒は四年前に龍伯入道より正式に家督を譲られている。今の御内は忠恒の主導で新築され、二年前に主を迎えた。未だ完工せず、そこかしこで普請が続いていた。

　淡い紅の花を一杯に抱えた梅の木を、久高は虚ろに眺めた。満ちているはずの香りは、分からない。

　八年前の慶長三年に朝鮮国から帰国して以来、久高はただ空虚を抱えて生きている。

　日本の統治権は、「唐入り」が終わって間もなく起こった関ヶ原の大戦で、豊臣家から徳川家に移った。以来、大きな戦は絶えた。諸大名は徳川の強力な統制に服し、改易を恐れ、存続を懸けて汲々としている。

関ヶ原の戦は島津にとっても危機だった。剃髪し惟新斎と号していた義弘が徳川方に参陣するため兵を率いて伏見城へ行った。ところが徳川方から門前払いを喰らい、仕方なく石田三成方に与した。関ヶ原では待機するうちに石田方が敗れてしまい、惟新斎は少数の兵で徳川方の大軍を突破して帰国した。勝った徳川に弓を引いた島津は改易が危ぶまれたが、家中の団結と戦い振りへの諸大名の尊敬で、何とか旧領が安堵された。

今の島津家は当主の忠恒、前当主の龍伯入道、惟新斎義弘の三人が共同で統治に当たっている。表向きは忠恒を立てて一枚岩の島津だが、陰では忠恒、龍伯、惟新斎と、それぞれの臣らの暗闘が絶えない。

新しい島津の御内は、戦が絶えた「偃武修文」の世の到来を告げている。ただし、かつて久高が島津久保と話したものとは似て非なる、虚礼が人の醜さを隠す世だ。

久高にも変化があった。

いつの間にか樺山家の当主になっていた。前の当主だった甥の忠征は唐入りが終わった翌々年、十九歳で病死した。前後して娶った後妻との間には男子が生まれ、いまは七歳になる。

妙も、赦された。数年を京で過ごし、その後に薩摩に帰ってひっそり暮らしていたが、去年の秋、島津一門から女子が質として上京するにあたり都の風俗を知る者が求められ、島津家に召された。大野家の再興も許され、妙は養子を取って後を継がせた。子の春と睦も、無事に嫁したと聞いた。

刻々と世は移る。久高は、身には変化がありつつ、心はぽつんと取り残されている。

「樺山どのも、殿のお召しを受けられたのですか」

呼ばれて振り向くと、伊勢貞昌がいた。

貞昌は累進し、忠恒の家老筆頭となっていたが、今も久高に敬意を崩さない。

「伊勢どのもか。何のご用か俺は聞かされておらぬが、伊勢どのはご存じか」

言葉だけは、すらすらと出る。上っ面だけの愛想や礼儀は、感じる心を失った今のほうが伸びやかに働く。ただ、声には抑揚が付かない。

「拙者も存じませぬが」

貞昌は、考えを巡らせるように目を中空に泳がせた。

「恐らく理財の話でしょうな。江戸の御城の普請役の噂がありますゆえ」

「快い話ではないな」

「気詰まりせぬ戯言(ざれごと)なら、きっと有馬どのが色々お持ちです」

「だろうな。あいつは口も大鉄砲の如く達者ゆえ」

不足ない愛想を振り撒いたつもりだったが、貞昌が妙な顔をした。

「どうした、伊勢どの」

言いにくそうな顔をしてから、貞昌は思い切ったように口を開いた。

「樺山どのには詫びねばならぬと思うておりました」

「何をだ」

「唐入りの終わりの折、八年前に南海島で樺山どのを助けたことです。あの時、樺山どのは死を望んでおられませなんだか。兵どもを助けるためとはいえ拙者は、樺山どののお望みを絶ってしまいました」

「その節はご迷惑をおかけした」

軽すぎる言葉を、久高は使った。

恨みに感じたことはなかった。だが、貞昌の言う通りだった。

あの日以来、久高は何も求めていない。

二

御内のだだっ広い座敷で久高は、他の家老格の臣たちと共に長く待たされた。

やがて小姓が呼ばわる。一同が平伏すると忠恒の足音が聞こえた。

しばらく、なんの沙汰もない。家臣が平伏するさまを眺めて愉しんでおられる、と噂させる忠恒の癖だった。

「面を上げよ」

やっと掛けられた声に促され、久高は上体を起こす。忠恒は気味が悪いほどの無表情で脇息に凭れ掛かっている。

「琉球を攻める。子細を議せよ」

なんの前置きもなく忠恒は宣言した。

誰も、言葉が出ない。兵の強弱はさておき、他国の侵掠は軽々に議せる事柄ではない。

さらに琉球国は、朝鮮国と同じく大明国に服属している。かつての「唐入り」のような果てしない戦になるかもしれない。

座の意を引き取って、あるいは予想が外れた罰と思ったのか、貞昌が口を開いた。

「殿のご遠慮、吾らに些かの疑義もございませぬ。なれど、いかなるお目的かお聞かせ願いたく存じます」

忠恒は僅かに顎を動かした。頷いたつもりらしい。

「目的は三つある。一つ、大御所（徳川家康）さまの命に応える。二つ、当家の蔵入（収入）を増やす。三つ、龍伯さまを除く。琉球を攻め取るという一事のみで、三つも事が成せる。よい手であろう」

三つ目の目的を聞いた諸臣は、表情を硬くした。

龍伯と忠恒の不仲は周知だったが、この場にいる者は皆、若き日から龍伯に奉公して今の身代となった。型通りの忠恒への忠心と併せて、龍伯へも思慕に近い感情を持つ者は多い。

「詳しく承りたく存じます」

貞昌が問いを重ねると、初めて忠恒は表情を作った。酷薄な笑みの形に、口の端を釣り上げる。

「まず、一つ目。大御所さまは大明との交易を望まれ、当家に琉球を通して大明と交渉するようお命じある。だが大明は先の『唐入り』と、それ以前にも『八幡船』（海賊）がありしゆえ日本とは決して交易せぬ。そこまではそなたらも知っておるな」

扇を玩びながら、くどくどと忠恒は説明を始めた。

「かたや琉球は、大明の冊封国である。民の交易は大明の禁によりできぬが、朝貢による国同士の交易は、今も可能だ」

そもそも大明国は永く「海禁」と称して私貿易を厳重に禁じていた。代わりに冊封国が公式な使者を立てて大明皇帝に貢物を献じる「朝貢」に際して、実質的な交易を許した。

「文引」と呼ばれる渡航許可証があれば私貿易が可能だが、倭寇と呼ばれる海賊行為や「唐入り」で中華世界を荒らしまわった日本、その日本と縁が深い琉球国に文引が発行されることはなかった。

「であれば」

ぱちりと、忠恒は扇を鳴らした。

「琉球が出す朝貢の船を日本が乗っ取れば良い。つまり此度の『琉球入り』では国までは滅ぼさぬ。琉球の王に城下の盟を誓わせ、日本と大明に両属させる」

それは御慧眼、と誰かが口を挟んだ。追従のつもりだったろうが、話を遮られた忠恒は露骨に不快な顔をして黙らせた。

「二つ目。当家の兵で琉球を降せば、琉球との取次の地位は当家から動くまい。交易の利は思うがまま捻り出せる」

島津にとっては捻る程度でも、物成りのない琉球国には搾られるような痛みとなるだろう。忠恒の世には天下を一家とする志も、四海の内を皆兄弟とする情もなかった。

又一郎（久保）さまならどうしたであろうか。埒もない想像が空っぽの胸を過った。

「三つ目。龍伯さまは」

前当主にして養父の名を挙げた時、忠恒の顔に苦味が走った。

「琉球との交渉役を自任しておわす。すでに家督は予にあるにも拘わらず、龍伯さまは何事につけ政に口を挟み、小煩い。予が自ら琉球の件を片づければ、龍伯さまの立場はなくなろう。以上の三つが、此度の『琉球入り』の目的である」

「――時期は、いつごろになさいましょう」

しばしの沈黙の後に、貞昌が問うた。

「おそらく今年中に、琉球には大明から冊封使が来る。この機に最後の通知を琉球へ渡す。大明との交渉を妥結させるべし、成らずんば後はなし、と。返事はともかく、大明の者を戦に巻き込むと、あとあと面倒が多かろう。冊封使の帰国を待ち、出師（出兵）は来年であろうな」

「それにしても琉球は小国。歯向かうとも思えませぬ。当家も財貨が少なく、大きな費えを要する戦は難しゅうございます。ただ威を以て従わせるが上策ではございませぬか」

貞昌がやんわりと非戦を提案すると、忠恒は首を振った。

「昨今、琉球の当家への非礼が増えて来た。従わざれば、兵を用いるしかあるまい」

続いて家老たちが始めた出兵の相談は、久高の耳に止まらず抜けていく。

――吾が死んだ後は、七郎が見届けてほしい。人は真に天地に参となり得る存在だったのか。あるいは、やはり人は禽や獣と同類に過ぎなかったのか。

又一郎久保に託された願いは、辛かった。酸鼻の他に何も見つからず久高は倦んだ。

ふと、思い返した。涼しく微笑みながら事ある毎に故国を矜っていた男がいた。泗川で、久高に礼を説いた朝鮮人と共に消えた。

彼者が矜る「守礼之邦」とやらは、島津の武に抗うのだろうか。

二十年前、筑前の小城に籠った高橋紹運入道の如く。

人を禽や獣から分かつ、礼。その礼を守る邦があるというのは、本当だろうか。

虚ろな胸に、力が満ちはじめた。見るべきものが、まだ残っているかもしれない。

「琉球入りは、手前にお命じくださいませ」

気付けば、久高は叫んでいた。家老たちも忠恒も、驚いて久高を見詰めた。

最初に表情を崩したのは、忠恒だった。嫌らしい笑みを浮かべる。

「席次を抜かれた弥九郎と競うか」

忠恒は、楽しむように言った。

「よかろう。琉球入りは、そなたに申し付ける。励め」

六月、忠恒は江戸で徳川の大御所に謁した。偏諱を賜り、諱を家久に改めた。

また、琉球への出師を、許された。

三

真市が歩く那覇の市街は、いつも以上の人出があった。

「苦労が実ったわけだな。少しは感謝しろよ、俺にも」

喧騒の中、連れ立って歩く洪明鍾が、流暢な琉球の音で誇らしげに言い立てる。

「確かに、洪どののお陰もありますね」

真市は素直に応じた。

洪は日々文句を並べながら、儒学の講義や外交文章の起草、添削を精力的に熟してくれた。大きな決定を左右できたわけではないが、外交には済まさねば事が進まぬ些事が膨大に生じる。幾何かでも洪が時を進めてくれたのは間違いないだろう。

「お礼を申します。本当に、ありがとうございました」

半ばは他の朋輩たちへの畏敬も込めて、真市は洪に頭を下げた。

昨日、二隻の大船が那覇の近海に現れた。その素性は、船が通過した付近の島嶼から出た使いにより、数日前には琉球国中に知らされていた。

大船は、尚寧を琉球国王に封じる大明皇帝の詔勅を携えた冊封使が乗る封舟だった。

大小合わせて十を超える船が弾けるように那覇の港を出た。出迎えの船団はそのまま曳船となり今日、万暦三十四年（西暦一六〇六年。慶長十一年）六月二日のこれから、封舟を港へ導き入れる手筈になっていた。

興奮を帯びた騒めきが、潮風に乗って耳に届いた。

「もう来たのかな。急ごうぜ」

歩みを早めた洪のゆったりした琉服（琉球の衣装）が、風を孕んで膨らんだ。

七年に亘る暮らしで、洪は琉服にすっかり馴染んでいた。またいつからか、裸足で外出するようになった。ただし髷は朝鮮の様式で頭頂に結い、黒い笠を被っている。

「そこまで琉球の風に合わせなくとも、よいのですよ」

裸足について真市が言うと、洪は「慣れてるんだ」と照れた顔で答えた。

表情の理由は分からなかったが、裸足は洪にとって大事な選択に見えた。

洪という人物は、様々な要素や、真市も知らない複雑な経緯が混ざり合ってできている。

「不思議なお人ですね、洪どのは」

思いが、つい声になった。

振り向いた洪は、小生意気な少年を思わせる気の強い笑みを浮かべていた。

その目は初めて会った時のまま、玉の如く澄んで硬く光っている。

四

二隻の封舟は、火焔や龍にも見える細長い極彩色の旗をいくつも微風に靡かせている。

曳船に導かれてゆっくりと進み、やがて那覇港の桟橋に静かに接舷した。船上から板が渡され数人の船乗りが行き来した後、立派な官服の一団が船上に現れた。

大明国皇帝の代理人たる正副二名の冊封使と随員たちだ。待ち構えていた琉球の大官たちが駆け寄り、一斉に拝跪すると、群衆がわっと歓声を上げた。

皆、思い思いの言葉で冊封使を歓迎している。中には神を見た如く崇め出す者もいる。あるいは踊り出したり、燥いで暴れたりする。

「良かったな」

混乱に揉みくちゃにされながら、洪が声を掛けて来た。

「良かったです」真市は、つい声が震えた。「今日という日を、ずっと待ち侘びていました」

「お前や、琉球の人々が尽くした誠が、天に通じたんだな。きっと」

言われて思わず、真市は見上げた。

夏の陽光が、空を白く焦がしている。見上げる真市の足は地に立ち、波音が耳を擽る。

天は、常にある。地は揺るがず、海も尽きず、またある。

琉球国も、かくあって欲しい。祈るように空を見詰めた。

「真市よ、ひとつ、いいかな」

感傷に浸っていると、洪が探るような言い方をした。

「俺もしばらくは休めるかな。やっと天使(冊封使)さまも呼べたしさ。当分、仕事もないだろう」

いつも文句だらけの洪が珍しく真市を労わってきた理由が、摑めて来た。

「確かに当分は儒学を講じるどころではなく、大明国との遣り取りも一休みですしね」

まずは話を合わせると、洪は水を見た渇者の如く目を血走らせた。

「そうだろう。そうだよな。ならさ」

「申し訳ありません、言い忘れていました。今日よりしばらくは、天使さまのご一行の接遇を手伝ってもらえますか。御用聞き程度でよいのですが、大明の語を解し儒の礼法を知る者が足りぬのです」

本当に忘れていたので、真市は心底から詫びた。洪の顔はみるみる歪んでいった。

「お前、俺を何だと思ってるんだ。まだ働かせるのか。前は言いそびれたが、これは不当極まる酷使だ。断固、抗議するぞ」

洪は一気に捲し立てる。

「はて、前に何かありましたか」

「細かいことはどうでもいい。休ませろ。いや休ませてくれ。頼む。お願いだ」

「肝要なのはこれからなのです。数か月に亘る冊封の儀礼を滞りなく進めねばなりません」

「数か月も続くのか」

絶望の色をありありと浮かべた洪が、真市には不思議でならない。

確かに楽はさせていない。だが、寝る間を惜しむが如き激務ではなかったはずだ。人はちゃんと寝ればしゃんとしていられるものだ、と真市は思っている。

「誰もがお前と同じように働けると思うな。お前だって今の調子だと体を壊すぞ」

「私が、ですか」

思わず聞き返すと、洪は「そうだ」と、強く頷いた。

「俺より早く起き出して、俺より遅く床に就く。船旅から帰ってきても、すぐ役所へ出る。働き過ぎだ。国のためかも知れねえが、お前が死んだら遺(のこ)った仕事はどうするんだ」

「朋輩がたくさんおります。私一人が死んでも、なんとかなりますよ」

この点は真市も確信を持って答えたが、洪は叱るように言った。

「お前が欠けた分、朋輩が大変になる。朋輩もみんな死んじまったら誰が国を護るんだ」

そんな考え方があるのか、と真市は感心した。

「誰にも、代わりはいないんだ。お前も休め」

洪の声には、どこか願うような響きがあった。

五

儀式や供応の宴が続いた後の七月二十一日、冊封の式典「封王礼」が挙行された。

明け方、琉球国の百官が礼装で冊封使の宿館の《天使館》を訪う。冊封使は、《龍亭(りゅうてい)》と呼ばれる輿に皇帝の詔勅を、《彩亭(さいてい)》と呼ばれる輿に下賜品を納め、館を出る。

前導の琉球の楽人たちが長い哨吶(さとつ)(チャルメラ)の元を咥え、先を高く持ち上げる。

一瞬の間を置いて、哨吶の甲高い音色が早朝の静寂を破った。

大小様々な楽器が吹かれ、叩かれ、鳴らされる。馬が嘶き、旗が掲げられる。龍亭と彩亭、冊封使が乗る屋根付きの輿が随員の肩に担がれる。

騎歩併せて六百人の行列の、賑やかな行進が始まった。

行列は那覇の港から伸びる大通りを首里の王城へ向かって進む。早朝にもかかわらず通りの両脇にはすでに見物客がびっしりと並び、歓声を上げている。

真市と洪は行列には加わらず、やや離れた後方を他の端役たちと従いてゆく。

「いやあ、立派なもんだな」

琉球の官の衣服と冠を身に着けた洪が、朝鮮の音で囁いた。

「人ニシテ仁ナラズンバ、礼ヲ如何セン。人ニシテ仁ナラズンバ、楽ヲ如何セン、だな」

行列が奏でる楽に合わせて体を奇妙に揺らしながら、洪は歌うように話す。

「難しい言葉ですね」

真市も朝鮮の音で応じる。

「楽は心を和らげる。礼には欠かせねえ」

「洪どのは本当に可笑しい」

真市は、くすくすと笑った。

「琉球で、中国の古語を、朝鮮の音で読み上げておられる。士の知を、民の語で語る」

「朝鮮の音で儒学を学んだんだから仕方ねえだろう。それに、どうであろうと俺は俺だよ」

答える洪の体は、楽の緩急と一体になっている。器用にも歩みは止めない。

洪を眺めながら、真市は「どうであろうと」という語を、胸中で反芻する。

道の両側はやがて、見物の人垣から警護の兵士の列に変わった。進む先に、「中山」の額を掲げた板葺の牌楼（屋根を高く掲げた、扉のない中国式の門）がある。《下の綾門》、あるいは《中山門》とも呼ぶ。首里城第一の門だ。

中山門からの道を特に《綾門大道》と呼ぶ。左右には王族の邸宅や寺院が立ち並び、また琉球王家の陵墓がある。

行列が変わらぬ賑やかさで綾門大道を進むと、次の牌楼《上の綾門》が現れる。

冊封を受ける琉球国の世子の尚寧が、大官たちと共に上の綾門で冊封使を待っていた。

行列は楽と歩みを止める。尚寧は龍亭の前に出て両膝を突き、五拝三叩頭の礼を行う。

静寂の中、礼の終わりを待っていると、洪が「あれ」と声を上げた。周りの者たちが一斉に振り向く。鋭い視線に滅多突きにされた洪は、首を竦めてから真市に囁く。

「上の綾門の扁額の字は『首里』だったよな。今日は変わってるぞ」

真市はぐるりと首を巡らせる。目が合うと、洪は萎むような表情になった。

「お前の顔で分かった。俺は今から、いつもの琉球国自慢を聞かされるんだな」

「ご明察です。行列が動いたらお話ししましょう」

真市は、洪の不調法は咎めなかった。

「いや、いいよ。またにしよう」

「お気遣いは無用ですよ」

遠慮を装った洪の逃亡を、真市は難なく阻止した。

やがて哨吶が伸びやかに吹かれた。楽と行進が再開される。

「さて洪どの」

歩き始めると同時に、真市は囁いた。

「今の、上の綾門の扁額には、何と書いてありますか」

「お前は、知ってるはずだろう」

「あなたは、知らないはずです」

洪は不機嫌な顔で上の綾門を睨んだ。

「――守礼之邦」

しぶしぶ読み上げる声を聴いたとたん、痺れるような快さが真市の躰を貫いた。洪が
「大丈夫か。妙な顔をしてるぞ」と訝しむ。

「もちろん、大丈夫です」

真市は、歓喜に似た感情を覚えながら説明を始めた。

「『守礼之邦』は、吾が国が大明の太祖（洪武帝）より賜ったお言葉です。先王の尚永王さまの冊封に際して、詔書で改めて同じお言葉を今上陛下（万暦帝）に賜りました。喜ばれた尚永王さまは、『守礼之邦』の扁額を作り、天使さまが来られる時のみ、『首里』の扁額に代えるよう定められました」

洪は、諦観した老人のような顔で神妙に聞いていた。

いつの間にか行列は進み、真市たちも上の綾門の前まで来ている。門を潜る直前、真市は扁額を見上げた。

「どうあろうと、『守礼之邦』は、『守礼之邦』ですよね。きっと」

先程の洪の言葉を借りて、呟いた。

六

首里城の正殿が、西を向いた板葺きの巨大な姿で一行を出迎えた。

正殿の前、《御庭》と呼ばれる広場には幕を巡らせた台が設けられている。

再び楽が止められた。厳粛な空気の中、龍亭が幕内に安置され式典は始まった。

まず尚寧が百官と共に龍亭に四拝する。

続いて冊封正使の夏子陽が龍亭から詔勅を恭しく取り出し、宣読する。

「皇帝勅諭、琉球国故中山王尚永、世子尚寧（皇帝は、琉球国の故中山王の尚永の世子の尚寧に、勅諭する）――」

御庭に木霊する声に、真市はつい聞き惚れた。もともと漢語が持つ歌うような流麗さに、夏子陽の声はさらに荘厳な美しさを加えていた。夏子陽が如何なる人物か真市は知らない。だが少なくとも美声だけは、天使に相応しい素質と思えた。

「封爾為琉球国中山王（爾を封じて、琉球国中山王と為す）――」

ここまで夏子陽が読み上げた時、誰かが突然、琉球の音で「万歳」と絶叫した。明らかに礼法に反する。夏子陽は宣読をぴたりと止めた。

真市は緊張した。だが夏子陽は非礼を咎めず、むしろ誘うように詔書を下ろした。堰を切ったように、琉球の百官は口々に「万歳」と叫ぶ。声は尽きそうにない。

「そんなに、嬉しいのか。みんな」

洪は心底から不思議そうだった。

「ご当代の即位から十七年、吾らは待ったのです」

真市は、震える声を抑えるのに苦労した。

「ただ待つのではなく、各々が手を尽くし、力を尽くし、誠を尽くしての十七年です。吾らの御主加那志はやっと、誰にも恥じることなき吾が国の王とお成り遊ばしたのです」

洪は、ただ何度も頷いていた。同意や共感を抱きつつ言葉が見つからない時の、洪の癖ともいえない癖だと真市は知っている。

「万歳」の連呼の終わりをたっぷり待ってから、夏子陽は宣読を再開した。宣読が終わると、彩亭で運ばれた下賜品が尚寧に一つ一つ手渡される。

尚寧は一度退場し、賜ったばかりの王の服に改める。再び御庭に現れたのは世子ではなく、琉球国中山王の尚寧だ。琉球の百官は再び歓声を上げ、新王の誕生を喜んだ。

さらに尚寧王と冊封使が礼を交わしあい、冊封の式典は終了する。続いて宴となる。参列者は御庭の北側の御殿へぞろぞろと歩き出した。

「さ、行きましょう」

真市は促し、洪と共に北の御殿へ向かおうとする。真市たちは宴の給仕や雑用に駆り出されていた。

「他人の宴会の手伝いは、もういやだ」

突然、洪がごねる。これまでも宴は何度も催されていた。気位の高い洪にとって、他人の宴の世話は辛い仕事のようだった。

「今日の夕餉は久しぶりに〝イラブチャー〟にしましょうか」

「行こう」

真市の提案に、洪は即答した。

七

冊封の式典が終わっても、大明へ向かう風を待つため、冊封使はすぐには帰らない。その間、琉球国側は、饗宴や進物で冊封使たちを持て成し続ける。

真市たち唐栄の端役は、逗留する数百の大明人や頻繁に出入りする琉球人で溢れる天使館に交代で詰め、通詞や小間使いに奔走した。

時折、唐栄の役所に出仕を命ぜられる。冊封使を迎えている今、外交を司る唐栄の用は役所にはない。言わば留守番役だ。

「今日は休みのようなものです。のんびり過ごして帰りましょう」

唐栄への出仕の日、閑散とした堂内に入るや否や真市は寝っ転がった。

「勤めの時はちゃんとするもんだ。誰か来たらどうするんだ」

洪は生真面目に応じて、背筋を伸ばして端座した。

「誰も来やしませんよ」

本音は洪を休ませたかった真市はことさらに怠惰に振舞う。

そこへ扉が軋み、光が差し込んだ。足音が続く。

「そら見ろ、誰か来た」

洪が意地悪い声で囁いた。跳ね起きる前に、頭上から影が差す。続いて冷厳な声が降って来た。

「お前、何をしておる。勤めの最中であろう」

「お久しぶりです、樽金さん」

寝転んだまま真市は微笑んだ。

「いつ薩摩より帰ってこられたのですか」

樽金は「今だ」とだけ答えて視線を外し、堂内に目を巡らせた。

「謝名親方は、王城か」

再会を喜ぶ素振りも見せず、樽金は用件だけを口にする。真市は上体だけ起こして頷いた。

「ここ数か月はずっと王城に上がっておられます」

謝名親方は、唐栄の責任者である総理唐栄司の職を長年に亘って務め、琉球国の外交を担って来た人物だ。真市や樽金の上役にあたる。

かつて大明の最高学府、国子監にも留学した俊才で、冊封を間近に控えた去年、王府の最高官たる三司官職に就任した。以来、多忙を極めている。

唐栄は、居住地としては久米村と呼ばれる村でもある。真市も樽金も、また謝名も久米村で育った。真市たちにとって謝名は父や兄のような存在でもあった。

「急ぎ、謝名親方にお知らせしたい儀がある。王城へ上がりたい」

真市は肩を竦めた。

「お城へ参っても、ご多忙ゆえお会いできぬと思います。親方はお城より引かれた後は、必ず様子見に唐栄に寄られます。それまでお待ちになってはいかがですか」

樽金はしばし黙して考えた後、「そうしよう」と頷いた。

「ところで、なぜわざわざ帰って来られたのです。何か事があったとしても、書での報せで良かったのでは」

問うと樽金の顔が曇った。

「島津が容易ならぬ動きに出た。直にお伝えしたい」

「島津」

洪が叫んだ。樽金は人形の如くきちんと端座したまま怒りに顔を震わせる洪に、目を遣った。

「そちらの御仁は、どなただ」

洪は今、青色の冠を巻いている。赤色の冠の樽金より下位の色だが、虚礼や愛想を全く用いない樽金は、下位の者を侮る傲慢さもまた持ち合せていなかった。

「朝鮮国よりお招きした、洪どのと仰る方です。儒学と通詞に長じておられ、天使さまの応接を手伝っていただいています。吾が国の位階はお持ちになりませぬが、今は便宜のため青の冠を巻いていただいています」

真市の紹介が終わると、洪がいかにも慣れぬ仕草で頭を下げる。樽金は、滑らかな身のこなしで洪の前に座り直した。

「この真市と共に唐栄に属する、樽金と申します。ご助力、お礼を申し上げます」

言い終わると、謹厳な面持ちで頭を下げた。

「それより、島津の奴らがどうしたのです」

洪が流暢な琉球の音で続きを促した。

「洪どのは信用できます。お話しくださって大丈夫です」

真市が説明すると、樽金は頷き、話し始めた。

「また島津が使を送ってくる。吾が国に、大明との交易の仲介を迫る目的だ」

真市は首を傾げた。

島津の側は、前当主の龍伯が琉球国との交渉を担っている。龍伯は書状の上では琉球国を武威で脅しつけ、大明との交易の仲介を要求し続けてきた。だが琉球国がある限り、交渉役の龍伯の地位も安泰となる。琉球国と龍伯は半ば同心して交渉を進めず、ただ書だけを往来させ時を稼いで来たはずだった。

「これまで通りの要求が此度は容易ならぬとは、いかなる訳でありましょう」

「家久（島津忠恒）が動いた」

樽金は遠慮なく諱（いみな）を使いながら、顔を苦々しく歪めた。

「家久は先ごろ、徳川より吾が国への出師の許しを得た。此度の吾が国への使は、最後の通告と見るべきであろうな」

真市は息を呑んだ。

「間違いないのですか。本当であれば、島津の内でもかなりの秘事のはずですが」

樽金の仕事の確かさは誰より真市が知っている。だが、容易ならぬことだったから愚問と知りつつ聞き返した。

「無論、出師の件は伏せられておる。だが島津には、旧主の龍伯と対立を深める家久に心服せぬ者も多い。往来の多い山川（やまがわ）の港におれば自然と話は漏れてくる」

沈着な声で、樽金は続ける。

「また、傍証もある。倭（ヤマトゥ）と朝鮮との和議がおそらく成る」

真市が思わず目を遣った先で、洪は複雑な顔をしていた。

先の戦争の和議はまだ成っていなかった。倭の政権を握った徳川は、統治能力を国内に示す意図と、何より交易の利のため大明国との和議に熱心に取り組んだ。その仲介を頼むため、まず朝鮮国との和睦を試みた。だが長年に亘（わた）り国土を荒らされた朝鮮国は応じる気配を全く見せなかった。その態度が軟化したと樽金は言う。

「朝鮮国は北辺で女真族の脅威の兆しがあり、意地を張る余裕がなくなった。和の証（あかし）として戦争で王陵を犯した者の引き渡しと、『日本国王』の署名での国書を求め、徳川は応じると決めた」

　王は皇帝より格下であり、自称は大明皇帝の権威の承認を意味する。また儀礼上、二国間の関係は先に国書を送ったほうが下位となる。

「もはや朝鮮国に和を拒む理由はない。形式的な使の往来が終われば和議は成るであろう。徳川からすれば、琉球国は使い勝手のよい道具に変わる。大明国との交渉に成功すればそれでよし。成功しなければ島津にくれてやり、せいぜい恩を着せる。琉球国がなくとも、大明国との交渉は和の成った朝鮮国を介して続けられる」

　状況を述べる樽金の顔に、悲嘆が滲んで来た。

「では戦になるんですか。島津と」

　洪が尋ねる。居馴染(いなじ)んだ地が故国の動向で苦境に立たされる複雑な事情のためか、口調は遠慮がちになっていた。

　樽金はすぐには答えず、真市に向き直った。

「謝名親方のお考えは、和戦いずれにありや」

　上役の意向で実務は決まる。実務者たる樽金が確認して当然ではあった。さらに今の謝名親方は琉球国の最高官たる三人の宰相、三司官の一人だ。謝名親方の意向の確認は国家の意志の確認でもあった。

「私にも確たることは分かりませぬが」

　真市は謝名の言動を思い返す。

「とくに三司官に陞(のぼ)られた後は、島津に強く出るよう王府で唱えておいでです。琉球は独立の国なり、他国の臣たる島津に下手に出る謂われはない、と」

言うや否や、骨折を思わせる太く不穏な音が鳴った。樽金の舌打ちだった。

「今は、何としても大明との交渉を纏めねばならぬ。必要なのは時だ。であるのに島津の気を逆撫でしてしてどうする。謝名親方はどうされてしまったのだ」

「儂は、どうもしておらぬ」

低く、よく通る声が聞こえた。振り向くと六尺豊かな偉丈夫が扉の前に立っていた。

八

現れた偉丈夫は、濃藍の衣を金の帯で前結びに締めていた。精悍な浅黒い顔の上には紫の冠を巻く。

「謝名親方」

真市はさすがに、慌てて平伏した。衣擦れの音で、樽金は頭を下げ洪は微動だにしていないと分かった。誇り高い洪は誰にでも傲然と振る舞う。

「見回りに来たのではない。頭を上げ、楽にせよ」

謝名親方の声は柔らかい。従者たちに待つよう命じると、謝名は床を鳴らして歩いて来た。大きな体をごく自然に真市たちの輪の中に下ろし、胡座を組んだ。

「今日の役所の番は真市か。どうだ、何かあったか」

極官となった今でも、謝名はかつてと変わらぬ親しさで接して来る。

「いえ、今日は何もございませんでした。ただ樽金さんが薩摩より戻られました」

樽金が目礼する。謝名は樽金に向き直った。

「長い異国での密偵の任、ご苦労であったな、樽金。もう交代の時期であったか」

「いえ」

樽金は、実務の者らしい端的さで答えた。

「島津に大きな動きがあります。急ぎお伝えしたく、帰って参りました」

「後ほど聞こう。そちらの方は」

謝名は深く頷いてから、洪に目を向けた。

「前にご報告した、朝鮮国の洪どのです」

真市が言い終わるのも待たず、謝名は人懐こい笑みを浮かべた。

「あなたが洪どのか。真市より聞いております」

洪は、神妙な面持ちでぎこちなく目礼した。歓迎に慣れていないらしい。

「種々のお力添え、深く礼を申します」

謝名は先の樽金と同じく、洪に深く頭を下げた。

ふと真市は、樽金の謝名への厚い敬愛を感じた。樽金は己の過去や内心を話すほうではなかったが、きっと謝名に憧れて育ったのだろう。挙措がいちいち似ている。

「大丈夫です。俺は何とも思ってませんから」

「ほう。琉球の語も、ずいぶんお達者ですな」

洪が恐縮しながら答えると、謝名は褒めた。

「それなんですよ」

意を得たりと言わんばかりに洪は身を乗り出した。

「真市が俺をさんざん酷使するのです。おかげで琉球の語を使う機会も多く、言葉こそ早々と覚えられましたが、もう俺の体のほうは限界に近いのです」

ここぞとばかりに洪は言い立てた。謝名は何度も頷く。

「洪どののお疲れはまたいずれ、この謝名にお慰めさせてくだされ。さて樽金」

洪の話をするりと躱して、謝名は樽金に向き合った。

「島津が、どうかしたか」

水を向けられた樽金は、言上の意を決したように背筋を伸ばした。

「島津は徳川より、吾が国を攻める許しを得ました。大明に倭との交易を認めさせねば、今度こそ戦となりましょう」

「そうか」

謝名は事の重大さに気付かぬのか、そっけない相槌を打った。瞬間だけ顔を顰めて、樽金は続ける。

「今は戦の回避に全力を挙げるべきです。さらに時を稼ぎ、大明との交渉にも本腰を入れねばなりません。親方は島津に強硬な態度を取られておると聞きましたが、いけませぬ。国の誇りを保つより、戦の口実を与えてしまいます」

謝名は樽金の話をじっと聞いている。

「親方、なにとぞご自重ください。戦となれば、国は、御主加那志は、民は――」

いつも明晰な樽金が、今は言葉が継げない。ほとんど哀願になっていた。

真市は胸に覚えた痛みを堪えながら、話を引き取った。

「失礼ですが謝名親方は、国が亡びてもよいとお考えなのですか」

「思うものか」

冗談と感じたのか、謝名は軽い声で笑った。

「ですが島津に意地を張れば、避けられる戦も避けられぬのではありませんか」

「戦は避ける。だが万策尽きれば、戦うしかない。儂は、戦の後を考えておる」

「戦の後」真市は驚いた。「親方はまさか、島津に勝てるとお思いなのですか」

「いや、戦えば必敗であろう。島津は泗川で、万を超える首を挙げたと聞く。人の少ない琉球はどれだけ徴しても、整えられる軍兵は一万を超えぬ。とても抗えぬ」

謝名の言葉で、泗川で目の当たりにした光景が禍々しく蘇る。

「だが儂が思うに、倭と島津は吾が国を併呑せず、大明と交易するための傀儡とするはず。となれば、戦に敗れても琉球国は残る」

敗れても国が残ると言い放つ謝名に、真市は怒りに近い違和感を覚えた。

「まさか親方は、国が亡びぬと知って、御身は安泰と知って、忠臣気取りの火遊びをしておられるのですか」

己の言葉の強さを自覚したが、止められなかった。

「そう見えるか」

謝名は寂しげに笑った。

「見えます」

真市も退かない。

しばし、誰も話さなかった。重い沈黙が流れる。やがて謝名が口を開いた。

「戦の後は、敗けた責を誰かが負わねばならぬ」

声は穏やかだった。

「たとえ吾が国で赦されても、島津が許すまい。事を収めるためには、幾つか首が要る」

勝手に攻められた上に、そこまでされるのか。予想の話なのに、真市の胸に悔しさが滲む。

「されど、国が残れば人が要る。首にされる人数は少ないほうがよい。謝名の佞言が国を誤らせたと言い訳できれば、責を逃れて助かる者も増えよう」

真市が耳を疑うより早く、謝名はぴしゃりと自分の首を叩いた。

「馬鹿は、儂一人で十分だ。儂は戦を唱えるが、儂の他に戦に逸る者があってはならぬ」

「親方、やめてください」

樽金が摑み掛からんばかりの勢いで身を乗り出した。

「私も、誠を尽くします。戦を避ければよいのです。きっとなんとかなります。ですからどうか、お命だけは損なわずに済む道を選んでください。お願いですから」

真市が見た覚えのない顔を、樽金はしている。我儘を言い募る童の顔だ。

「儂だって、死にたくないさ」

謝名は浅黒い顔を優しく歪めた。

「美味い物を喰って、麗しき吾が琉球の地で長生きしたい」

樽金は、もはや泣き崩れて何も言えない。だがおかげで、真市はいくらか冷静さを取り戻した。樽金に代わって口を開く。

「なぜ、戦うのですか。勝てぬとお知りでありながら。お命を擲ってまで」

問われた謝名は、首を巡らせた。

「洪どの」

急に名を呼ばれた洪は、明らかに戸惑っていた。

「朝鮮国はなぜ倭に屈しなかったのか。失礼を申すが緒戦は大敗が続き、貴国の国王殿下はお労しくも遥か大明との境まで遷御（移動）なされた。しかし屈せず、やがて多くの民が起ち、貴国は最後まで戦い抜かれた。なぜ、そこまでして戦ったのか」

洪は、腕を組んで眉を曲げた。異国の大官を前に無礼とも言える態度だったが、洪はあくまで洪だった。考えもせず虚礼を並べるほうが洪にとっては無礼なのだろう。

やがて、洪は話し始めた。

「孟子は、人は覇の力ではなく、王の徳に服すと説きました。王とは、国土の主にして民の君です。ですが俺の師が謂うには、人の来し方と往く末の形象が、王です」

その口調は明晰だった。

「己は、いかなる経緯で己となり、いかなる生を生きるのか。それを教え、予感させるものが王。それゆえ人は王に服するのです。吾が朝鮮国の国王殿下は、彼の地に長く住まい、外つ国の文物と吾が古俗と共に、独自の経緯を辿った人々の形象です。おそらくですが朝鮮の士民は、己の来し方を国王殿下に重ね合わせ、行く末に勤王救国の志を知ったのです」

「洪どのも、勤王の志で戦ったのですか」

真市は訝しみ、横から口を挟んだ。多くの民はともかく、洪自身が命知らずにも素手で樺山久高を殴りつける理由にはならないと思った。

「違う」洪は首を振った。「俺は、俺のために戦った。俺の来し方を護り、俺の行く末に進むために。俺にも国王殿下に敬意や愛着はあるが、俺は、俺の王を内に戴いている」

「洪どのの王とは」

「俺だ」

洪は真市を見据え、明快に答えた。

「俺は、洪明鍾。俺を囲む全てに由って生まれ、全てと共に生きてゆく者だ」

目には煌々と、玉の如く澄んで硬い光が宿っている。

謝名が、感嘆したように手を打った。

「洪どのの言には、誠に感じ入った。今日、お話が伺えて嬉しい。礼を申します」

丁重に言って、謝名は再び、洪に頭を下げた。

「儂が思うに、戦に敗けても国は亡びぬ。士民が琉球国を忘れるか厭うた時こそ、国が亡びる時だ。あるいは形としての国がなくなっても良い。この南海の勝地に住まう人々が自らを知り、矜り得る限り、いかなる世にあっても、いかなる嵐であっても、万国へ舟を出せる。儂はそう信じておる」

謝名の声には、力が宿っている。

「儂は遺したいのだ。琉球国が、覇の力に屈せぬ勇を持っていた事実を。神に守られ、南海にまします吾が御主加那志が体現される、琉球という存在を。万世に琉球の人を生かすためには、万策尽きれば戦うしかない。此度の戦は、区々たる勝敗を争うものに非ず」

真市は思わず懐に手を入れた。指先が手巾に触れる。

船は、まだ浮かんでいる。真市は、真市の思う誠を尽くさねばならない。

「親方、あと一つお教えください。万策尽きればと仰いましたが、まだ策はあるのですか」

謝名は強く頷いた。ただ、微かに苦渋の色が見えた。

「大明の商船は、国に『文引』（渡航許可証）を交付されて貿易に出る。目下、文引で許される渡海先に、倭と琉球は入っておらぬ。琉球だけでも渡海先に入れてもらえれば、吾が国を通じて、倭は大明と交易ができる」

真市は不安を感じた。大明とて、琉球へ行く船に文引を渡せば倭との交易の解禁に等しいとは想像できるだろう。交渉の妥結は容易ではないと思った。

「難しい交渉になろう」

真市の思いを見透かしたように、謝名は言葉を継いだ。

「だが、誠を尽くしてこそ、道は拓けるのだ」

そう言えばこの言葉は謝名に教えてもらったと、真市は思い出した。

九

九月になっても、天使館の喧騒は絶えない。船乗りや卒饗宴や訪問が続く。正副の冊封使や高官は優雅な歓談や舟遊びもあるが、など末端の随員はやることがない。毎日、昼から酒と料理で持て成され続け、陶然としながら膨れた腹を抱えて、館内をぶらついている。

走り回る数多の応接役の一人として真市も館内を忙しく行き来する。

ある日、正使の夏子陽の部屋に茶を持って行った。

真市なりに緊張しつつ戸を叩く。入室が許されると、入ってすぐ脇の小卓に盆を置く。ちらりと見やると、壁沿いに据えられた几案に向かって、夏子陽が熱心に書き物をしていた。

「お茶を、置いておきまする」

そそくさと真市は退室しようとする。

「少し、頼まれて貰えぬか」

夏子陽が手を止めぬまま、背中越しに聞き応えのある声を掛けて来た。

「なんでございましょう」

冊封使は大明皇帝の代理人だ。小間使い如きにはまず声を掛けない。真市は心中で身構えつつ、足を止めて姿勢を正した。夏子陽は筆を置くと、椅子に座ったまま上体で振り返って来た。

初めて間近で見る夏子陽は、遠目に眺めるよりずっと人の好い風貌だった。脂顔らしく福々しい頬が艶やかに光る。宿屋の亭主のような善良な生真面目さを思わせた。

「君、字は読めるかね」

夏子陽は書き物の疲れを覗かせながら、微笑んだ。声は勅書を宣読した時の神韻を帯びつつ、それより少し低く、柔らかだった。

「詩の滋味を味わえるほどではございませぬが、一通りは」

真市が答えると夏子陽は満足げに頷いた。几案の上の紙の束から手早く数十枚を選り分けて、真市に差し出してくる。

「琉球国の国土風俗について、本国への報告のため予らが記したものだ。まだ草稿だが、誤りがないか読んでみてくれぬか」

真市は思わず一歩後ずさった。

「拝見できるのは光栄ですが、天使さまが書かれたものに私如きは何も申せませぬ」

「いやいや」脂顔の天使さまは笑いながら手を振った。「琉球人の立場で楽に読み、思ったままを教えてくれれば良い。数か月の滞在では一国の全ては分からぬが、できる限り正確な報告を朝廷に上げたいのだ」

見た目通りの生真面目な御仁だ、と真市は思いつつ、「では、謹んで」と両手を差し出し、受け取る。

まずざっと目だけ通して、構成を把握する。

草稿は、中国の古記にある琉球の記述を引用し、夏子陽が直に見聞した経験で肯定や訂正を添える形式で書かれていた。引用された古記には、今より八百年ほど前に書かれたものまである。正確さを期して、更新しながら丹念に記録を残す中国文明の情熱に真市なりに感じ入った。

続いて、精読に入る。

――髻居右（頭の右側に髻を結う）

――婦人至今猶以墨黥手為花草文（女性は今なお、手に花草の模様の刺青をする）

――女子適市以貨頂戴於頭而行（女性が市場へ行くには、商品を頭に載せて行く）

――国中敬神（国民は皆、神を敬している）

よく調べている、と真市は感心した。冊封使たちは饗宴や訪問の間を縫って足繁く出歩いていたが、このためだったかと合点が行った。

――牝雞之晨者十室而九（十人のうち九人は嬶天下である）

思わず笑った。洪が初めて那覇に来た日に言っていた話を思い返した。

――地無貨殫一切所需貿於倭国（商品になる物はなく一切の需要は倭と貿易し賄う）

読んで真市はつい、暗澹たる気持ちになった。南海の勝地は万国に舟を出さねば立ち行かぬ絶海の孤島でもある。一切とまではゆかぬが、確かに琉球国の日用品の大抵は倭より供給されていた。

　不安げな視線を感じて顔を上げると、夏子陽の顔から福々しい艶が消えていた。

「何か間違いでもあっただろうか。土地の者にも尋ね、なるべく正確に書いたつもりだったのだが」

「いえ、間違いはございません」

　真市は慌てて否定し、無理やり微笑んだ。

「吾が国についてよくご存じだと、感服しておりました」

「そうか」夏子陽の顔にたちまち艶が蘇った。「それはよかった。苦労した甲斐がある」

「まだ途中ですので、もうしばしお待ちください」

　断って真市は読み進める。

――琉球一単弱国也（りゅうきゅういったんのじゃくこくなり）（琉球は一介の弱国である）

――地無城池人不習戦（ちにじょうちなくひといくさにならわず）（城も濠（ほり）もなく、人は戦に慣れていない）

　天使さまが書く通りだが、もう少し柔らかく表現してくれても良いものを、と真市は苦笑した。漢語独特の端的さは、痛みすら覚えさせる。

――如晨星錯落河漢（しんせいのかかんにさくらくするがごとし）（島々が、まるで明け方の星を銀河に鏤（ちりば）めたように点在する）

　琉球の島々については夏子陽の感性が刺激されたのか、詩的な表現となっていた。

　夏子陽はまた、琉球国の安全についても論じていた。

倭の脅威（きょうい）に曝（さら）されながら、ほとんど備えがないと指摘している。遠い異国から来た冊封使にも戦争の兆候はありありと見えるものらしい。

草稿によると、夏子陽はある琉球人に防備の目算を尋ねた。

――恃険与神《けんとしんとをたのむ》（天険と神助を恃《たの》みとしております）

無策を嘆く文脈で書かれた琉球人の回答に、真市は別の感慨を抱いた。

今、絶海の果てに神に守られた島がある事実は、記録の情熱を持った中国文明を介して、時を越えて伝わるのだろう。たとえこの島がどうなっても。

「君、どうした。具合が悪いのか」

今度は夏子陽が、慌てたように声を上げた。

真市は、懐の手巾《ティサジ》を取り出し、目を拭った。

「拝読いたしました」

微笑みながら紙の束を整えて、夏子陽に手渡す。

「どこにも間違いはありません。吾が琉球国についてかくも詳しくお調べいただき本当にありがとうございます。皇帝陛下の叡覧《えいらん》を賜りますれば、これに勝る栄誉はございません」

「ありがとう、君がいて助かった」

夏子陽は微笑んで受け取る。

「ところで天使さま。せっかくですので一つお聞きしてよろしいですか」

意を決して、真市は口を開いた。

「私に答えられる話だとよいが」

「大明国との交易を求める倭の、島津の使者にお会いなされたそうですが、いかがお答えになったのですか」

常であれば真市の立場で聞ける話ではない。だが打ち解けた今なら聞けると考え、真市は思い切って踏み込んだ。

「無論、断った」

事もなげに夏子陽は即答した。

「天下を乱したる『関白』の罪、皇帝陛下は未だお赦し遊ばされぬ。交易の願いなど聞くにも及ばぬ。本来なら君には言えぬ件だが、先ほどのお礼だ」

夏子陽の善意と生真面目さは、真市には不快ではなかった。ただ、倭に対する大明の態度はやはり硬いとも知った。

不安を隠しながら一礼し、真市は退室した。

一日の役目が引け帰宅する道すがら、真市は夏子陽の草稿の句を思い返していた。

——如晨星錯落河漢（しんせいのかかんにさくらくするがごとし）

錯落の二字で入り混じる様を表す。だが字面が、別の意味を真市に感じさせる。

琉球の島々は、時の激流に錯（あやま）って落ち込み、溺れているのではないか。

十

十月十五日、冊封使一行は封舟に乗船する。風を待って二十一日に那覇を発ち、帰国の途に就いた。

すぐに、文引を巡る交渉が始まった。海を、使船が忙しく往来した。

翌万暦三十五年（西暦一六〇七年、日本の慶長十二年）十二月十九日付で、大明国から尚寧王宛ての咨（公文書の一種）が交付された。文引についての琉球国の求めに対する大明朝廷の最終回答で、帰国後に位が陞ったもと冊封正使の夏子陽と副使の王士禎の署名で起こされていた。

咨を通して、かつての冊封使たちは言う。

このたび琉球国は、文引での渡航許可先に自国を加え、私貿易を許可して欲しいと願って来た。

だがそれを許せば、大明国から運ばれた産品を以て、琉球国は倭と交易を行うつもりだろう。

そもそも琉球の地は他国と交易できるほどの物を産しないではないか。また本職らは冊封使として琉球国にあった時、交易に来た倭の船を直に見ている。

琉球国への渡航の許可は即ち、大明国に仇した倭との交易の許可となる。利より害が大きく、将来に憂いを残すことは言うまでもない――。

咨は、厳しい口調で指摘した後、こう告げた。

――通商ノ議、断ジテ開ク可カラズ。

かくして文引を巡る交渉は失敗に終わった。

避戦の策は潰えた。

琉球入り

一

薩摩の山川港には、八十隻の軍船が集結していた。

慶長十四年（西暦一六〇九年。万暦三十七年）三月三日、「琉球入り」に動員された島津軍三千が分乗し、出港の時を待っている。

軍勢の総大将は樺山権左衛門尉久高。一国を攻める兵数としては少ないが、戦に慣れぬ琉球軍を打ち破って余りあると目されている。

乗船の矢倉の上に、久高は佇んでいる。

久方ぶりに纏った甲冑は軽く感じる。戦の予感に火照る体を、潮風が鎮める。

「琉球入り」の実現には当主の島津家久（もと忠恒）の決心から数年を要した。義父で前当主の龍伯、実父の惟新斎は反対したが、家久は大御所の偏諱を賜るほど厚い徳川との関係を盾に押し切った。「琉球渡海之軍衆法度之条々」と題された此度の出師の軍令は、体裁だけは家久・龍伯・惟新斎の連名となっている。

禽や獣が人の姿を装わんとすると、とたんに煩わしくなる。

一切、久高には興味がない。

人の高みがあるかなきか。ただそれだけを、これから久高は確かめに征く。

「御大将。準備は万端、整いましてございまする」

「相分かった、御兵具奉行」

後ろからの硬い声に物々しく応じて振り返ると、有馬次右衛門重純が神妙な顔で跪いていた。つい久高は笑った。

「よいぞ、次右衛門。俺とお前の仲だ。いつも通りの口を利け」

言われてすぐに重純は表情を崩した。

「助かりますよ。偉い侍の言葉はどうも慣れない」

重純は立ち上がり、久高の横に並ぶ。

「それにしても琉球は、なぜ戦を避けなかったのでしょうな。吾らを侮っておったのか」

琉球国は、特に謝名なる宰相が狷介を極め、避戦の道を自ら閉ざしていったという。島津の使を愚弄したり儀礼の進物に粗品を充てるなど、いくつかの逸話は久高も聞いていた。

「分からねば聞きに行くさ。岩屋城の時の如く」

久高は懐かしく思い起こしながら、答えた。

「俺はどうやら、七郎どのに悪い癖をつけてしまったようですな。反省していますよ」

重純の声は揶揄うような軽さこそあれ、悔いる色は全くない。

「七郎どののご事情はともかく、久方振りの戦です。腕が鳴ります」

「次右衛門は勇敢だな。俺の如き軟弱な士は及びもつかぬ」

ふふん、と重純は笑った。

「そういえば七郎どのは、琉球へ行かれたことは、あるのですか」

「一度もない。良いところだとは、何度も聞いたが」

——よければいつか琉球国に、「守礼之邦」にお越しください。

初めて会った日、あの琉球の商人が誘って来た。よもやこんな訪い方になるとは、思ってもいなかった。

「殿さまです」

嫌なものを見たような声を上げて、重純は憚らず指差した。山川の港を見下ろす小高い丘の上に人の塊が現れていた。妙に背の高い家久の馬標が、ゆらゆらと揺れている。

「御兵具奉行よ」

久高は声の質を一軍の大将のものに改めた。心得た重純はすぐに一歩下がり、片膝を突く。

「吾ら、これより琉球へ参る。予定通り殿さまのご上覧の下、港口まで船を進め、風を待って出帆する。この旨、諸将へ達せよ」

「しかと、承りました」

重純は鋭く答えて一礼すると、矢倉を駆け下りて行った。
礼など、天地のどこにもない。琉球国は何を守っているのだ。
久高は海の彼方を睨んだ。

二

島津軍三千は翌四日の明け方、風を捉まえて出帆した。

戦端は八日、大島（奄美大島）で開かれた。大島と、続く徳之島では大規模な戦闘になったが、いずれも難なく勝利した。次に進んだ沖永良部島には那覇から派遣された琉球国の官がいたが、戦わず降伏した。この時、久高は「不及一戦ニ茂馬鹿者共」と罵倒した。

二十五日の夕刻、島津軍は〝オキナワ〟島の沖に到達する。翌二十六日に運天港を占領し、出陣から二十日余りで、那覇、首里へ至る足掛かりを築いた。

同日、琉球の王府より和を請う使者が陣を訪うた。久高は会わず、「話は那覇で聞く」と交渉を突っ撥ねる。

運天の至近にある今帰仁城を陥とした久高は躊躇せず火を放たせた。放火や狼藉を禁じた家久の軍衆法度に反するが、保持に兵力を割かれる拠点は少ないほうがよいためだ。

二十九日、久高は己の乗船に諸将を集め、那覇への進撃を議した。

「那覇の港口の左右は、吾らとほぼ同数の三千の兵が籠る石塁で守られておる」

床几に座る諸将の前で、生真面目な顔をした副将の平田増宗が状況を説明した。

「また、石塁の間には鉄鎖が渡され船の出入りを塞いでおる。周りは礁だらけで、船が着ける浜はない」

「海からは、那覇へは入れませぬか」

重純が唸った。平田は仰々しく頷く。

「陸路も危うい。地の利は勝手知ったる敵方にある。容易には進めぬ」

平田が言い終えると、功名心と驕慢に猛った諸将が、口々に捲し立てた。

「琉球は花火程度の火器しか持たぬと聞く。吾らの鉄砲で撃ち崩せばよい」

「だいたい、徳之島の者どもは鉄砲すら知らなんだぞ」

「同数ならば吾らは誰にも負けぬ。泗川では四倍以上の敵を屠ったのだ」

「まともに戦わず早々と和を乞うてくるほどの怯懦。一人を斬れば、皆、逃げ出すわ」

平田は早々と匙を投げ、久高を振り向いた。実直さが取り柄の平田は半面で統率の威や機転に欠けるところがあった。

「いかがなされます、御大将」

場の収拾を押し付けられた久高は平田に失望しなかった。人には分がある。実直な平田だからこそ任せられる役目もある。今、敵の動向を詳細に摑めているのも、彼の手腕ゆえだ。

久高が立ち上がると、諸将は黙り込んだ。

「軍を海陸に分ける。主攻は陸路とする」

久高は宣言した。

「海路の軍は石塁に籠る敵兵を那覇に拘束せよ。指揮は平田どのにお願いいたす」

平田が一礼する。

「陸路からは一挙に首里の王城を目指す。もし敵が那覇を出れば、海路の軍は直ちに空の石塁伝いに上陸し、那覇を獲れ。陸路の軍は地の利が利かぬ平地を選び、出て来た敵と決戦を行う」

「王城を獲れば戦は終わる」

重純が割り込むように話し出した。

「敵軍を平地に引き摺りだして破れば、やはり戦は終わる。万一、決戦に敗ければ、後背の通交に至便の那覇に拠り長期戦に持ち込む。御大将はかようにお考えですか」

重純が質問の形で久高の意を解いた。久高は頷いた。

「陸路は手前が率いる。よろしいな」

久高は目を光らせた。気圧された諸将は異論を封じられ、俯いた。

「最寄りまでは足の速い船で参る。適当なところはあるか」

「当地と那覇の中間に、大湾（沖縄県中頭郡読谷村）なる浜がございます」

抜け目ない平田の返事に、久高は満足した。

「では、今夜に全軍で大湾へ向かう。明日には勝敗は決しよう。皆、左様心得よ」

諸将が鎧を鳴らして一斉に立ち上がり、腰を折る。

明日、俺は何を見るのか。居並ぶ諸将を眺めて、久高は思う。

三

黎明。真市は海辺に屹立する三重城の上に一人で立ち、那覇の市街を見詰めていた。仄かな日の光と雨上がりの薄い朝靄に、街は霞んでいる。住民はすでに残らず逃げ出しており、凍り付いたように人気がない。

街並みや甍を綺麗に残したまま空っぽになった那覇に、真市は薄ら寒い寂寥を覚えた。

「倭に勝てるのか」

呟き、思わず手を懐に差し込もうとする。手巾を求めた指先は硬い感触に阻まれた。着け慣れぬ鎧の感触が真市には不愉快だった。いつ作られたかも定かではない、胴丸と呼ばれる倭の古式の鎧だ。家に大事に仕舞われていた物を引っ張り出した。

戦の絶えない倭では胴丸はほとんど廃れ、より頑丈で軽便な物が主流となっている。その倭の中でも剽悍さで鳴る島津の軍が、琉球国を攻めている。すでに〝オキナワ〟島に到達し今帰仁城を焼き、運天に屯している。

三重城は、対岸の屋良座森城とともに那覇の湾口を守る巨大な石塁だ。両石塁には併せて三千の兵が入り、間の海には太い鉄鎖が渡されている。石塁の内では、集まった琉球の士たちがまだ眠っていた。皆、戦意は旺盛だが、武具は真市と同じく古び、燻んでいる。

倭と、島津と戦うべきだったのだろうか。不安めいた迷いが今さら、真市を逡巡させていた。

「どうした、具合でも悪いのか」

声に振り向くと、珍妙な格好をした男がいた。

真市と同じく琉球の衣の上に古びた胴丸を纏っている。頭には朝鮮国の風である鍔が広い黒い笠を被り、飾り紐を垂らす。直刀を帯び、裸足で立っている。

洪だった。その珍妙な姿は、知っていてもなお、真市に可笑しく感じられた。

「せめて笠は取られたらいかがです。鍔が広すぎて戦には不便に思えますが」

「朝鮮国に無帽はねえんだよ」

洪は相変わらず言葉が汚い。

「落ち着いていらっしゃいますね」

「こう見えても二回、戦は経験がある。両方とも敗けだったけどな」

なぜか誇らしげな洪に、真市は疑問を口にした。

「朝鮮国の士である洪どのが、なぜ琉球国の戦にご加勢下さるのですか。もちろんお気持ちはありがたいのですが」

民と共に避難もできたが、洪は頑なに那覇に居座り続けた。

「ただの頭数だよ。加勢と言っても、武芸なんかこれっぽっちも知らねえ」

「確かに戦の役に立つ気はあまりしませんが」

「言ってくれるな」

洪は笑った。

真市の心を解こうとしてくれる洪の意図にありがたさを感じながら、質問を重ねた。

「それより洪どののお気持ちの話です。死ぬかも知れぬのですよ」

「死なねえよ」

洪は断言した。

「俺は、生きて故郷に帰るって決めてるんだ。あと島津には因縁がある。たとえ敗けても、島津をぶん殴れる機を逃すわけにはいかねえ」

真市は快い清々しさを感じた。いかにも洪らしい。

「そういえば、島津の将はあの樺山久高だそうです」

師を久高に殺された洪を気遣い、黙っていた。だが今は、洪に隠し事をしたくなかった。

「樺山が来るのか。それは楽しみだ」

意外にも、洪の顔に怒りや憎しみの色はなかった。

「友の苦境を助けられる上に樺山の野郎も纏めてぶん殴れるなら、手間が省ける」

友。洪の言葉が、真市の心を軽くした。

洪に礼を言おうとした時、一騎の忙しい馬蹄の音に真市は気付いた。

早朝の静寂の中、くっきりした輪郭を持って音は遠くから近づいて来る。

真市は洪と目を見交わすと、音のほうへ二人して走った。

「王城より使いで参った、誰かおらぬか」

すでに城の下で馬を巡らせていた騎士に、真市は上から手を振る。

「騎乗のまま申す。城の衆に伝えよ」

馬を手綱で制しながら、騎士は叫んだ。

「砲の要員のみ残して皆、太平橋まで移動せよ。謝名親方のご命令である」

太平橋は、王城のある首里と王家の故地の浦添の間を流れる平良川（後世の安謝川）に架かる石橋だ。浦添で育った尚寧王が、首里の王城との往来の便のために石畳の道と併せて整備した。

「那覇を固守する段取りではなかったのですか」

真市は問い返した。謝名は、島津はまず那覇を獲りに来ると読み、兵を入れ鉄鎖を渡した。

「先ほど、島津の軍船が大湾で兵を下ろした。軍船はそのまま南へ進んだゆえ那覇を衝くであろうが、陸兵は今、浦添城を攻め立てておる」

騎士の言葉に真市は息を呑んだ。

浦添城は険しい丘陵にある堅城だが、那覇に兵を集中させたため、空き城となっている。山登り程度の労で陥とされるだろう。その後、首里に至る道を塞ぐのは太平橋しかない。謝名はおそらく、那覇を捨てても王城を守ろうとしている。

「皆を起こしましょう。急がねば王城が危うい」

真市は洪に告げながら、騎士に向かって了解の意で手を振り回した。

四

真市と明鍾が三重城の士たちを叩き起こして城を出たころ、浦添の方角から黒煙が上がった。慌ただしく辿り着いた太平橋の袂には、すでに百人ほどの士が待っていた。緊迫した中で合流し、皆、思い思いに言葉を交わす。待っていたのは王城の士たちで、謝名に許され急ぎ出て来たという。

「どうして来た。那覇はもうよいのか」

詰め寄って来る男に、真市は思わず苦笑した。

「樽金さんこそ、王城はもうよいのですか」

「儂が同行を許した。どうしても行くと言い張って聞かなんだゆえな」

大頭の我那覇親方が教えてくれた。兜も並みより一回り大きい。

樽金は瞬間だけばつの悪そうな顔をして、すぐにいつもの物静かな仏頂面に戻った。

「王城からはこの百名ほどしか動かせぬ。そなたらが来てくれてよかった」

我那覇の声は、酒でも分けてもらったような気軽さだった。

謝名の思いとは裏腹に、どうも琉球には馬鹿が多いらしい。己も含めて。

「皆、よく来た。心より礼を申す」

大音声に振り返ると、厳めしい紫糸威の大鎧を纏った謝名が立っていた。

具足はさすがに手入れが行き届いている。帯びた直刀の装飾や鍬形が金色に輝く。

その隣には、赤糸で威した鎧を着た小柄な武者が控えていた。兜は被らず、白い鉢巻を締めて長い髪を風に靡かせている。背後には白装束の神女たちが並ぶ。

「あの赤い鎧、真鍋さんだろ。どうしたんだ」

洪が声を殺した早口で捲し立てる。

真市も気付き、息を呑んだ。確かに真鍋だった。

「女は戦の魁」

妹を凝視しながら、真市は古い俚諺を口にした。

「なんだっけか、それ」

「琉球国の古式では、巫が軍の先頭に立ち、祈りを捧げます」

「祈りで戦に勝てるのかよ」

怪力乱神を語らぬ儒学の徒らしく、洪は神助を常に疑う。儒者ではないが、真市も同感だった。今さら神助に頼るなど、謝名親方はどういうつもりだ。憤りにも似た感情が湧く。謝名が循循然と今回の戦の意義を説くが、真市の耳には入らない。

「島津の前坊主（月代に由来する大和人の蔑称）どもは暴虐にも浦添城を焼き払った。吾らはこの太平橋と平良川に拠り、迎え撃つ」

謝名が言い終わるのを待たず、誰かが悲鳴を上げた。

橋を渡った先、浦添の方角へ二十町ほど隔てた所に黒い塊が蠢いている。

島津軍だ。士たちは色めき立った。

「慌てるな。奴らはまだここまで来ておらぬ」

謝名は両手を挙げて皆を制した。

「此度の戦に際し、聞得大君加那志は王城にて御祈禱を捧げておられる。吾ら兵どもにも深くお心を掛けられ、ご名代としてここにおわす真鍋どのを、お遣わし下された」

赤い武者姿の真鍋が進み出で、迫る島津軍に毅然と相対した。白装束の神女たちが足早に動いて真鍋を丸く囲み、跪座する。

「神が吾らを護り給わば、勝利は疑いあるなし」

謝名は宣言して地に両膝を突き、真鍋に手を合わせる。士たちも一斉に謝名に倣って座り、手を合わせた。

真鍋は直刀をすらりと抜いた。島に漂う神気を抱き込むように、両手を広げ、舞う。深く海を潜るが如き低い唸り声が洩れる。聞き慣れた真鍋の声は、真市の知らぬ響きを帯びていた。声はやがて澄み上がり、高く天を抜ける。

今、真鍋は、真市に手巾を授けた妹ではなかった。神に仕える巫であり、あるいは琉球の島々を護る神の依代そのものであり、そして〝ヲナリ〟という神でもあった。舞いながら漏れるヲナリの声は、いつか神謡へと変わった。

聞得大君ぎや　（聞得大君が）
赤の鎧召しよわちへ　（赤い鎧を召し給い）
刀うちい　（刀を打ち佩き給うたからには）
大国　鳴響みよわれ　（国中に鳴り響くだろう）

又鳴響む精高子が　　（御稜威高き王さまが）
又月代は　さだけて　（月代の神を先導にして）
又物知りは　さだけて　（巫覡を先導にして）

ただの神頼みではない。琉球の戦をする。真市はやっと、謝名の意図を悟った。

ならば誠を尽くそう。真市は、迷いを振り切った。

神謡が終わり、謝名が立ち上がった。従って真っ先に立ち上がったのは、真市だった。

「吾らは勝つ」謝名が叫んだ。「必ず勝つ。琉球の男どもや、奮え。神助と共に戦え」

謝名の声に、士たちの雄叫びが続いた。

川向うで質量を増し続ける黒い塊を睨みながら、真市も叫ぶ。

五

「川に沿って橋の左右に広がれ。弓、火矢を持つ者は前に立て」

謝名の号令で真鍋と神女たちは後方へ下がる。戦意を滾らせた琉球の士たちは次々に擦れ違って、川沿いに展開する。

ふと、走る真鍋と目が合う。真市がよく知る妹に戻った真鍋は、兄に柔らかい視線だけを返した。

「真鍋どのは、なぜ俺を見詰めておられるんだ」

洪の幸せな勘違いを、真市は無視した。

島津軍は、もう一人一人の姿が分かるほどになっていた。横に広がりながら急速に橋に接近する。最前列の島津兵が次々に片膝を突き始めた。流れるような無駄のない動きに、真市はつい見惚(みと)れた。

「伏せよ」

謝名が鋭く叫ぶと、島津軍の前縁が白煙に包まれた。殴りつけるような銃声と数人の不幸な悲鳴が同時に真市の耳を打つ。

島津軍は短い間隔で斉射を繰り返しながら着実に前進して来る。琉球軍は這って銃弾を避けながら配置に付く。

「どんな鍛錬をしたら、あんなに早く撃てるんだろう」

銃声の中、洪が暢気(のんき)な感想を呟く。

「倭人は意外と生真面目(きまじめ)なのでしょう。根(こん)を詰めて一事(いちじ)を窮める性質(たち)なのかも」

地べたに体を投げ出したまま、真市も応じる。

「なら学問でもすりゃあいい。理を窮めれば、豁然(かつぜん)貫通だってできるし、誰も死なねえ」

「まったく、同感です」

島津軍はたちまち橋の付近まで肉薄した。喊声(かんせい)を上げながら橋を渡ってくる。

謝名がやにわに立ち上がった。

「撃て」

号令に合わせて、琉球軍の火矢（火薬と弾丸を詰めた金属筒を束ねた火器）や弓が放たれる。橋の半ばまで渡っていた島津兵たちが、ばたばたと斃（たお）れる。

島津軍は怯まない。銃列の援護を受けながら、猿の如く甲高く叫んだ新手が橋の上を駆け出す。再び謝名が号令し、新手もやはり斃れる。

「さすがは謝名どの、やるもんだ。いけるかも知れないな」

洪がもっともらしい顔で唸る。

橋での突撃を何度か撃退された後、島津軍は攻め方を変え、横に展開した全線で川を渡り始めた。怒号と喊声、水を叩き掻き分ける音が満ちる。

「一兵たりとも、岸に上げてはならぬ」

謝名は叫び、自ら手槍を掲げて走り出した。琉球の士たちも雄叫びを上げながら川岸に殺到する。

「よし、行こう」

勇ましく立ち上がった洪の袖を、真市はぐいと引っ張った。

「なんだよ、行かねえのか」

洪は不審というより残念そうな顔をしている。

「武芸のできないあなたが何をするのです。前に出られても邪魔なだけです」

「お前、もうちょっと言葉を選べねえのか」

「石を投げてもらえますか。後ろから」

「石」

真市の提案に、洪は間の抜けた顔をした。

「そう、石です」真市は頷いた。「ここいらは河原ですので、ちょうどよい大きさの石がたくさん転がっています。そいつを思いっ切り島津の奴らにぶつけてやってください。なるべく重くて、ごつごつした石がいいですね」

「ははあ、なるほど」

洪は、残忍な笑いを浮かべた。

「よろしい。真市さんのご注文はなるべく重くて、ごつごつしたやつだな。偶々だが石投げは俺がとても得意とするところだ。今度はうまくやってやる」

「よかった。では頼みます」

前の出来事はまたゆっくり聞こうと真市は思った。

後ろにいれば洪が死なずに済むかもしれない。此度の戦は琉球国の戦だ。洪を巻き込んではならない。

「行きましょう。なるべく私の前には出ぬように」

洪に念を押すと、抜刀し駆け出す。

川岸は、既に乱戦となっていた。個人の武勇なら琉球の士たちも島津兵に引けを取らない。渡河を迎え撃つ有利さもあり、戦いは優勢に見えた。

樽金は遠目にも鮮やかに剣を振るっていた。以前、聞いてもいないのに「暗殺は、まだ経験がない」などと呟いていた。樽金なりに研鑽を積み、命令を待っていたのだろう。

我那覇が上段の一撃を喰らおうとしていた。我那覇は避けずに首を傾け、振り下ろされた刀を兜で受けた。乾いた音を立てて刀が折れる。驚いた島津兵の懐に我那覇は素早く踏み込み、鼻面に頭突きを食らわせた。

大頭の使い道に驚いていると、間近で打撃音と拉げた悲鳴が上がった。

驚いて振り向くと、顔を石に変えた島津兵が刀を振りかぶったまま固まっている。

「ぼさっとしてんじゃねえぞ」

楽し気な洪の声が飛んで来た。

真市は手を上げ、身振りで洪に礼を言うと、別の手近な島津兵に直刀を打ち込んだ。

刹那、重く鋭い衝撃に弾かれる。一撃を難なく打ち返した島津兵は刀を構え直す。

強いな、敵うだろうか。直刀を持ち直し、睨み合いながら考えていると、甲高い音と共に島津兵の首が妙な角度に曲がった。兜に洪の投げつけた石が当たった。

夢中で真市は島津兵の懐に飛び込む。押し倒そうとして一緒に地に転がる。

首に直刀を差し込もうとするが、切っ先は逸れて地に突き立つ。そのまま直刀を倒し、刃を島津兵の白い首に押しつける。

だが斬れない。刃は皮を割り、それ以上には進まない。島津兵は目を見開き、真市を見詰めている。咄嗟に気付き直刀を引くと、刃はずぶずぶと首に沈んでいった。

荒く息を吐き、立ち上がって振り返る。洪が満面の笑みを浮かべて両手を振っていた。

勝てるかもしれない。

真市が望みを抱いた時、後背から斉射の銃声が上がった。悲鳴が続く。

すぐには状況が理解できなかった。敵は前にいる。後背で何が起こっているのか。考えが巡らないまま周囲を確認する。

すでに琉球の士たちは混乱している。前面の島津軍は、攻勢の圧力を一気に増した。

やっと真市は悟った。島津は一隊を分けて迂回させ琉球軍の後背を衝いた。正面からの渡河は迂回を隠すためで、ゆえに押しも弱かったのか。

図太い爆発音が上がった。橋では大鉄砲が使われていた。間を置かず突破されるだろう。後背の斉射は吶喊(とっかん)の雄叫びに取って代わった。橋でも島津軍の突入が再開された。

琉球軍は、崩れた。

六

三度目の潰乱(かいらん)の中、明鍾は落ち着いている。

負け戦は何度経験しても嫌なものだ。屈辱と後悔が尽きない。

だが、躓(つまず)けば踏ん張ればいい。倒れれば立てばいい。

一度目、碧蹄では道学先生の遺骸を背負って泣きながら逃げた。

二度目、泗川の時は怒りに吾(われ)を忘れて、樺山久高を殴った。

三度目の今、明鍾は力強く一歩を踏み出す。

朋友(ほうゆう)の背が目の前にある。襟首を摑み、思い切り引っ張る。

立っているのが不思議なほど力の抜けた体を巡らせ、真市が蒼褪(あおざ)めた顔を向けてきた。

「逃げるぞ。死んじまったら何にもならねえ」

気付けの積りもあって明鍾は怒鳴る。

「洪どのは、お行きなさい」真市の声はか細い。「私の生は、ここまでです」

「人は、生き、為すものだ。生きる以上は、為せ」

「下らぬ」

真市の目は洪の顔に向いているが、虚ろだ。きっと何も見えていない。

「言葉だけ捏ね繰っても、現実は変わらぬ。私の残りの生は、ただ死を待つのみの時です」

「馬鹿」

遠慮なく、明鍾は言い切った。

「死んではいけない。生きねば」

「かく仰るあなたは、誰なのですか」

真市は明鍾が初めて見る顔をしていた。涼しい微笑みではなく、虚無が生む冷笑。

「これほど生き難い世に、他人に抜け抜けと生を説くあなたは、いったい誰なのですか」

「俺は、儒者だ」

洪は、即答した。

「それと、靴作りの白丁で、朝鮮国の士で、道学先生の弟子で、顔を覚えてねえ両親の子で、小父さんの養子みたいなもんで、信石ってやつの友だ。あと茅とかいう年寄りに説教されて、その後琉球国に世話になった奴で、お前の友でもある。文句あるか」

「文句」

「あるなら言え。俺はお前の友だ。朋友有信。聞くだけなら、なんでも聞いてやる」

「友」

真市の声には、まだ精気は蘇らない。

「ないなら俺の、友の話を聞け。俺は儒者ゆえ、生を説く。いつでも、どこでも、誰にでも、己にも、お前にも」

師の宣言を借りながら、明鍾は続けた。

「謝名どのの話、忘れたのか。琉球国は残るんだ。残った国を立て直すためには人が要る。自暴や自棄に囚われるな。思い出せ、お前の望みを」

「謝名親方の予想通りになるとは、限りませぬ。琉球国はなくなり、倭に併呑されるかも」

「なら、作り直せ」

明鍾は、夢中になって叫んだ。

「琉球の島も、神も、滅びてはいねえ。海も乾いてねえ。人もいなくなってねえ。お前もまだ死んでねえ。人がいるなら、守るべき礼もある。これから続く時がある」

「馬鹿馬鹿しい」

真市は目を背け、俯いた。思わず明鍾は拳を握る。振りかぶった時、思い出した。

拳は、世も、何人も、変えなかった。もし変えられる力があるとすれば、それは拳には宿っていない。手を開き、掌で真市の甲冑の胸を思い切り叩く。

「手巾（ティサジ）も、まだあるだろ」

真市の目に、僅かに火が宿った。変える力は、変わるべき者の内にのみ、宿る。

「お前が生きる限り、この天地がある限り、守礼之邦は、きっと滅びねえ。行くぞ」

明鍾が真市の腕を摑むと、すぐに振り解（ほど）かれた。

「お前、まだ――」

怒鳴りかけて、明鍾は目を瞠（みは）った。

「己の足で、走れます」

真市は、戦塵で汚れた顔を涼しい微笑みに歪ませた。

「こう見えても私、走るのは得意なんですよ」

真市は両手で走る素振りをした。十一年前、島津の牢獄に囚われていた明鍾を訪（おとの）うた怪しい男は、今も壮健だった。

「聞いたよ、泗川で」

明鍾は笑いながら答えた。己を育（はぐく）んでくれた全てに明鍾は感謝した。おかげで大事な友が息を吹き返した。

「では逃げましょう。心当たりはあります」

真市が走り出し、明鍾も続く。

「逃げよ、死ぬな。逃げよ、逃げよ」

遠くで謝名親方の声がする。一人でも多く逃がすために踏み止（とど）まっているのだろう。

七

太平橋で勝利した島津軍は余勢を駆って首里城まで迫った。軍が壊滅した琉球国に防ぐ手立てはなく、「首里」の扁額を掲げた《上の綾門(ウイーヌアイジョウ)》の前は、島津の兵で満ちた。

また、島津軍は那覇に火を放った。市街の半ばは焼け、半ばは島津軍の宿舎となった。

翌四月一日(日本の暦では四月二日)。謝名をはじめとする三司官および王弟が人質として那覇へ降り、一時停戦となる。

三日、降伏を決心した尚寧王は王城を出て島津側が宿舎に指定した邸宅に入った。王のみ貧相な腰輿(ようよ)に乗り、他の王族や高官、女官らは皆、徒歩だった。

その晩、明鍾と真市は王城に忍び込む。潜(ひそ)んでいた山間で提案したのは明鍾だったが、真市は嬉しそうに諾(うべな)った。

「せっかくなので城内を一巡(ひとめぐ)りしましょうか」

真市は、堂々と灯籠(とうろう)(提灯)を掲げて城に入った。

「誰かに見つかったら、どうするんだ」

次々と城門を抜けて行く真市に、さすがに明鍾も心配になる。元気になってくれたのはよいが、聊(いささ)か元気になり過ぎたように思えた。

「誰もいないらしいですよ。島津の諸将が城に入る、明日の朝までは」

真市の声に緊迫感はまるでない。昼であれば見物と間違えたかもしれない。

「何で知ってるんだ。いや、分かるんだ」

ふふん、と真市は鼻を鳴らした。

「そもそも私は有能な密偵です。お忘れですか」

「お前の仕事は知ってるよ。能の有無は知らねえけどな」

真市の予想した通り二人は誰にも会わず、するすると夜の城内を進んだ。

だだっ広い《御庭(ウナー)》は真っ暗だった。濃紺の空に銀河が流れ、無数の星辰(せいしん)が瞬いている。

真市は御庭の中心に立った。三年前の冊封式で大明皇帝の勅書を収めた輿が安置された場所だ。そこから正殿の形をした黒の塊を、真市は黙って見つめ続けた。

明鍾は一歩後ろで、同じく黙して待った。

やがて、真市はくるりと踵を返した。灯籠の薄明りにその目は勁く光っている。

「お待たせして、申し訳ありませんでした。もう大丈夫です。行きましょう」

明鍾は言葉にできない安堵を覚え、ただ何度も頷いた。

二人は、上の綾門の脇にある蔵に入った。

「洪どのがお尋ねの物、あるとすればここです」

真市は壁の燭台を灯して回る。

「明るすぎねえか。さすがに誰かが気付くかもしれねえ」

再び明鍾は心配するが、真市はやはり堂々としていた。

「その時は泥棒の振りでもしましょうか。島津の奴らが那覇を焼かなければ、憐れな泥棒は盗みでなく真っ当な生業に精を出せたはずです」

「わかったよ」

明鍾も腹を括って、蔵の捜索を始めた。

「でけえもんだし、すぐ見つかりそうなもんだけどな」

箒など清掃の道具、修繕用の木材や塗料の瓶をそっと押し除けながら明鍾は呟く。

真市は何を気にする風でもなく、どたばた音を立てて備品の山を掘り進めていく。

「そういえば、洪どの」

「なんだよ」

真市はもはや声を潜めようともしない。

「これから、どうされるのです。もし、ずっと琉球で暮らされるお積りなら、お世話は私にお任せ下さればと思うのですが」

「妙に優しいな」

明鍾は警戒した。真市に散々に扱き使われた年月が胸の内を巡る。

「洪どのは私の友ですから」

明鍾は思わず真市を見返した。棚の向こうにいる真市は顔どころか姿も見えない。

「俺は朝鮮国に帰るよ。やることがある」

琉球国と倭の関係が落ち着けば、帰る。数年前から決めていた。明鍾にとっても本意な形ではないが、ともかく状況は落ち着いた。次は己の道を明鍾は行くつもりだった。

「洪どのは靴作りをされていたのですよね」

「なんだ、今さら」

「よければ私に靴を作ってくれませぬか。あなたが私と共にいてくれた証として」

「俺は、愉しみのためではなく生業で、靴を作ってたんだ」

明鍾は少しむっとした。

「腐れ文人が書き散らかす詰まんねえ漢詩や揮毫とは、違うぞ」

少し考えてから、真市は提案して来た。

「作っていただけたら、お帰りの日までずっと〝イラブチャー〟をお出ししますよ」

聞いた途端、明鍾は声を上げて笑い出した。

「作るよ。最高の靴を作ってやる」

散々笑った後、明鍾は承諾した。

「俺は、材料に煩い。覚悟しろよ」

「大丈夫です」

真市の声は、自信に満ちていた。

「琉球国は異産至宝が充満する蓬萊嶋。最高の靴のために、最高の材料を集めて来ます」

「楽しみにしてるよ」

久しぶりの靴作りに、不思議と胸が高鳴る。

「あった。ありましたよ」

真市が、素っ頓狂な声を上げた。

明鍾は喜んだ。探していた物は、できれば、真市自身に見つけて欲しい物だったから。

天地に燦たり

はじまったばかりの琉球の夏は、すでに眩しい。

樺山久高は甲冑を鳴らしながら、首里城へ向かう坂道を歩いている。

琉球国の降伏を容れた後、初めての入城となる。

久高は、同行の人数を有馬重純、平田増宗ら幕僚と、僅かな護衛の士のみに限った。

堂々たる凱旋を望んでいた諸将は同行から外され不満げだったが、久高は無視した。

久高は、戦いに来たのだ。無為に他国の矜持を蹂躙しに来たのではない。

坂の先、丘陵の上には赤い塀を載せた首里城の石垣が霞んでいた。

澄んだ青い空が、千切ったような白い雲を浮かべている。途上の道々には、掌を広げたような赤い花を一杯に並べた生垣が、花の色を矜るように青々と光る。仄かに潮の香りが残る微風が、蒸すような暑気を涼しく吹き流していく。

琉球の全ては、侵掠の軍をも歓迎しているように鮮やかで、快い。

もちろん、そうではない。

天地は久高たちも戦も、人のその全ても無視して、ただ淡々と運行している。日本も朝鮮も、琉球でも、変わらない。人が勝手に、悦んだり感じ入ったりしているだけだ。

——俺は、いつまでこんなことをしているのだろう。

考えていると、行く手に「中山」の扁額を掲げた赤塗の門が現れた。遮る扉を持たぬ造りに、奇異の感じを抱いた。

久高たちがやって来た日本では、門扉を開けるのは一苦労だ。兵や銃砲、財や策略、あるいは権力が要る。琉球では王城の門すら潜るにあたって何も要らない。ただ身一つで通ればいい。

「岩屋城の戦を思い出します」

重純の声は二十余年前、共に筑前にいた天正十四年の七月と変わらなかった。

九州、朝鮮国、琉球国。数多の地で重純と戦った。

「あの時も、暑い日に山の上の城を目指しました」

「肝心なところが違う」久高は答える。「此度の戦は、楽だった」

「七郎どのは誰にも会いに行かれなかったですしね」

重純がちらりと目を向けて来た。久高は黙したまま、思い返す。

琉球の兵は勇敢だったが、それだけだ。後ろを衝かれただけで軍は崩れ、一戦に敗れただけで琉球国は降った。会うべき者も見るべきものも、どこにもなかった。

強きが弱きを喰らう。久高がこれまで散々見て来た景色と、何ら変わらなかった。

「同じだ」久高は言い直した。「守る側には、無為の戦だ」

引っ込んでいればよいものを、どいつもこいつも死にたがる。

「御王位さま（琉球国王の島津側の呼称）、ご立派でしたな」

ことさら陽気な声で、重純は別の話をした。昨日の琉球国王の下城を見ていたらしい。

確かに、敗けた側でありながら琉球国王は堂々としていた。

だがやはり、それだけだ。この世では敗ければ何にもならない。

門を潜るとすぐ、後ろの護衛の士たちが「御大将、お待ちあれ」と呼ばわり、前に駆け出た。

久高は士たちの後ろから目を凝らす。少し先に、やはり扉のない赤い門があり、その下に二人、立っている。まだ遠く判然としないが、鎧姿ではなさそうだった。

「戦い足りぬ琉球の者でしょうか。まだやる気ですかね」

重純が嬉しそうに言った。

「二人如きどうとでもなる。行くぞ」

言い捨てて再び歩き始めた久高は、思わず声を上げそうになった。

一人は、琉球商人の真市。あと一人にも、すぐに記憶が行き当たった。

洪明鍾。泗川の地で、久高を殴り禽獣と罵った朝鮮人。

見る限り、二人とも丸腰だった。

「手前一人で参る。しばし待て」

吸い込まれるように、足が動く。

門の下まで来ると真市が近付き、深々と腰を折る。洪は腕を組んで傲然としている。

「お久しぶりです、樺山さま。お元気でしたか」

頭を上げた真市が涼し気に微笑む。

言われてから、久高は己の迂闊さに気付いた。間合いは刀を抜ける距離より詰まっている。

「何のつもりだ」

警戒しながら久高が問うと、洪が黙ったまま頭上を指差した。

吸い込まれるように見上げる。

――守礼之邦

扁額に大書されている。

「お待ちしておりました、島津の御大将。ようこそ、南海の勝地、守礼之邦へ」

真市の声は柔らかく、だが力強い。

「久しぶりだな、禽獣」

不思議な訛で話す洪の指摘に、久高は妙な充足感を覚えた。

「笑ってるのか、あんた」

洪は大袈裟に眉を顰めた。

「だいぶ性根が曲がってるな。俺は悪口のつもりで言ったんだが」

「なんとでも言え」

淡々と久高は応じた。洪の言う通りだからだ。

「なあ、礼を知らぬ樺山よ」

棘のある言葉だが、洪の声は諭すような和やかさがあった。

「礼を説く大明国を目指し、礼を尊ぶ朝鮮国を攻め、礼を守る琉球国を獲る。この後、倭は、どこへ行くんだ」

「眠るさ」

実感のまま久高は答えた。徳川家の統治は強固だ。外征に耽(ふけ)る無謀さも感じさせない。豊臣家がどうなるか分からないが、大勢は変わらぬだろう。

「そのまま眠り続けてくれりゃあ、ありがたいんだが、どうかな」

「俺の知ったことではない。だが俺や日本が戦を忘れても、天地も人も変わらぬ。どこかで誰かの争いは絶えぬ」

「そうか。なら俺も、やりがいがある」

洪はむしろ力を得たような顔をした。

「何をする気だ」

「礼を作(た)ち、人と禽獣を分かつ。俺は儒者だ。人に生を説き、人を人にするのは、俺の天命だ」

「無駄だ、やめておけ」

久高は吐き捨てた。

「人は、禽獣だ。俺もお主らも、誰も彼(か)も。万世変わらぬ」

だが意外にも洪は「そうかもしれないな」と頷(うなず)いた。

「だが、真市に教えてもらった。相容れない者同士が敬しあい共に生きるための術が、礼だ。あんたも憎(にっく)き倭人どももも礼さえ知れば、仲睦まじい人同士だ」

洪の言には遠慮がない。

「生きていれば人はいつか本当の人になれる。そのために生があり、礼があり、俺がいる」

大した自信だ、と笑いかけて、久高は扁額を再び見上げた。

「人か」

確かめるように呟く。

「夜にたった二人で扁額を掛け替えるのは、大変だったんだぜ。天使さまが来た時しか使わねえ扁額を、わざわざあんたに見せてやったんだ」

洪は悪戯が成功した童のように笑った。

「なぜだ」

問いながら久高は、いつのまにか苛立ちを忘れていたことに気付いた。

「礼を知らぬ奴への、嫌味さ」

洪の口の悪さは死ぬまで変わらぬと思えた。

「吾らの矜り(ほこ)は生き続けると、お示ししたかったのですよ」

真市の微笑みは相変わらず涼しい。

二人とも目は生きている。敗けてなお毅然としている。

久高は琉球の城を陥とし、街を焼いた。軍を屠り、王を逐(お)った。

だがなお、掲げる者の絶えぬ「礼」が、久高の頭上にある。

再び見上げた。扁額が、陽よりもなお眩しく感じられる。

人は天地と参なる。

かつて聖賢が何を見て言ったのか、久高には今も分からない。

だが、たとえ天地と参なりえずとも。禽獣であろうと何であろうと。

人が天地の間で尽くした思いや営みは、決して砕けず、褪せぬ煌めきを生むのではないか。

天地に燦たる煌めきを。

ふと、遠い未来を久高は思う。

この扁額は、ずっとここにあり続ける。もし焼けても砕かれても、また掲げられ、訪う者を出迎え、この島が「守礼之邦」だと示し続ける。きっとそうだと思った。そうでないなら、そうあって欲しいと心から願った。

「そうか」

久高は気付いた。

「俺も、生きるのだな。これからも、この天地で」

生を説くと言った洪が頷き、生き続けると言った真市が笑う。

久高は、ゆっくり前を見据える。初夏の光が行く先を白く霞ませている。

「島津の臣、樺山久高である。貴国の戦い振り、まことお見事であった」

声を張って名乗り、一歩踏み出す。

遠くから、これまで斬り、撃ち、砕いて来た骸の群れが久高を呼ぶ。だがもう足を止めるつもりはない。共に、歩んでいく。

「善きものを見た。礼を言う」

光に飛び込むように、久高は門を潜る。幕僚たちが鎧を鳴らして追い付き、後に続く。

参考文献

『鹿児島県史料　旧記雑録』鹿児島県歴史資料センター黎明館（編）／鹿児島県
『戦国史料叢書　島津史料集（征韓録）』北川鉄三（校注）／人物往来社
『薩藩叢書』（島津家御旧制軍法巻鈔）薩藩叢書刊行会
『懲毖録』柳成竜（著）、朴鐘鳴（訳注）／平凡社
『おもろさうし』外間守善（校注）／岩波書店
『歴代宝案　訳注本』沖縄県立図書館史料編集室（編）、和田久徳（訳注）／沖縄県教育委員会
『使琉球録』夏子陽（著）、原田禹雄（訳注）／榕樹書林
『論語　増補版』加地伸行（全訳注）／講談社
『大学・中庸』金谷治（訳注）／岩波書店
『孟子』小林勝人（訳注）／岩波書店
『新釈漢文大系　礼記』竹内照夫／明治書院
『新釈漢文大系　近思録』市川安司／明治書院
『朝鮮儒教の二千年』姜在彦／講談社
『文禄・慶長の役　戦争の日本史16』中野等／吉川弘文館
『アジアの身分制と差別』沖浦和光、寺木伸明、友永健三（編著）／部落解放・人権研究所
『朝鮮の「白丁」身分の歴史的分析』徐知延／桃山学院大学
『庶民たちの朝鮮王朝』水野俊平／角川学芸出版
『をなり神の島』伊波普猷／平凡社
『琉日戦争一六〇九　島津氏の琉球侵攻』上里隆史／ボーダーインク

また国立民族学博物館、沖縄県立博物館の展示物、上里隆史氏のブログ『目からウロコの琉球・沖縄史』(http://okinawa-rekishi.cocolog-nifty.com) の各記事もたいへん参考にさせていただきました。

なお、作中に出てくる古い漢文やオモロなどの現代日本語訳は、右記の文献等を元にしながら一部で筆者による意訳を交えています。原文の意に違い、あるいは趣きを損なう点があれば、それは全て筆者の責によります。

解説

川田未穂

　本書『天地に燦たり』は、第二十五回松本清張賞受賞作である。二〇一八年四月二十四日に行われた選考会で、角田光代、京極夏彦、中島京子、東山彰良、三浦しをんの五氏の支持をほぼ満票で集めての決定だった。その瞬間、候補作の担当編集者として、固唾を飲みながら経過を見守っていた私は、本当にほっと胸をなでおろした。

　最初の投票から頭ひとつ抜け出していたとはいえ、豊臣秀吉の朝鮮出兵により侵略の嵐が吹き荒れる東アジアを舞台に、儒教思想をテーマにした歴史小説。さらに島津、朝鮮国、琉球国の三つの視点から綴られるという構成に、読みはじめの時には怯んだ選考委員も多かったようだ。「薬臭い」と表現された小説内での儒学の経典、礼記、千字文、論語、孟子などの引用も、社内選考会の段階から読みづらいと不評だった。

　しかし、選評（「オール讀物」二〇一八年六月号）で、京極氏が「戦を描く作品の主軸に、義でも忠でもなく、礼を選んだセンスには敬服する」、三浦氏が「自分にとっての『他者』『異文化』と出会い、ぶつかり、受け止め受け入れることによってしか、自他や世界を真に知ることはできないのだということが、各登場人物の言動を通して浮かびあがり、私は激しく心揺さぶられた」と書かれたように、選考の議論が進めば進むほど、まだ粗削りではあるけれど骨太な物語への評価は高まった。結果、川越宗一という新しい作家の誕生には、全選考委員から本当に大きな期待が寄せられたのだ。

そして約一年半後、誰もの予想を遥かに上回ることが起きた。川越宗一さんの二作目『熱源』は、第百六十二回直木三十五賞にノミネートされ、見事に受賞を射止めたのだ。キャリア二作目にしての快挙というのはもちろんだが、デビュー作品のラストシーンは十七世紀の琉球国の守礼門、次作品の冒頭シーンは二十世紀の樺太（サハリン）。時空も空間も軽々と飛び越えたことに、一作目の読者の多くも驚かれたことだろう。

松本賞の選考会の時と同様、私は直木賞選考会に陪席する機会を得た。新人作家デビューの可否が決まる松本賞と、エンタメ文芸界でもっともメジャーな直木賞とでは、どちらも緊張するがその種類はまるで違う。だがどちらの場でも、私が心の中で何か縋るように思い浮かべていたのは、故・山本兼一さんのことだった。

さて、話は松本賞の最終候補を決める社内選考のため、私が初めてこの『天地に燦たり』の原型（とあえて書いておく）を読んだ、二〇一八年二月にさかのぼる。通常の雑誌編集業務と並行して十本前後の応募作を読むのは、結構ハードな作業だ。一次選考、二次選考を通過してきたものだけに完成度はそれなりで、ここから四本の候補に絞るのは至難の業。しかも松本賞は時代物、ミステリー、時にはファンタジージャンルの小説もあるため、評価には個人の好みもどうしても入ってくる。

「ひょっとして、ものすごい作品を読んじゃったんじゃないか!?」

というのが、私の『天地に燦たり』への最初の印象だ。昨今は有名武将に限らず、マイナーな武将を扱った歴史小説も多いが、主人公の樺山久高という武将の名は耳にしたことがない。まして、朝鮮の白丁身分の明鐘、琉球の商人（実は密偵）の真市は作者の創作人物であるにもかかわらず、小説を読み進めるにしたがって、彼らの姿がリアルに浮かび上がる。三者三様に戦さについて悩み、迷い、自らの道を探そうと必死だ。勝つか負けるか、ではなく、どう生きるかを扱った歴史戦国小説に胸が熱くなった。

いったいどんな方が書かれたのだろう、と応募者が経歴を記している一枚目を見て、その〈京都市北区〇〇〇〇〜〉という住所に目が釘付けになった。かつて担当していた山本兼一さんのご自宅と町名がまったく一緒だったのだ。「こんな偶然があるのだろうか」とつい見返してしまった。

山本さんは二〇〇四年『火天の城』で第十一回松本清張賞を受賞してデビューした。この時の選考委員は浅田次郎、伊集院静、大沢在昌、宮部みゆき、夢枕獏の五氏。全選考委員が新しくなり、応募作品のジャンルも問わないとして、賞のリニューアルが全面的に図られたエポックな回だった。その後、松本賞が葉室麟、青山文平といった錚々たる歴史時代作家を輩出するようになったのも、『火天の城』が与えたインパクト抜きには語れないだろう。

二〇〇九年には『利休にたずねよ』で直木賞を受賞。その報せを一緒に聞いたのは、山本さんが馴染みの阿佐ヶ谷の寿司店だった。電話を受けた山本さんがガッツポーズをし、周囲の編集者が一斉に喜びの声を上げた光景はいまも忘れられない。直木賞受賞後、いっそう忙しくなったが、「オール讀物」では京都で道具屋を営む若夫婦を主人公にした「とびきり屋シリーズ」を続け、狩野永徳を描いた『花鳥の夢』を上梓した際には、「次は北斎を描きたいし、まだまだ他にも書きたいものがたくさんある」と語っていた、山本さんの訃報に二〇一四年二月に接した際、とても信じられなかった。

あれから数年経ち同じ松本賞、しかも戦国を扱った『天地に燦たり』で応募された川越さんという方は、おそらく本作でデビューをするにちがいない。授賞式などでお目にかかったら山本さんとの偶然の縁をお話しせねば、と興奮したものの、実はこの段階で私が担当編集に立候補する気持ちはなかった。新人作家のデビュー作を担当することが、どれほど大変かは身をもってわかっていたからだ。誰か熱心な若手に担当してもらっていい作品になればくらいの軽い気持ちで、社内の最終選考会には臨んだ。

私の読みに反して、『天地に燦たり』は全員が絶賛というわけではなかった。はっきり「こんな読みにくいものはとても無理」という声も上がった。確かに年号だけで進んでいく時系列、視点人物ごとに変わる章の短さ、風景の描写不足など欠点を数え上げればきりがない。だが、そこは比較的簡単に修正できるところであり、果敢なテーマで攻めた作者を褒めずにどうする、と内心でごちていた。そこでうっかり発言して「お前が担当して直せばいいじゃないか」などと言われても困る。

最終候補の四作のひとつに残ったことに安堵し、あとは担当を割り振るという上長たちを残していったんは会議室を出たのだ。あの時、なぜ私は会議室に戻って「この作品の担当を私にやらせてもらえませんか」と言ったのだろう。それは、たぶん、いや絶対に山本兼一さんが天から私の背中を押したのだ、といま改めて思う。

最終候補に決まると、応募作品には「必要最低限」の改稿が二週間の期限をもって許される。もちろん内容は変えられないが、細かい技術的な修正は可能だし、編集者はそのためにいる。ただし作家がそれにどう応じてくれるかは未知数だ。京都からわざわざ上京してもらって話し合い、何度もメールやPDFをやりとりして候補作を仕上げた。普段は会社員としてお勤めの川越さんが徹夜し、仕事を休んでまでの作業だった。

果たしてその結果は、大いに吉とでたわけである。

二年前の松本清張賞選考会の当日の朝、私は大阪にいた。ちょうど第百六十一回直木賞受賞作『渦　妹背山婦女庭訓　魂結び』の雑誌連載が佳境で、著者の大島真寿美さんと前日から文楽を観て、本来ならこの日は夕方から六代豊竹呂太夫師匠の義太夫教室に参加するはずだった。自分の担当作品が松本賞の選考にかかっていることを伝えると、大島さんは快く東京に戻ることを了解してくれた。

大阪から戻る途中、京都で途中下車して向かったのは山本兼一さんの墓所だ。「どうか『天地に燦たり』をお願いします」と手を合わせてから選考会場に直行した。これらのエピソードは山本さんの奥様の英子さんにも後日お伝えし、墓前への松本賞受賞報告には一緒に伺った……と、ここまでの文章を私が書いたのは、実は白状すると直木賞選考会前日だ。世にいわれる言霊効果を信じ、図々しくも〈仮想文庫解説〉を書き、今度は『熱源』の直木賞受賞をひたすら祈願していた次第である。効果のほどは判らないが、見事、川越さんが直木賞を射止めた夜、英子さんからはこんなメールが届いた。

「川越さんのデビュー作、ワクワクして胸が熱くなったことを、今でも覚えています。きっとすぐに『この日』が来ると信じていました」

正直に書けば、「この日」はあまりにも早く怖い気さえする。けれど受賞によって、デビュー作『天地に燦たり』が改めて注目されることになったのは、この上なくうれしいことだ。本書を手にした読者の誰もが、心を揺さぶられ、ワクワクするに違いない。

川越さんは松本賞の〈受賞のことば〉をこう記していた。

「『天地に燦たり』は、どこで何をしてもうまくいかないんだけど、それでも諦めない人たちの話です。（中略）もし読まれた方が読後に『いつもの景色が何だか今日は違って見えるな』と少しでも感じてくだされば、この物語のなかで懸命に生きた彼らが、誰よりもきっと喜ぶと思います」

これからも川越さんは、懸命に生きた誰かの物語を描き、我々にこれまでと違った景色を沢山見せてくれることだろう。そのためにも健康第一で、ビールと煙草は少し減らしてくださいね、と担当としての小言をあえて最後に書いておきます！


（文藝春秋「オール讀物」編集者）

単行本　二〇一八年七月　文藝春秋刊

DTP制作　萩原印刷

文春文庫

天地に燦たり（てんちにさんたり）

定価はカバーに表示してあります

2020年6月10日　第1刷

著　者　川越宗一（かわごえそういち）
発行者　花田朋子
発行所　株式会社　文藝春秋

東京都千代田区紀尾井町3-23　〒102-8008
TEL　03・3265・1211㈹
文藝春秋ホームページ　http://www.bunshun.co.jp

落丁、乱丁本は、お手数ですが小社製作部宛お送り下さい。送料小社負担でお取替致します。

印刷・萩原印刷　製本・加藤製本

Printed in Japan
ISBN978-4-16-791507-0